中公文庫

# 女《にょ》人《にん》入《じゅ》眼《げん》

永井紗耶子



中央公論新社

目次

# 女人入眼

時政《ときまさ》ガムスメノ実朝頼家《さねともよりいえ》ガ母生残リタルガ世ニテアルニヤ。義時《よしとき》ト云《いう》時政ガ子ヲバ奏聞シテ。又フツト上臈《じようろう》ニナシテ右京《うきよう》権大夫《ごんのだいぶ》ト云官ニナシテ。コノイモウトセウトシテ関東ヲバヲコナイテアリケリ。

京ニハ卿《きようの》二位《にい》ヒシト世ヲトリタリ。

女人入眼《によにんじゆげん》ノ日本國イヨイヨマコト也ケリト云ベキニヤ。

「愚管抄《ぐかんしよう》　巻六」　慈円《じえん》

# 序

　揺れる牛車《ぎっしゃ》の中から引き窓を開けると、曇天から、銀糸《ぎんし》が幾筋も降りて来る。

「かような日に雨とは……」

　華やかな薄紅《うすべに》の衣を纏《まと》った女房、周子《ちかこ》は、吐息と共に呟《つぶや》いた。

　建久《けんきゅう》六（一一九五）年、三月十二日。

　二十歳の周子は、京の六条殿《ろくじようどの》に仕えており、女房名は「衛門《えもん》」と言った。この日は、東大寺落慶法要《とうだいじらっけいほうよう》に、六条殿の主で亡き後白河院《ごしらかわいん》の皇女《ひめみこ》である宣陽門院《せんようもんいん》と、その母、丹後《たんごの》局《つぼね》の名代として参列していた。

　牛車は一路、東大寺南大門《なんだいもん》を目指してゆっくりと進んでいく。行列には、今上、後鳥羽《ごとば》帝《てい》も行幸《ぎょうこう》しているとあって、源平の合戦で荒れていた南都奈良に、鮮やかな彩りを添えている。

「天の都合は致し方ないとはいえ、せっかく新しい衣を誂《あつら》えましたのに……」

　周子と同じ牛車に乗り合わせた女房、近江《おうみ》が己の萌黄《もえぎ》の袖を見ながら呟く。近江と周子は共に女童《めのわらわ》の頃から丹後局の側仕《そばづか》えをしていた友でもある。二人は名代としてこの晴れやかな場に参列することを楽しみにしていた。

「それに、何とも物々しいこと……」

近江が見る先には、雨のそぼ降る中、甲冑《かっちゅう》を身に着け、弓を手にした武士たちが、南大門へと至る道中にじっと佇《たたず》んでいる。屈強な体躯で微動だにせぬ様は、さながら阿吽像《あうんぞう》のようである。

「仕方ありますまい。此度《こたび》の落慶法要は、鎌倉殿の尽力の賜物《たまもの》だそうですから」

周子は吐息と共に言った。

鎌倉殿こと源　頼朝《みなもとのよりとも》が、念願であった征夷大将軍《せいいたいしょうぐん》に任じられてから三年。平家討伐を為したことを示さんが為、此度、平家によって焼き討ちにされた東大寺の再建に多額の寄進を行った。

南都奈良の人々にとっては、平家も源氏も同じく、武士は忌まわしいものであった。たとえ源頼朝が再建に尽力したとて、好ましいものではない。そしてそれは、再建に携わる工人にとっても同じである。焼け落ちた大仏の首を鋳造《ちゅうぞう》するべく招かれた唐《もろこし》の工人、陳和卿《ちんなけい》は
「多くの血を流したことにおいて、源氏も平家も変わりはない。罪業の深い武士と会うつもりはない」

と、頼朝との面会を拒んだ。それでも頼朝は陳和卿に礼を尽くし、謝意を表して甲冑などを贈った。しかし陳はその甲冑をすぐさま東大寺に寄進し、自らの手元に置くことを拒んだという。だが頼朝は陳に対して怒ることなく、静かに受け止めた。

その話が広まると、人々の間での評判も変わる。

「同じ武士でも平家とは違うようだ」

お蔭《かげ》でこの日の行列に、武士が立ち並ぶ様を見ても、道行く人々は眉を寄せていない。むしろ、雨そぼ降る中でも、好奇心を込めて見つめているのが牛車からも窺えた。

その時、牛車がガタンと大きく揺れた。車の中にいた周子と近江は互いを支え合いながら、小さな悲鳴を上げた。

「何事ですか」

周子が牛飼いに問うと、牛飼いは慌てた様子で頭を下げる。

「地震でございます」

「地震……」

周子と近江は手を取り合ったまま揺れが収まるのを待つ。やがて揺れが収まると、ふうっと大きく吐息した。

「……不吉なこと」

近江は眉を寄せる。周子は、本当に、と同意をしながら外の様子に気を配る。牛飼いらのやり取りを聞くと、どうやら先ほどの揺れで牛車が脱輪をしたようであった。

「如何《いかが》された」

引き窓の外に二人の若武者が駆けて来た。牛飼いが脱輪を告げると、うむ、と頷《うなず》き合う。

「女房殿、揺れますがご辛抱を」

周子と近江は、はい、と小声で答える。車は大きく揺らぎ、再び動き始めた。周子と近江は好奇心から窓を覗《のぞ》き、若武者たちの姿を目で追う。二人は南大門の警護に当たっているらしく、持ち場へ戻った。

「武士というと、武張った大男と思うておりましたが、涼やかな見目の者もいるのですね」

近江は歌うように言う。確かに、南大門の二人の武者は年若く、雅《みやび》な風情にも見えた。

「そうは申しましても武士でございましょう」

周子が白けた口調で言うと、近江はふふふ、と笑った。

「まあ、宮中の公卿《くぎょう》たちには及びませぬが」

宮中に殿上する公卿たちに比べて、武士は飽くまでも目下の者であり、宮中の女房と言葉を交わすことも稀《まれ》だ。平家が全盛のころは、太政大臣《だいじょうだいじん》が武士である平清盛《たいらのきよもり》であったから、さすがに武士と公卿の間は近かった。しかし平家が滅んだ今、再びかつての宮中の様子が戻ろうとしていた。此度の落慶法要でどれほど源頼朝が尽力し、帝から位階を賜《たまわ》ろうとも、武士は武士。その溝は埋まらない。

やがて車は東大寺の南大門を入り、車寄せへと向かった。大勢の公卿や女房たちが次々と車を降り立ち、小雨の降る東大寺の回廊は、瞬く間に色とりどりの衣によって彩られていく。

周子たちも導かれるままに回廊を渡り、支度された桟敷《さじき》へとゆっくりと足を進めていた。

「しかし、先ほどの地震は恐ろしゅうございました。不吉なことにならねばよろしいのですが」

近江は小さな声で周子に囁《ささや》く。すると前を歩いていた女の一人が近江を振り向き、不意に大きな声で笑った。

「何を恐れることがありましょう」

紫と青の早蕨《さわらび》の襲《かさね》を纏うその女は、四十歳ほどであろうか。周子と近江はその声の大きさに驚き、やや身を引いた。女は回廊から大仏殿を見上げる。

「めでたい日故に、大仏様がお笑いになられて地が揺れたのであろう。天の神は慈雨を下さり、仏は笑い、地の神もそれに応えられた。誠にめでたいこと」

扇で隠しもせずに満面の笑みを浮かべた顔は、日に焼けて浅黒い。勢いよく長袴《ながばかま》を捌《さば》きながら歩き進め、周りの侍女たちは慌ただしく後をついて行く。

「あれは、どちらの女房殿か」

周子は案内役の僧に問いかける。

「あちらは鎌倉殿の北の方でございます」

「北の方……御台所北条政子様《みだいどころほうじようまさこ》か」

源頼朝が、平清盛によって伊豆《いず》に流された先で娶《めと》った、坂東《ばんどう》武士北条時政《ときまさ》の娘、政子である。

「道理で……宮中では見かけぬ御方で」

周子が近江に話しかけると、近江は、ええ、とまだ面食らっている様子である。そして先を行く後ろ姿を見る。

「何と、足の速い」

長袴に裳裾《もすそ》を引けば、歩みは遅くなるものだが、政子は勢いよく袴の裾を捌いて回廊を渡っていく。しかしその一行の中で、大分遅れて歩いていく年若い姫の姿があった。

「あちらは」

周子が僧に問うと、はい、と返す。

「鎌倉の大姫《おおひめ》様でございます」

先ほどは、政子の大音声に圧《お》されて、傍らに姫がいたことに気づかなかった。大姫は母とは違い、透けるように白い肌で白と赤の桜襲がよく似合う。大きな目を見開いているが、顔に笑みはない。慣れぬ地で緊張しているのかもしれないと思った。

「姫君の方は、都にいらしてもおかしくない御様子ですね」

近江も同じように感じたらしい。

二人は導かれるままに足を進め、桟敷に設《しつら》えられた座に腰かけた。

間もなく帝がご臨席になるという時、雨は次第に止《や》みはじめ、雲間から光が差した。

「主上の御幸《みゆき》を寿《ことほ》がれているよう……」

居合わせた者たちが嬉しそうに言い合った。

設えられた御座に帝が入り、大仏殿を見上げる。千人の僧がずらりと並び、仏の手から伸びた五色糸を手にして読経《どきょう》が始まる。それは遠く音に聞く、大仏殿建立の古《いにしえ》の様を見ているかのような荘厳さがあった。

法要は進み、愛らしい童子《どうじ》による迦陵頻伽《かりょうびんが》の舞をはじめ、舞楽が披露される。舞い散る散華は、雨上がりの空を彩っていく。周子は夢見心地で眺めていた。

戦《いくさ》の日々が終わりをつげ、泰平の世がやって来たのだという深い安堵《あんど》を感じていた。

日が西に傾き始める頃、長い法要は終わりを告げる。公卿や女房たちも、それぞれに帰途につくべく座を立つ。

「参列できてようございました」

近江は感無量といった様子で呟き、周子も心底そう思っていた。

「女院様にも、本日のことをお話しせねばなりませんね」

二人にとっての主である宣陽門院は、まだ十五歳である。土産話を楽しみにしているであろう主の為にも、早々に帰途につかねば……と、回廊を渡っていた時のこと。

「六条殿の衛門様でございましょうか」

不意に声を掛けられ、周子は足を止めた。声の主は、水干《すいかん》姿に刀を佩《は》いた武士である。その顔には見覚えがあった。

「ああ……先ほどの」

牛車を引き起こした南大門の衛士の一人である。周子と近江は顔を見合わせる。

「政所別当《まんどころべっとう》様が、衛門様に御用とのこと」

その一言に周子は眉を寄せる。傍らの近江は、周子を気遣うようにその背に触れる。

「私は先に車寄せに参りますから、どうぞ」

周子は近江に、はい、と返事をし、近江を見送ると、改めて若武者に向き直る。

「どちらに参ればよろしいのです」

声音は知らず沈んだ音になる。

「こちらへ」

若武者は周子を車寄せとは反対の方へと回廊を導く。見ると男は水干の下に簡易の甲冑である胴丸《どうまる》をしていた。それが腰に佩いた刀とふれあい、カチャカチャと無粋な音を立てる。つい先ほどまで壮麗な法要の読経と楽の音に酔いしれていたのに、醒《さ》めるようだ。

導かれた先は、大仏殿の入口であった。周子は足を止める。

「大仏殿へ入るのでございますか」

「はい、こちらでお待ちです」

先ほどの法要では、桟敷から遠くに眺めていた大仏殿の中に足を踏み入れることとなり、知らず心は高揚した。周子の躊躇《ちゆうちよ》をよそに、若武者は無粋な甲冑をつけたままで踏み入る。周子もそれに続いて中へ一歩足を踏み入れると、しんとした冷たさを感じる。未《いま》だ、法要の余韻を残し、人々が立ち働いているというのに、その喧騒《けんそう》が消えていくようである。果たして、大仏はどこであろうか……と辺りを見回して、はたと目の前にあるのがその膝《ひざ》であるということに気づき、改めてその大きさに圧倒された。

周子が言葉もなく大仏を見上げていると、足音がした。

「ああ海野《うんの》、参ったか」

周子の傍らに立っていた若武者は、海野と呼ばれ、はい、と返事をした。周子は声の主を見る。黒い位袍《いほう》を纏っている四十代半ばの男の顔を見るのは三年ぶりであろうか。

「お久しぶりでございます。父上」

鎌倉幕府の文官の長、政所別当大江広元《おおえのひろもと》。周子の縁薄い父であった。

明法道《みようぼうどう》の中原《なかはら》家、文章道《もんじようどう》の大江家という二つの学者家系を継ぐ文官であった父は、かつて宮中に仕える官吏であった。その折に、後白河院の元に仕えていた女房の一人である母と出会ったらしい。

「夫婦と呼べるほどの仲でもない」

母は父との縁をそう語る。一時の恋の末に生まれた周子が幼いうちに広元と母との縁も途絶え、広元は源氏の棟梁、頼朝の元へ下ってしまったのだ。その理由が何であったのか、周子は聞いたことはない。

「いくら学者の家系とはいえ出世の道は限られる。ならばいっそ、武士の棟梁に就いた方が良いと考えたのであろう」

というのが、母の考えであり、周子もまたそう思っていた。その後、父は坂東所縁《ゆかり》の妻を娶っており、周子母子との縁は実にかそけきものである。

ただ、父の生家との縁は繋がっていた。それは母のたっての希望でもあった。

「学者の家系に連なる女は、漢籍を学び、詩歌を学び、有職《ゆうそく》を学ぶ。これらは女房として身を立てる上でこの上なく役に立つ」

おかげで幼い時分から白氏文集《はくしもんじゆう》はもちろん、三史五経と呼ばれる史記、漢書《かんじよ》、後漢書と易経《えききよう》、書経、詩経、礼記《らいき》、春秋についても教えを受け、日本紀《にほんぎ》も習得。今や「六条殿の才媛」と称され、名だたる公卿の姫君に漢籍の指南をするまでになった。

とはいえ、父が武門に下ったことにより、苦い思いをしたこともある。公卿たちは殊更に武士を下に見ており、遊び半分に夜這《よば》いを掛けられたのを追い返したり、年かさの公卿の四番目の側室の縁談を持ち込まれたりと縁には恵まれなかった。

五年前、源頼朝が右近衛大将《うこのえのたいしょう》となったことで、父も復権し、翌年に五位の左衛門大尉《さえもんのだいじょう》となった。宮中において左衛門大尉はさほど高い身分ではないが、鎌倉幕府においては、文官の最高位である政所別当となっている。

ここ数年の鎌倉幕府政所別当大江広元の活躍ぶりは、宮中でもしばしば話題になっていた。新たに頼朝が立ち上げた幕府の礎《いしずえ》となる守護地頭の配置を決めるため、摂政をはじめとした高位の者たちを説き伏せる手腕は、これまで武士を軽んじてきた者たちをも驚かせるほどであった。

無論、それは純粋な賛辞だけではなく、武家勢力の台頭に対する公卿たちの恐れや、身分の低い学者の出でありながら摂関家《せっかんけ》と渡り合う広元への妬《ねた》みもある。

周子は宮中に渦巻くそれらの思いをひしひしと感じ、自らと父の関わりを隠して日々を過ごしてきた。故に、こうして大勢の人が集う場で呼び出されることは余り好ましいものではない。

「本日は如何《いか》な御用でございましょう」

周子の声は硬い。広元はそれに半ば気づきながらも
「こちらへ」

と、手招いた。周子が足を進めると、堂内からははは、という哄笑《こうしょう》が聞こえる。そ

こには先ほど回廊で見かけた北条政子が、顔を隠しもせずに笑っているのが見えた。

「ああ、別当」

政子の声に広元は、はい、と答え、後ろに控える周子を前へと押し出した。周子は進み出て、扇を手に頭を下げた。

「六条殿の衛門でございます」

「ああ……別当の娘か」

改めて問うたのは位冠姿の男である。年の頃は五十ほど。色白で面長、雅やかな顔立ち。先ほど、桟敷で遠目に後ろ姿を見ていた源頼朝であった。広元は、はい、と答えた。すると政子がついと進み出る。

「姫と同じ年ごろであろうかのう」

政子が振り向いた先には、先ほど遠目に見た大姫の姿があった。人形のように美しいその姫は、周子のことを見ているのかいないのか分からぬ大きな黒い目をこちらに向けた。

「確か、二十歳であろうか」

広元が問いかけ、周子ははいと応えた。すると、政子が満面の笑みを周子に向けた。

「ああ、では姫より二つほど年かさか。以後よしなに頼む」

「それは良きご縁でございますなあ」

微笑《ほほえ》みながら言ったのは、先ほどまで法会を取り仕切っていた興福寺《こうふくじ》別当信円《しんえん》である。

穏やかな声に周子は、はい、と応えながらもやや眉を寄せる。都に住まう周子にとって、鎌倉の大姫とは縁はない。よしなにと言われれば頷きはするが、恐らくこの先も、こうしてすれ違うほどにしか会うことはないだろうと思われた。そこへ、華やかな袈裟《けさ》を掛けた僧都《そうず》が姿を見せた。大きく腕を広げ、大仏を仰ぎ見るその顔は、天台座主《てんだいざす》の慈円である。

「いやはや、実に見事な法要でございましたな。古の大仏開眼もかくやといった様子で、今生にてこれほどの眼福はない」

慈円とはこれまで幾度か六条殿で見《まみ》えたことがある。尤《もつと》も、先方にとって周子は、六条殿に数いる女房の一人でしかないだろう。しかし慈円はふと周子に目を留めた。

「おや、何処《いずこ》の姫君かな」

「六条殿の衛門と申します」

「ああ六条殿の。衛門と言うと、丹後局の元にいる才媛か。いつぞやお会いしましたな」

どうやら丹後局の誉め言葉と共に思い出したらしい。周子は恐縮して頭を下げた。

「畏れ多いことでございます」

「何故にこちらに」

「私の娘でございますれば」

「おお、そなたの娘であったか。学者の筋ならば、才媛ぶりも納得であるなあ」

慈円は、ははは、と声を立てて笑った。

天台座主は、この国の仏教界の頂《いただき》である。そして同時に関白九条《くじよう》兼実《かねざね》と興福寺別当信円の弟で、後鳥羽帝の中宮任子《ちゆうぐうたえこ》の叔父である。源平の戦で壊滅的な打撃を受けた寺社の復興と仏教の布教が慈円が帝から賜った役目であり、東大寺落慶法要はその中でも大きな意味を持っていた。無事に終えた慈円は上機嫌である。

「鎌倉殿のご尽力がなければ、これほどまで壮麗な法要にはならなかったであろう」

「恐れ入ります」

源頼朝は低い声で一言だけ口にした。

「帝もご臨席なさり、堂々としたご様子であった。誠にめでたい。これで国も安泰となろう。戦という刃《やいば》もて彫られた仏の像に、あとは眼を入れるだけとなりましたなあ。さて、何方《どなた》が入眼を為すか……が気がかりでございます」

「入眼でございますか」

政子が問いかける。慈円は、ええ、と頷く。

「仏は眼が入らねばただの木偶《でく》でございます。眼が入って初めて仏となるのです。男たちが戦で彫り上げた国の形に、玉眼を入れるのは、女人であろうと私は思うのですよ。言うなれば、女人入眼《によにんじゆげん》でございます」

政子は、まあ、と感嘆の声を上げる。

「女人が国造りの仕上げをするのでございますか」

「さようでございます。太古よりこの国では、女帝によって国が形作られて参りました。そうそう、古の大仏開眼の折に聖武《しょうむ》天皇の傍らにいらしたのは、後の女帝、孝謙《こうけん》天皇であらせられた。かの女人も正に国に入眼なさった御方。そして今も国の高きところには、中宮様をはじめ数多《あまた》の女人がおられる……そうした御方が泰平の世をお造りになられることでございましょう。おお、御台様もその御一人でございましょうなあ」

慈円と政子は顔を見合わせて笑い、その声は高らかに大仏殿の中に響いた。周子も扇で口元を隠しながら付き合うように笑いつつ、ふと政子の後ろにいる大姫に目をやった。相変わらず、口元を綻ばせることもなく空を見ている。晴れやかな法要を終えた高揚も、この姫には何も響いていないようだ。

暫しの歓談に付き合い、周子は外の様子を窺うと、空が茜《あかね》に染まり始めている。そろそろ辞さねば、近江を待たせてしまう。

「父上、そろそろ」

周子が小声で言うと、ああ、と父も頷いた。

「さすれば娘はこれにて失礼を致します。また、都にてお目にかかるかと」

「よしなにお願い申し上げます」

周子は形ばかりの挨拶をした。広元と、先ほどの海野という若武者と共に大仏殿を出る。回廊で足を止めた広元は、改めて周子を見る。

「健勝な様子で何より」

「おかげさまをもちまして」

心のこもらぬ声というのがあるものだと、周子は自嘲する。

「そなたを御所《ごしょ》様、御台様に目通りさせておきたいと思うてな」

「御心遣い、痛み入ります」

さほど会いたくもなかったが……という言葉を飲み込み、話題を変えるように周子は切り出した。

「座主は面白いことを仰せになる。女人入眼……と」

その言葉に広元はふっと笑った。

「あの御仁は、中宮様の叔父に当たる。要は、中宮様が皇子を産み参らせ、東宮《とうぐう》として立つことで、己の一族が外戚として権勢をふるう日を待ちわびているのであろう。御台様の権勢を寿ぐが如《ごと》き口ぶりは、世辞であろうが……」

「ああ……さような意味でございましたか」

今はまだ十六歳の帝であるが、これから先はいずれの家から出た后《きさき》が皇子を産むかによって、宮中の勢力図は大きく変わる。ようやっと戦が終わったと思えば、次の戦は後宮で繰り広げられるのかと、周子は吐息した。

「父上はこれより鎌倉の御一行と共に都に入られるのでございましょう」

「ああ……そなたもこちらで参るか」

「いえ。六条殿の一行と先に都に参ります。お気遣いなきよう」

ただでさえ鎌倉の縁者として肩身が狭いのだ。一線を引いておきたい。

「さすれば、都にて。ああ、車寄せまでは海野に送ってもらってくれ」

若武者は、小さく会釈をする。

「海野幸氏《ゆきうじ》と申します」

名乗りに対して周子は扇を広げて顔を隠し、形ばかりの会釈をした。宮中の女房は武士と軽々しく言葉を交わすことさえない。海野とやらも心得ているのか、こちらを見ず、周子を先導するように歩く。相変わらず水干の下に纏った鎧がカチャカチャと無粋な音を立てている。そのうえに足が速く、ともすると回廊で置いて行かれそうになる。

「暫し、暫しゆるりと」

堪えられずに声をかけた。重い正装の裳《も》を着けているのだ。鎧ほどではないにせよ、日々、動くことのない女房にとっては、この僅《わず》かな程《のり》とて苦である。

「ああ、申し訳ございません」

慌てた様子で引き返してきた様が、何やら滑稽《こっけい》に思えて、周子は思わずふっと笑った。

海野幸氏が怪訝《けげん》そうな顔をしたので、周子は慌てて扇を広げ直す。

「いえ……鎧を着けてお暮しの方には分かりますまいが、何分、裳も重いもの。まして女の足でございます故、ゆるりと頼みます」

「はい」

周子はその返事にほうっと一つ息をつき、再びゆっくりと回廊を歩く。柔らかな法会の香の残り香が漂う中、武士と女房が大仏殿の回廊を巡る。これもまた、泰平の世と言えるのかもしれないと思いながら、己の衣擦《きぬず》れと、若武者の鎧の音を聞いていた。

# 一　都の風

柔らかな荷葉《かよう》の香が漂っている。京、六条殿の奥の間。

周子の目の前には、今は亡き後白河院の寵姫、丹後局が座している。五十代半ばを過ぎ、落飾《らくしょく》して髪を短く切りそろえているが、肌は艶やかに美しく、華やかな錦の袈裟が映えている。脇息《きょうそく》に凭《もた》れながら手遊《てすさ》びに扇を広げ、周子を見やった。

「東大寺の法要は、なかなか荘厳であったそうな。女院様にもそなたと近江とで語ってくれたらしいな」

女院とは六条殿の主で丹後局の娘、十五歳になる宣陽門院である。後白河院の数ある皇子皇女の中でもとりわけ寵愛され、わずか十一歳にして院号を授けられ、院亡き後、最大の所領である長講堂領《ちょうこうどうりょう》を分け与えられた。当人は至って屈託のない少女で、周子や近江の語る法要の様子に眼を輝かせていた。

「信円様は、いずれは女院様、御局様にもお運び頂きたいと仰せでございました」

「さようか」

丹後局はゆったりと微笑んだ。

丹後局はかつて、後白河院の近臣、平業房《たいらのなりふさ》の妻であった。しかしこの業房が時の権力者である平家打倒の陰謀に加担したことで、平清盛から処刑された。五人の子を抱えて寄る辺をなくした丹後局は、夫の主である後白河院に仕えることとなった。当時、後白河院は政《まつりごと》の中枢から外され、幽閉のような暮らしをしていた。やがて院の寵愛を受けて宣陽門院を産んだ丹後局は、平家が滅亡し、後白河院が再び政の中枢に躍り出た時、寵姫として大きな力を与えられた。後白河院は政や宮中の人事に至るまで、丹後局に意見を求め、丹後局は院の要望に確実に応えるだけの見識を持っていた。

面白くないのは、政を司る摂関家の公卿たちである。関白九条兼実などは、丹後局について

「朝務は偏《ひとえ》にかの唇吻《しんぷん》にあり」

と評し、時には玄宗帝《げんそうてい》を惑わせた楊貴妃《ようきひ》の如しと陰口を叩いたほどである。

しかし丹後局は関白の陰口などものともしない。後白河院亡き後も、宣陽門院が持つ莫《ばく》大《だい》な所領と、自ら院から受け継いだ所領、幼い後鳥羽帝の後見としての立場を背景に、今も権勢を維持していた。

関白九条兼実と丹後局は共に後鳥羽帝の後見であり、政敵であった。そしてその対立は今、後鳥羽帝の後宮において繰り広げられている。

九条兼実の娘任子は中宮として後鳥羽帝の後宮にいるのだ。

周子は中宮任子に幾度か宮中で間近に会うことがあった。二十三歳になる任子は後鳥羽帝よりも七つ年上ではあるが、それを感じさせぬおっとりとした幼い風情を持つ。美貌というよりも愛らしい顔立ちで、いるだけで場が華やぐような女人だ。周囲の女房たちも、この明るく華やかな后に仕えることに誇りを持っており、中宮の御殿は笑い声が絶えない。生まれながらに高貴な人というのは、かくも光を纏うものかと思ったものだ。

「そういえば、天台座主の慈円が何やらおかしなことを申したそうな。女人入眼とか」

「はい、さようでございます」

慈円は、丹後局の政敵である九条兼実の弟である。

「さしずめ中宮任子が国母になることを指したのであろう。あやつは出家の身でありながら権力に色気がある。己《おの》が一族が力を持つ政を望んでいるのだ」

「父もそのように申しておりました」

「中宮が懐妊したと、聞き及んでおる。慈円はそれを知って浮かれているのであろう」

「めでたきことでございます」

形式上そう口にしたものの、丹後局が中宮の懐妊を望んでいないことは分かる。丹後局は、にやりと口の端を上げる。

「だがもし、中宮が皇女を産み、他の女人が皇子を産めば、慈円はどれほど悔しかろう」

丹後局は歌うように呟く。そして思い出したように周子を見て首を傾げた。

「そなたはこれから殿上するのであったな。さすればこれを宰相君《さいしようのきみ》に。昨今手に入れた物語絵巻よ。さほど面白いものでもないが、徒然《つれづれ》に見るにはよかろう」

「畏まりましてございます」

周子はそれを恭《うやうや》しく受け取り、忙《せわ》しなく御所へと急いだ。

宰相君はその名を在子《ありこ》という。後鳥羽帝の後宮に仕える女房の一人だ。帝の乳人《めのと》である藤原範子《ふじわらののりこ》の娘であり、帝よりも九つ年上である。幼くして位についた帝を支えて来た姉のような立場であり、今も側近くに侍っている。

御所に着くと周子は長い廊下を渡り、真っすぐに宰相君在子の房へと向かった。

「お久しぶりでございます、宰相君」

御簾《みす》越しに周子が声を掛けると

「衛門、よう参られました」

静かで落ち着いた声が返って来た。御簾内に入ると、几帳《きちよう》の立てられた奥に、脇息に凭れて座っている在子がいた。女の周子から見ても息をのむほど美しい女人である。

「衛門は此度の東大寺落慶法要に参列されたそうですね」

「はい。主上もおでましになり荘厳で美しいものでございました」

挨拶を交わしながら、周子は絵巻物を在子に差し出した。

「丹後局様から、徒然の慰みにと」

「これは有難いこと」

在子は嬉しそうに目を細め、微笑んだ。

実は在子は、後鳥羽帝の寵愛を受けている。しかしそれは、在子の母である藤原範子と、その夫、土御門通親《つちみかどみちちか》、そして丹後局と、それぞれの近侍だけの秘密である。

周子と在子の縁は、一年ほど前に遡《さかのぼ》る。

「后がねに、漢籍と詩歌の指南をせよ」

丹後局に言われて訪ねたのが、在子であった。

帝よりも九つも年かさで、乳姉弟《ちきょうだい》である在子を「后がね」としたことは、周子にとって意外であった。しかし初めてその姿を見た時に、なるほどかくも美貌の人であったかと驚いたものだ。目元は涼やかで、微笑む姿は優しく柔らかい。声は鈴の音のように心地よい。さながら絵巻に描かれる天女のようであった。

無論、在子が選ばれたのは美貌によるものだけではない。乳姉弟という帝との縁もあるが、それ以上に丹後局にとって重要だったのは、在子の養父が土御門通親だということだ。

土御門通親は、丹後局の娘である宣陽門院の後見を務めている。在子は通親の実子ではなく、妻である藤原範子の連れ子であるが、もし在子が皇子を産み参らせることとなれば、外戚としての力は自然、土御門に流れる。丹後局にとって、政敵九条兼実を牽制《けんせい》する最も良い手であったのだ。

「さながら後宮は碁盤の目。どこに何《いず》れの石を置くかで、この先の政を誰が握るのかが決まる」

丹後局は常々そう言って憚《はばか》らない。目の前の在子は丹後局にとって今、最も重要な布石なのだ。

その時、在子の房の外に軽い足音が響いた。そしてばさりと御簾が巻き上げられ、愛らしい少女が顔を覗かせた。

「まあ、衛門」

高い声と共に周子の側ににじり寄る。

「重子《しげこ》、大きな声で」

在子がそれを窘《たしな》めるが、周子は笑顔で少女に応じた。

「久方ぶりでございますね、重子様。今日は如何なさいました」

「叔母上に連れられて、殿上して参りました」

重子は、在子の従妹《いとこ》にあたる。重子の父、藤原範季《のりすえ》と、在子の母、藤原範子は義理の兄妹であった。

「申し訳ございません、騒がしいことで」

そう言って重子に続いて姿を見せたのは、在子と重子にとって叔母である卿局《きょうのつぼね》、藤原兼子《かねこ》である。四十をいくつか過ぎた卿局は、在子ほどではないにせよすっきりとした顔立ちの女房である。姉である藤原範子と共に後鳥羽帝の乳人を務めて来た。卿局は夫を持たず、帝の近侍の女房として宮中に仕えている。その所作は後宮の女房として洗練されており、淀《よど》みない。そして在子の来客である周子に対して向ける眼差しは鋭い。

「衛門様、今日は、如何なさいましたか」

笑みを浮かべてはいるが、声音は硬い。周子の来訪から、丹後局の動きを察しているのだろう。宮中で生きる女人として、冷静に政局を見ているのが分かる。

「本日は丹後局様より、宰相君在子様に絵巻物をお届けに上がりました。重子様も裳着をすまされたせいかすっかり大人びて参られた。いずれ都の殿方たちが放っておきますまい」

周子の言葉に重子ははにかみながら微笑む。

「いえ、私はいずれ……」

「重子」

重子の言葉を遮るように、卿局が重子の手を取った。

「まだまだ稚《いとけな》くお恥ずかしい限りです。さ、これより囲碁の修練でございますよ」

卿局に言われて、重子は渋々と立ち上がる。

「叔母上と囲碁をしてもつまらない。すぐに負けてしまいますもの」

在子は重子に微笑みかける。

「わがままを申さず、叔母上の言う通りになさいませ」

重子は、はあい、と、不服を残しながらも少女らしい返事をして、叔母と共に出て行った。

「お騒がせを」

「いえ、久しぶりに重子様にもお会いできてようございました」

周子が在子の元へ漢籍指南に赴いた時も、今日のように在子の元へ駆けつけて、共に白氏文集などを諳《そら》んじていた。在子も聡明であったが、重子もまた幼いながらに飲み込みが早い。いずれ劣らぬ姫たちであると感嘆したものである。

「重子様は、美しくなられました」

「はい……近頃は、主上とよく双六《すごろく》などをしております。……いずれ卿局は、重子を主上に侍らせるつもりです」

周子は声に出さず、やはり、と頷く。

十六歳になる帝にとって、二つ年下で闊達《かったつ》とした明るい重子は、帝の后に相応《ふさわ》しく思われた。しかし今、主上の寵愛を受ける在子にとって、身内の姫が寵姫となることは必ずしも喜ばしい話ではない。周子は何とも言えず、唇を引き結ぶ。

「お気遣いなく。覚悟はしておりますから」

伏し目がちの在子は、透き通るように儚《はかな》げに微笑む。

「幼い頃から健やかな成長をお祈り申し上げて来た四宮《しのみや》様が、帝の御位《みくらい》に就かれた。それだけでも喜ばしいところ……まさか御寵愛を受ける日が来ようとは思いもしませんでした」

周子は帝と在子が共にいる姿を、宮中で幾度か見かけたこともある。帝は在子を姉のように慕っており、その様子は遠目にも仲睦《なかむつ》まじく見えた。

「主上の御寵愛は、揺るぎますまい」

「ええ……されど、如何に寵愛を受けようと后にはなれない。私の出自をご存知でしょう」

宰相君在子は、母こそ後鳥羽帝の乳人である藤原範子だが、父は範子の夫、土御門通親ではない。父は、平清盛の妻、時子《ときこ》の弟で、能円《のうえん》という僧である。在子が幼い頃、平家は全盛を極め、華やかな屋敷の中、一族が皆集い、我が世の春を謳《うた》っていた。在子もその中にあって、いずれは平家の一族のいずれかに嫁《か》すのだと思っていた。

「とりわけ仲が良かったのは、敦盛《あつもり》様でございました。二つほど年上で、笛がお上手で優しい兄様。私の初恋でございました」

しかし在子が十三の時、平清盛を亡くした平家は、西国へと下った。父能円もまた、姉、時子と共に下り、在子は都に残った。

「ほどなくして平家は破れ、敦盛様も首級を上げられた。父は辛くも生き残りましたが、罪人として縄に縛られ馬に揺られる姿を目にした時は、悲しゅうございました」

後鳥羽帝の乳人であった在子の母は、自らと娘を守るために、平家滅亡と共に早々に土御門通親に再嫁したのだ。

「今でこそ、私は土御門の庇護下にあります。しかし父は僧侶で罪人。その娘である私は、后どころか、主上のお側に侍ることも憚る身です。それでも私が寵姫となることで、母の立場を守り、身内の立身を助けることができるならば悔いはございません。しかしいずれ、重子が寵姫となれば、私はお役御免となりましょう」

周子はその言葉に半ば頷きながら、ふと思考を巡らせる。

重子が寵姫となり、在子が皇子もないまま後宮を去るとなると、丹後局の後宮政策は失敗する。別の姫を入内《じゅだい》させねばならない。

その時、目の前にいる在子がふっと笑った。

「衛門の目は、卿局や丹後局によく似ている。そうした眼差しを向けられると、己が人ではなく、碁盤の上の石になったような心地がする」

「……そのようなことは」

「いや、責めているのではございませぬ。私もその逞《たく》ましさが欲しいもの」

周子は慚愧《ざんき》に堪えず頭《こうべ》を垂れた。在子は、暫しの沈黙の後さらりと手元の扇を広げた。

「迷うておりましたが、申し上げておきたいことがございます」

在子はゆっくりと周子の手を取ると、その手のひらを己の腹に押し当てる。驚く周子に向かって在子は優雅に微笑んだ。

「吉夢を見たようでございますよ」

周子は手触りの余韻を握りしめて在子を見つめる。暗に在子は、自らの懐妊を伝えようとしている。

「つまり……」

周子は確証を欲して言葉を求めるが、在子はゆっくりと首を横に振る。

「ただ、それだけをお伝え下さい」

周子は在子の元を辞した。車寄せまでの長い廊下を長袴の裾を捌くのももどかしく、さりとて走るわけにはいかず、忙しなく渡る。

在子の懐妊となれば、情勢は大きく動く。しかし在子が帝の寵愛を受けていることも内々の話。誰にも言えぬ大事を抱え、周子は一人、六条殿へと先を急いだ。

○

宰相君在子が懐妊の由。

碁盤を挟んで向き合った丹後局に、周子は宮中での在子の様子を伝えた。

「よし」

丹後局は、小さく呟く。しかしすぐさま眉を寄せる。

「ただ、中宮が皇女を産んでくれなければ、在子が皇子を産んでも致し方ない」

在子の実父は平家に連なる罪人であり僧である能円だ。それが皇子を産んだとて、親王宣下を受けられるとは限らない。

一方の中宮任子は紛うかたなき関白の姫。もしも任子が皇子を産めば、親王宣下を受け、東宮となるのは約束されている。

「皇子か、皇女か」

歌うように呟く丹後局は、掌中の碁石と同じく任子と在子、二人の女人の命運を弄ぶかに見えた。

「他に、宮中では何かあったか」

「ああ……宰相君の叔母、卿局様と従妹の重子様が参られました。宰相君がおっしゃるには、いずれ重子様を、主上にお仕えさせる心づもりだとか」

「卿局と重子か……厄介な」

丹後局は静かに眉を寄せる。

「重子様の父君、藤原範季様は、亡き後白河院の近臣でもあられたとか」

「あれはあらゆる所に顔を出し、身の安泰を図ることに長《た》けているが、取るに足らぬ。真に厄介なのは卿局よ。あれは主上と近すぎる」

「乳人であるとは聞いておりますが……主上にとって、卿局様は母の如く近しいという意味でございましょうか」

「母とな」

丹後局は確かめるように言い、ほほほ、と高らかに笑った。

「あれが母であるはずがない。女は皆、慈しみ深き母となれると思うか。男が皆、猛き武士ではないように、女とて千差万別。卿局は母などという生易しいものではない。近臣……ともすれば己を摂政《せっしょう》であると勘違いしているのではあるまいか」

たかが乳人を摂政に準《なぞら》えるとは、流石《さすが》に丹後局の杞憂《きゆう》ではあるまいかと思ったが、目の前の丹後局を見て言葉を飲み込んだ。丹後局もまた、後白河院の一女房から寵姫となり、摂政の如く政に携わって来た女人であった。寵姫だから、乳人だからと軽視することは、事の真相を見誤ることになる。

「卿局は夫も父もなく、日和見《ひよりみ》の兄がいるだけの頼りない身の上だ。だがそれは同時に、厄介な身内を持たず、全てを主上に捧げているということ。その点は私とよく似ている。院の御為《おんため》が即ち己の為であればこそ、院は私を信じて下さった。卿局と主上も同じであろう」

「後ろ盾がないことが、却《かえ》って強みなのですか」

「さよう。主上は十六歳になられる。元より賢い御方であられたが、愈々《いよいよ》、己を取り巻く政の潮目を読んでおられる」

幼い頃から賢明と言われる帝だが、それでも周子は、関白九条兼実や丹後局の意のままに動く傀儡《かいらい》ではないかと思っていた。しかし、丹後局はそうは見ていない。

「卿局の指南の賜物か……主上はいずれ、己の手で政を行いたいと望んでおられる」

次いで小さな声で「小癪《こしやく》な」と呻《うめ》くように呟いた。それが卿局に対するものか、帝に対するものか測りかねるような毒気を含んでいた。

帝はこの国の頂、治天の君である。しかし、帝が自らの手で政を行うことは少なく、外戚である大臣や公卿らが執政をするのが常となっていた。ただ、帝が御位を下り、上皇となった後に執政を行った例はある。後白河院はその最たるものであった。

今上、後鳥羽帝もまた、それを目指していると丹後局は考えているのだ。

「親政となると中宮が皇子を産もうと、宰相君が皇子を産もうと関係ない。誰も外戚として政を手にできぬ。ただ、主上の最も近くにいる卿局は力を持つことになるやもしれぬ。更に卿局が差し向けた重子が皇子を産むとなれば愈々、厄介な……」

丹後局は深く眉間にしわを寄せ、それを隠すように扇で顔を仰いだ。

未だ寵愛すら受けていない少女が、いずれ産むやもしれぬ皇子のことまで考えている。

「ともかくも、中宮が皇子を産んだとしても、主上が親政を布《し》く前に、六条殿の力を安定させなければならぬ」

丹後局の思惑は偏に娘である宣陽門院の所領の安堵であり、権勢の維持である。

「女人たちが皇子、皇女のいずれを産むにせよ、今はまず関白九条兼実の力を削《そ》がねばならぬ。その一手は何か、そなたに分かるか」

丹後局は探るように周子の目を見つめる。周子は丹後局を見て、ふと碁盤に視線を落とす。そこに、石の置かれていない空白を見つけた。

「……鎌倉を、引き入れられますか」

周子の問いかけに、丹後局が我が意を得たりとばかりに微笑んだ。

「さよう。鎌倉を、六条殿の味方につける」

「しかし……鎌倉は元より関白様と近しいのでは」

源頼朝は、長らく征夷大将軍の位を求めていたが、亡き後白河院はそれを許さなかった。院が亡くなった後、後鳥羽帝に頼朝の任官を勧めたのは、頼朝と親交のあった関白九条兼実である。以来、頼朝と兼実は近しい間柄であった。

「確かにそうだが、頼朝にも、他の野心があると見える」

周子の脳裏に先の大仏殿での出来事が過《よぎ》った。頼朝は遠路はるばる嫡男のみならず、長女の大姫までも伴って上洛《じょうらく》している。

「もしや姫君を入内させようとお思いなのですか」

丹後局は深く頷いた。碁盤の中の空きに、黒石を一つ置いて、企みに似た笑みを浮かべる。

「さよう。ここに、新たな陣を開く」

「さながら戦でございますね」

「世の中では、男は戦を好み、女は戦を厭《いと》うという。しかしそれは違う。戦い方が違うだけのこと。男の戦は、碁石をまとめて碁盤の上にばらまいてしまう。大勢が死ぬだけではなく、武具に馬具に建物と、燃やし、壊して金がかかって仕方のない贅沢《ぜいたく》な道楽よ。されど女の戦は違う。一手で終《しま》い。但し石をよくよく見極め、どこに置くかも決めねばならぬ」

丹後局はそう言って、碁盤の上に扇を翳《かざ》してみせた。

「私はこれまで、政に関わってきて分かったことがある。一つ所に力が集まりすぎてはいけない。力は常に散らばることで、世は泰平に保たれる。強すぎる者は挫《くじ》かれるのだ」

それは平家の没落を見れば明らかである。一方、後白河院が親政を行いながらも、源氏の台頭を許し、摂関家も政に手腕を発揮してきた。丹後局は、亡き院に倣い、敢《あ》えて力を分散させようとしているようである。

「世を泰平にするためには、誰かが強くなりすぎぬことよ」

丹後局は不敵で艶やかな笑みを浮かべた。

その時、さらさらと衣擦れの音がした。

「参られました」

女房が静かに誰かの来訪を告げる。既に夕刻、来客にはやや遅い。

「そなたも参れ。鎌倉の一行が参った」

周子は促されるまま、丹後局の後に続いた。

六条殿本殿の広間にて、御簾内に入った丹後局は、脇息に凭れる。周子が御簾を内側から上げると、他の女房らが手際よく巻き上げた。周子は丹後局の傍らに控え、下座に居並ぶ面々を見やる。

長烏帽子《ながえぼし》の貴公子は、大仏殿で会った頼朝である。そして北条政子と、大姫、嫡子頼家《よりいえ》の姿があった。後方には周子の父、広元が控えている。

丹後局は頭を下げる面々をゆっくりと見やる。

「此度、東大寺の法要は見事であったそうな」

頼朝は短く「恙《つつが》なく」と答えた。

「そちらが北の方か」

「政子と申します」

政子はよく通る声で名乗る。先日、東大寺の法要でその姿を見た時は、垢抜けぬ臙脂色の衣であったが、今は先日よりも数段、都風の藍色の装いになっている。

「衛門は既に見知っておろう」

「はい、先の落慶法要でお目通りを。御台様におかれましては、本日は装いも新たに華やいで」

　すると政子は、ほほほ、と笑った。

「何分、鎌倉と都とでは今様が異なる様子。六波羅《ろくはら》の者に新たに整えさせてございます」

　落慶法要の折に参列した京の女房たちの中には、政子の振る舞いや装いに陰口をたたく者も多かった。政子は気にせぬ様子に見えたが、その実、不快な思いをしていたのかもしれない。強い眼差しに政子の勝気さがほの見える。宮中では心中を露《あら》わにする者が少ないだけに、政子の語気や表情はひどく挑戦的にさえ感じられた。丹後局も周子と同じように感じたのか暫《しばら》く黙って政子を眺めていたが、口の端を持ち上げて笑顔を見せた。

「今様もよう似合う」

　上辺と分かる浅い声で賞賛し、すぐさま視線を大姫へと向けた。

「そちらが姫君か」

「さようでございます」

　政子はぱっと顔を明るくして、後ろに控える娘を丹後局に見せるように避《よ》けた。

　大姫は華やかな赤と白の桜の襲に裳を着けている。黒髪に縁取られた頬は白く、大きな黒い目はまっすぐに丹後局に向けられていた。しかし、その目には光がないような奇妙な印象を受ける。先日の落慶法要の時には遠目に見て感じていた違和感が、間近になると、より一層、強く感じられた。

「ご挨拶を」

政子に促され、大姫は静かに頭を下げる。丹後局は挨拶の文言を待っていたようであるが、姫は一言も口を利かぬまま頭を上げた。照れていると思えなくもないが、顔を上げた時にはまっすぐに丹後局を見ている。戸惑う丹後局と周子の一方で政子は、美しい娘を満足そうに眺めて微笑んでおり、大姫のこの振る舞いに違和感などないようだ。

「お美しく……大人しい姫君だこと」

丹後局は含みを持たせて言う。政子は嬉しそうに微笑む。

「はい。かように晴れやかな場に出てくるのは初めてでございますが、動じることもなく、恙なく過ごさせていただいております」

確かに動じてはいない。しかし、大人しいといっても余りにも大人しすぎる。一方の政子は、大姫とは対照的に大きな声で話し、表情をころころと変える。強気でもあり、屈託なくもある政子は、宮中にいたら、或《あ》るいは人望の厚い女房になりえたかもしれないと周子は思った。

「そちらがご嫡子か」

丹後局は、頼朝の傍らに控えている少年に目を向ける。

「はい。頼家と申します」

頼家は今年で十四になるという。後鳥羽帝よりも二つほど年若い。直衣《のうし》を纏っているが、着慣れぬせいか、身じろぎをするたびに落ち着かない様子でもある。

またぞろ政子が息子自慢を始めるかと周子は身構えた。しかし、政子は大姫の衣の裾を整えてから、まるで頼家に関心がないようについと息子から眼をそらす。奇妙な母子だと思った。

一方頼朝は淡々とした口調で、息子が狩りで大鹿を射止めたことなどを話している。

「いずれは嫡子として後を継がせる心づもりでおります」

「それは頼もしいこと」

丹後局は誉め、少年頼家は照れたように顔を赤らめる。我が子を褒められた頼朝もまた嬉しそうであるが、政子はどこか白けたような顔をする。

「暫しの間ではあるが、都を楽しまれるが良い。また、六条殿へも参られよ。この衛門は、鎌倉とも縁がある。六波羅に訪ねることもあろうから、よしなに」

丹後局の一言で、鎌倉一行との対談は終わりを告げた。

丹後局は大殿から奥の対屋《たいのや》に戻る回廊の途中で足を止めて周子を振り返る。

「そなたの父に私の元へ来るように伝えよ」

周子は急ぎ車寄せへ向かい、父の姿を探す。大姫と政子が車に乗る傍らで、馬を引いている父の姿を見つけた。

「父上。御局様がお召しでございます」

広元は分かったと答え、馬を馬子に預けると、車に乗った頼朝に次第を伝えて周子の元へ戻って来た。

「馬でいらしたのですか」

「ああ……わざわざ車に乗ることはない」

都では文官が馬に乗ることは少ない。己の父が鎌倉の者であるということを改めて痛感しつつ、周子は父を先導して歩いた。対屋に入ると、脇息に凭れた丹後局が、入ってきた広元に座るように示した。主に都と鎌倉の交渉を務めている広元は、丹後局ともこれまでに幾度も会ったことがある。

広元が座に着くなり
「あれが入内を望む姫か」

と、丹後局が切り出した。広元は神妙な面持ちで頷く。

「さようでございます」

「まるで傀儡ではないか。見目こそ美しいが、私の耳にはあの煩《うるさ》い御台の声しか残っておらぬ」

まるで耳元の虫を払うような素振りをする。

「恐縮でございます。何分、病弱でいらっしゃる故に……」

「病勝《やまい》ちとは聞いている。何の病か」

「気鬱《きうつ》かと」

「気鬱……それを入内させようと言うのか」

「是非に……と」

「そなたはどう思う、衛門」

後ろに控えていた周子は不意に話を振られ、慌てて顔を上げた。

「お美しい姫君と存じますし……気の病ならば、治ることもあろうかと」

「従前から、何かというと加持祈禱《かじきとう》だと申して、鎌倉が慈円と文を交わしていたのは聞いている。それもあの姫の為か」

広元は、はい、と答えた。

「無論、姫の為だけではございません。何分、戦が続いておりました故、敵味方なく、御《み》霊《たま》を鎮めんとしております」

「では、姫の病とやらも、そうした怨霊《おんりよう》の類のせいだと考えているのか」

「御台様は、そう仰せです。此度の上洛では、姫の御具合も芳しく、それも偏に都に悪霊が寄り付かぬ故と」

「そなたはそれを信じているのか」

「畏れながら……一理あるかと……」

言葉とは裏腹に、声音からはやや懐疑的な思いが窺える。丹後局は扇を広げ、吐息する。

「まあよい。鎌倉は、あの姫が入内することを望んでいるのだな。そのために関白九条家に先んじて、この六条殿に挨拶に訪ねたと」

「はい。それは間違いございません」

「ならば良い。そなたは引き続き、この六条殿と鎌倉の間を繋ぐ役目を果たすよう」

「有難く」

丹後局は広元に下がるように命じた。周子は父を厩舎《きゆうしや》まで見送るべく長い廊下を渡りながらその背に向かって問いかけた。

「父上は、姫君の気鬱の理由《わけ》はご存知ですか」

「まあ……色々とあろうが……最も大きなことは、許婚《いいなずけ》であった若君が亡くなられたことだ」

「許婚がいらしたのですか」

「もう十一年ほど前になる。姫が七つの折だそうな」

「七つとは、随分と御幼少の砌《みぎり》でございますね」

「無論、それだけではないが……御台様はそう仰せだ」

都では、幼い時分に家同士で婚姻の約束をするのは珍しい話ではなく、片方の家が没落して反故《ほご》になることもよくある。帝の元にいる宰相君在子は、平家の敦盛と縁づくつもりであったが、平家の没落と共に話は消えた。今は帝の寵姫の一人として凜としている。心を痛めていたとしても、大姫の様子とは違う。

「入内とは、内裏《だいり》に入ることだけではございません。帝の寵愛を、他の姫君と相争うこともございます。大姫様をお支えする女房も要りましょうなあ……」

すると広元は足を止めて振り返り、じっと周子を見据えた。

「そなたに頼むことはできまいか」

「滅相もございません。私はこの六条殿の女房でございます。丹後局様、女院様の元で務めて参りたいと存じます故、ご容赦を」

ただでさえ、父が武門に下ったせいで都で居心地の悪い思いをしてきたのだ。この上、頼りない姫君の女房として生きるのは御免こうむりたい。

「そうか」

と、広元はやや残念そうに口にした。

厩舎に辿り着くと広元は慣れた様子で馬に跨がる。

「ではまた」

馬を駆って去っていく父の後ろ姿を御殿の階《きざはし》から見送りながら、周子は苦笑する。

「怨霊の類が寄らぬとは……」

都に怨霊が寄り付かぬから大姫の具合が悪くならぬなどとは、失笑ものだ。

「後宮こそ、怨霊よりも恐ろしいものが跋扈《ばっこ》しているというのに」

後宮での争いは戦のように殺し合うことはない。しかし祈禱師や陰陽師《おんみょうじ》たちが暗躍を繰り返している。今も、中宮が宿す子が男から女に変わるようにと、札を張りまわる者がおり、呪詛《じゅそ》で殺さんと祈禱している者がいる。それを退治するために、夜な夜な女房たちが寝所を巡っては札を剝がし、守りの為に高僧を呼んで、夜通し読経をさせている。

気丈と自負する周子でさえ、毎日、この有様を見ていると、呪いはあると信じてしまうし、時には悪夢にも魘《うな》される。

「鎌倉の方々は分かっておらぬ」

深い吐息と共に、一行が去っていった夜陰を睨んでいた。

○

八月、鎌倉の一行が長い滞在を終えて帰途についてから一月《ひとつき》半が過ぎ、ようやっと都も落ち着きを見せ始めた頃。都大路《みやこおおじ》を慌ただしく早馬が行きかった。

中宮任子が皇女を出産した。

「皇女であったか」

丹後局は一報を受けて、あからさまに安堵の色を浮かべた。九条兼実は皇子誕生を待ち望み、寺社に寄進し、陰陽師や加持僧《かじそう》に祈禱をさせていただけに、さぞや落胆していると思われた。

「関白様もさることながら、中宮様も御心を痛めておられるのでは……」

生まれながらに后となるべく育てられ、国母となると思って生きて来た中宮任子にとって、期待された皇子ではなく、皇女を産んだことは、辛かろうと周子は思った。しかし丹後局はその周子を窘める。

「政には情は要らぬ。心を慮《おもんぱか》っては手が鈍り、己の周りが倒れることになる」

冷静に事の推移を見据えている丹後局の言葉に、周子は己の未熟を感じて項垂れる。丹後局は一報を記した文を眺めながら、満足そうに笑う。

「関白が増長せずに良かった。あの者は人を見る目がない。己が摂関家の出であるからと、無能だろうと摂関家の出であれば重用し、有能であろうと出自が低ければ軽んじる。これでは政はいずれ滞る。これで少し大人しくなれば良いのだ」

そしてふと思い出したように周子を見た。

「慈円の申した女人入眼は、中宮によって為されることはなかったなあ……或いは宰相君が為すやもしれぬ」

宰相君在子は、この中宮の出産の陰でひっそりと里下がりをしている。在子の懐妊は、宮中でも限られた者しか知らず、関白をはじめ中宮の周囲に話が漏れぬように、厳重に気を配ると共に、丹後局や土御門通親らが、内々に方々の寺社に祈禱を頼み、皇子の誕生を待ちわびていた。もしも皇子が誕生すれば、在子は土御門通親の養女となることが決まっていた。事前に養女となると耳目を集めることになるので、飽くまでも内々の話である。

「身ごもっている寵姫は、あらゆる呪いを掛けられる。その呪いを減らすには、懐妊を隠すのが最も良い」

丹後局もまた、かつて女院を身ごもった時には、誰にも関心を持たれることはなく、それ故にこそ無事に過ごせたと語る。

「考えてみれば、周知の中で皇女を無事に産み参らせた中宮は、なかなかの強運であるな」

確かにそうとも言える。帝は此度の皇女誕生を喜び、寵愛に変わりはないと九条兼実は喧伝《けんでん》して歩いている。次こそは皇子をと強く願っているのであろう。だが、在子が皇子を産んだとしたら、時勢は一気に変わる。しかしもし、在子が皇女を産んだのならばどうなるのか。

「何ともならぬ」

丹後局はこともなげに言い放つ。

「皇女を産んだのならば、数多ある女房の一人が帝の寵愛を受けたというだけのこと。土御門は在子を養女とすることはない。能円の孫である皇女は内親王宣下も難しいであろうから、いずれか名のある公卿に降嫁《こうか》するか……。それに、寵姫となったことを知られれば、在子が再び宮中に上がることも難しかろうから、次に皇子を産むこともあるまい」

つまり、皇子を産まなければ、在子は、帝の寵姫としての道も、宮仕えの女房としての道も断たれる。静かに穏やかに、幼い頃から帝を見守り育て、今また寵愛を受けて寄り添ってきた在子は、そこまでの覚悟をもって里下がりをしているのだ。

「在子様のお見舞いに伺うことはかないましょうか」

周子が問うと、丹後局は首を横に振った。

「今、在子の周りは出入りの者も最小限にとどめている。そなたに他意がないことは重々分かっているが、もしも子が流れるようなことがあった時、要らぬ嫌疑を掛けられることのないよう、今は近づいてはならぬ。そんなことより、次の手を考えねば」

在子が皇女を産んだ時、中宮が再び懐妊した時、重子が入内した時……様々な動きに対応するために丹後局は思案を巡らせていた。

そして迎えた九月、周子は丹後局より召された。

「そなた、鎌倉へ参れ」

目を細め、口の端を上げる丹後局の顔は、遠目に見たら穏やかに微笑んでいるかに見える。しかし目の奥には冴え冴えと冷たい光を宿しているのを周子は知っていた。

「その目の前では、さながら己が碁石になったよう」

かつて在子が言っていたのは、こういう目であろう。そして今、紛うことなく周子は碁盤の隅に置かれた碁石の一つなのだ。

「それは、かの鎌倉の姫君を入内させるためでございましょうか」

「さよう。あの姫は心もとないが、在子が皇子を産んでも皇女を産んでも、武門の長たる鎌倉と組んでおくに越したことはない。鎌倉は今、都の所領にも手を伸ばしている。女院様の所領の安堵も確約させせねばならぬ」

するりと脇息を押しのけて立ち上がり、周子の眼前に座ると、周子の手を取り、その甲を撫でながら語りかける。

「衛門というそなたの名は、父である左衛門大尉からとっているが、今やそなたは六条殿を守る衛門でもある。都と鎌倉を結び、この女の戦を勝ち抜く智略を持っているであろう」

周子の身の内に誇らしさがこみ上げる。しかし同時に重責に震える想いもある。

気鬱の病を患っている姫を、中宮任子や在子、重子と渡り合える后がねに育て上げ、都に連れてくる。そのために武士の住まう鎌倉に身を置き、あの御台所北条政子と向き合うのだ。

「私に務まりましょうか」

「やってもらわねば困る」

強く冷たい言葉と共にすっと手を離す。周子は己のうちの弱さを刺された気がして唇をかみしめる。

恐らく、周子の他の誰も鎌倉への下向を望むまい。戦は終わったとはいえ、未だに鎌倉への道中には野武士や野盗が跋扈する。彼《か》の地に縁のない宮中の女房には厳しい。その点、周子は縁薄いとはいえ、父が鎌倉の重鎮である。宮中での慣習も知っており、入内に必要な知識も持ち合わせている。それでも迷う周子を無視して、丹後局は話を進める。

「くれぐれも、御台所の好きにさせてはならぬし、あの女を都に入れることもまかりならぬ」

「……御台様を都に入れぬとは」

時に、公卿の娘たちが入内する折には、その母が筆頭の女房として共に内裏に入ることもある。北条政子は鎌倉においても重責があるから、易々と娘の入内に付き従うことはないだろう。しかし丹後局が強く言及したのが気になった。

「あの女は、我ら都人とは異なる。何とも……気に入らぬ」

端的に、容赦のない言葉である。周子は、はい、と返事をしながらも、未だに鎌倉下向への迷いを滲ませた。周子のその様子を黙って見つめていた丹後局は、ふっと口の端を上げて笑った。

「衛門、そなたは力が欲しくないか」

問の意図がつかめず、周子はただ丹後局を見上げた。丹後局は懐かしむように目を細めた。

「私は夫であった平業房が亡くなった時、五人の子を抱えた無力な女でしかなかった。それが今、こうして政に携わる力を持っている。その源は何か分かるか」

周子は、いいえ、と首を横に振る。

「見聞を広めたからだ。後白河院の傍らにて、人と権力の動きを見聞きし、何《いず》れに力があり、何れに財があるのかが分かった。それが即ち力になった」

力を確かめるように、丹後局は己の手のひらを強く握る。

「夫を亡くし、五人の子と共に、世に放り出された時、私は波間に浮かぶ小舟の上にいるようであった。櫂《かい》もなく流され、いずれは波にのまれる定めと思うていた。見聞はさながら船を漕ぐ櫂。それを得てようやく、私は岸を目指す術《すべ》を知った」

手元にある扇をさらりと広げ、ゆっくりと扇ぐ。

「女人が見聞を広める好機は男に比べて少ない。しかし一度その機を得られれば、大臣たちとて及ばぬ力を得ることができる。私にせよ、卿局にせよ、数多の宮中の女人たちが、そうして帝すらも動かして政を行ってきた。それこそ慈円の申す女人入眼とやらは、必ずしも帝の子を産み参らせる后のことのみを言うのではない」

そして改めて扇を眺め、不意に節をつけて歌う。

〽松の木陰に立ち寄れば
千歳《ちとせ》の翠《みどり》ぞ身に染《し》める
梅が枝かざしにさしつれば
春の雪こそ降りかかれ

周子は目を瞬《しばたた》き、歌の意を汲《く》もうとする。すると丹後局は、ほほほ、と高らかに笑った。

「これは後白河院が口ずさんでいらした今様の一節。この歌と共に、私にこの扇を下されたた」

丹後局は扇を閉じると、周子に向かって差し出した。

「そなたにこれを」

「……院から下賜された扇を、私に……畏れ多い」

周子は膝を引いて固辞した。しかし丹後局はそれでも差し出す手を引こうとはしない。

「鎌倉の者たちを驕《おご》らせてはならぬ。亡き院の御威光と共に乗り込み、入内はこの六条殿の深慮の賜物であると知らしめよ」

周子は改めて進み出て、両手で恭しく扇を手に取った。それは持ちなれた檜扇《ひおうぎ》と同じ作りであるはずだが、重さと共に熱までも感じられるようである。

「鎌倉へ参れ」

これは、否やを許さぬ命である。周子は扇を押し頂いた。

「畏まりましてございます」

建久六年九月、かくして周子は鎌倉へと旅立つこととなり、六波羅から護衛が派遣された。

同じく六条殿にて宣陽門院に仕える母は、都に残る。勢力争いが渦巻く宮中では、一歩間違えれば立場を失うこともある。遠く離れた鎌倉にいれば、潮目が変わるのが分からぬまま、戻る場所をなくすことにもなる。だからこそ、母が都に留まるのは有難かった。見送りに立つ母は、旅立つ娘の手を取った。

「くれぐれも無理のないよう。大役を終えての帰京を待っております」

「はい。役目と共に、見聞を広めて参りたいと存じます」

丹後局の言葉の通り、見聞を広める好機と考えよう。それだけで力が手に入ると思うほど気楽な旅ではあるまいが、この下向には何かしらの実りがあると信じ、覚悟を決めた。

## 二　波の音

鎌倉の御所はまだ、ところどころで真新しい木の香りがしていた。

周子は白と紺青《こんじよう》の衣の葉菊《はぎく》の襲、そこに緋袴《ひばかま》に裳という、内裏に上がる際と同じ正装であった。六条殿の丹後局より下賜された檜扇を手に、そろりそろりと廊下を渡る。

建久六年、九月。東大寺落慶法要から半年が過ぎていた。

鎌倉大倉郷《おおくらごう》に建てられた御所は、当初は頼朝とその御家人三百人余りの拠点として作られた武家屋敷の集まりであった。しかし、平家討伐が成り、各地に守護地頭を配するなど、武家の棟梁として政を行うにあたり、御所としての体裁が次第に整えられて行った。

南側に大きな池を配した寝殿造りで、寝殿の北西に大御所と呼ばれる将軍御所や公文所《くもんじよ》、問注所《もんちゆうじよ》などが入る。東には大きな馬場があり、寝殿の北の対は、御台所政子をはじめ大姫ら、頼朝の子女の住まいとなっていた。

都における大臣の住まいと、規模は近い。異質なのは大きな馬場と、行き交う武士の数である。

周子は、丹後局から下賜された檜扇で顔を隠しながら小さく吐息した。

「まさか、鎌倉まで来ることになろうとは……」

鎌倉御所の磨き抜かれた渡殿《わたどの》を、緋袴を捌きながら歩く。檜扇を握る手に知らず力が入るのは、柄にもなく緊張しているせいであろう。

足を進めると、そこには御家人らの姿があり、周子はそれにやや怯《ひる》んだ。宮中では、男も顔を白く塗り、互いの顔を見ぬように目を伏せるのが習いである。しかし武士たちは入って来た周子を遠慮なくじっと見据える。日に焼けた褐色《かっしょく》の肌に、水干姿で並ぶ様に驚きながら、周子は扇で顔を隠しながら奥へ進んだ。

広間の最奥には、烏帽子姿の源頼朝の姿があった。手前には御台所、北条政子。そして周子の斜め後ろには、父であり政所別当である、大江広元が控えていた。

周子は頼朝の正面に進み出る。その姿を見るのは六条殿で見かけて以来である。

「遠路、よう参られた」

頼朝の声音は先に六条殿で聞いた時よりも、野太く低く聞こえる。周子は扇で顔を隠しつつ、はい、と静かに答え、扇越しにちらりと頼朝を見やる。

京で間近に目にした時は、都の殿上人《てんじょうびと》よりもいっそ気品があるようにさえ感じられた。穏やかな声音は好ましく聞こえた。しかし、鎌倉で見る姿は雅やかというよりも、威厳に満ちて勇ましく見える。この人は、雅やかさと武士の威厳という二つの顔を場面によって使い分けることができるのだろう。

「久方ぶりであるのう」

明るい声の主は政子である。四十になる政子は、日に焼けた浅黒い肌を隠さぬ薄化粧で、単《ひとえ》に切袴《きりばかま》の上に黒みを帯びた赤色の蘇芳《すおう》の袿《うちき》を羽織る略装である。棟梁の北の方としては地味に見えるが、その装いとは裏腹に、そこにいるだけで他を圧倒するような力強さを感じさせる。都で会った折にはどこか粗野に見え、雅やかな頼朝とは不釣り合いと言う者もあった。しかしこうして、鎌倉御所の最奥に座る姿は武門を纏める女主としての風格を感じさせる。

「京、六条殿より参りました、衛門でございます」

「名は周子と申すそうな」

政子は間髪《かんはつ》を入れずによく通る声で言う。

「……さようでございます」

周子は渋々と答えた。

宮中の女房の諱《いみな》は容易《たやす》く明かすものではなく、近しい者をおいては女房名を呼ぶのが習わしだ。そう育ってきた周子にとって、衆目の前で名を口にされるのは不快であった。しかし政子の眼差しに他意はなく、むしろ近しくなろうとしているようだ。政子にしてみれば、娘と同じ年頃の若い女房と思っているのだろう。

「愛らしいこと」

その言葉も喜ばしさはなく、むしろ軽んじられている、と思う。

長らく六条殿に仕え、帝にも目通りしたことのある身として、六条殿の「衛門」として鎌倉入りしたと自負していた。しかし政子は鎌倉に仕える別当の娘が来た……と扱っていることに苛立《いらだ》ちを覚える。「愛らしい」とは、誉め言葉ではなく目下として見る政子の意図も窺える気がした。

周子は改めて背筋を伸ばす。

「六条殿の丹後局様より命じられて参りました。以後、大姫様が恙なくご上洛なさいますよう、努めて参ります」

大姫入内の支度が始まっていることを告げた。そのことを察した頼朝と政子は顔を見合わせて深く頷いた。

「心強いこと。よしなに頼みますよ」

政子の声に、周子は、はい、と答えた。頼朝は慮るように周子を見た。

「遠路、疲れたであろう。これよりは十二所《じゅうにそ》の政所別当の元より、出仕するが良い。六条殿の女院様、御局様にもよしなに」

頼朝は、周子の後ろに六条殿を見ている。一方で政子が殊更に都を無視する態度は、坂東の武者たちの思いにも見えた。

周子はゆっくりとした所作で立ち上がり、長袴の裾を捌き、裳を引いて下がる。宮中においては何気ない動きが、ここでは一挙手一投足を見つめられているようで落ち着かない。それでも堂々と振る舞うべく、周子は檜扇で顔を隠したままで辞した。

渡殿を渡り、御所から車寄せまでたどり着く頃には、慣れているはずの装束の重さに押しつぶされそうになっていた。一刻も早く帰りたいと先を急いでいた時、

「周子」

振り返ると、父、広元の姿があった。

「疲れたであろう」

当たり前のことを言われた苛立ちもあり、周子は眉を寄せる。

「ここでは、私は六条殿の遣いではなく、別当の娘として扱われるのですか。御台様は、何故に、あのように軽々しく諱を口になさるのか」

広元はふっと笑った。

「そうしたことを気になさらぬ。都とは勝手が違うのだ」

「都は格式と仕来《しきた》りに厳しいと、父上とてご存知のはず。それを気になさらぬ御台様がお育てになられた大姫様に、入内の御仕度申し上げるとは……先が思いやられます」

苛立ちながら言って大仰に吐息した。広元はうむ、と小さく呻り、声を潜めた。

「一つだけ、心得ておくと良い。この鎌倉において御所様と御台様はいずれも立てねばな

らぬ」

「どういうことでございましょう」

「宮中では、帝と后は並び称されるものではない。しかしここでは時には御台様の御意向が、御所様を上回ることがある。この鎌倉は御台様と北条なくして語ることはできぬのだ」

かつて流人《るにん》として伊豆にあった源頼朝は、目付であった北条時政の娘、政子と密通した。

「御台様が御所様に惚れたのであろう」

というのが広元の見解である。

荒ぶる坂東武者たちの地にあって、雅な貴人がいれば、年若い娘が夢中になるのも無理はない。当時、頼朝と通じたのは政子だけではなく、伊東祐親《いとうすけちか》の娘もまた、懇《ねんご》ろな関係になったという。伊東の娘との間には子もなしたのだが、伊東祐親の怒りを買い、子は殺められ、娘は別の男に嫁がされたという。

一方、政子との間には、大姫が生まれた。都で平家が栄華を極めていた当時、平家に敵対して流された頼朝との間に縁を結ぶなど、時政にとっては言語道断。時政は早々に頼朝と縁を切るべく、政子を平家所縁の武士、山木兼隆《やまきかねたか》に嫁がせようと動き始める。しかし、嫁入り行列の最中、政子は従者の馬を奪い去り、頼朝の元へ走った……と言われている。虚仮《こけ》にされた山木は怒り心頭であったが、時政も取り繕うことができない。北条は、政子の恋路に導かれるように、頼朝に仕えることになったのだ。

以後、北条時政は坂東武者を次々に頼朝の元へ集結させ、遂に平家に反旗を翻して決起するまでになった。今や、時政は「鎌倉殿の舅《しゅうと》」として、大きな力を持っている。現在は、都と鎌倉を結ぶ役目を担い、主に京の六波羅に居をおいていた。

北条政子の熱情なくして、今の鎌倉はない。だからこそ、政子はただの「妻」というだけではなく、鎌倉において不動の地位を有している。

「そなたも、御台様に異を唱えることは、御所様に異を唱えるのと同じく……或いはそれ以上に留意せねば鎌倉での役目は果たせぬ」

「畏まりましてございます」

周子は不承不承頷いて吐息した。

「大姫様への御目通りは、また日を改めるように言われております」

「そうか……」

広元はふと表情を曇らせて唇を噛みしめる。周子は怪訝に思いながらも言葉を接いだ。

「さすればこれにて御前を失礼申し上げます」

「十二所に戻るのか」

周子は更に眉根を寄せた。

周子の宿所は、父、広元の十二所にある屋敷であった。屋敷には、広元の妻で、武家の出である三十を過ぎたばかりの多紀《たき》と、未だ幼い三人の子が住まう。多紀は生《な》さぬ仲の周子に対して礼を尽くしてくれており、居心地が悪いことはない。しかし、六条殿の遺いとしての立場と、別当の娘としての立場の混同がいずれ、何かしら厄介を引き起こしはしないかと懸念もあった。それでも今は余計なことを考えず、一刻も早く休みたかった。

「はい、ご厄介かと存じますが、よしなに」

周子は車寄せにある網代車《あじろぐるま》の中へと体を滑り込ませて、簾を落とすと、車の壁に頭を預ける。

歓待されると思っていたわけではない。しかし、これほどに疲れるとは思っていなかった。

「容易くはありますまいな……」

目を閉じると、政子の強い眼差しが周子の瞼《まぶた》の裏に浮かぶ。そして丹後局の言葉がふと蘇る。

「財力と、見聞さえ手に入れば、力を持つのに男も女もありはせぬ」

それでも宮中では、女は扇で顔を隠し、本音を腹に収めて野心を抱く。この鎌倉では、扇も御簾も取り払われ、政子は大きな声で語り、野心も力も隠さない。

「何もかもが違うのだ……」

分かっていたようで分かっていなかった。そのことを痛感して唸《うな》るように呟いた。

◯

繰り返し、繰り返し、波の音が聞こえている。

薄《うっす》らと目を開けると、すっかり日が高くなっていることに気付き、周子は、ほうっとため息をついた。

「お目覚めでございますか」

慌ただしく角盥《つのだらい》を抱えて部屋に入り込んで来たのは、都から共に下向した侍女の小菊《こぎく》である。

「波の音がずっと耳について……」

「ここでは聞こえませんよ」

小菊は周子より二つ年かさで、幼い頃から共に育ってきた間柄でもあり、遠慮なく言う。

言われてみれば、この十二所の屋敷は海から遠く、波音までは聞こえてこない。

「本日は御所に出仕なさらないとはいえ、いつまで寝ていらっしゃるやら」

小菊に急かされた周子はむくりと起き上がり、角盥で顔を洗う。

御所で鎌倉殿頼朝と御台所政子に拝謁した次は本題であるところの大姫に御目通り……

となるはずだが、翌日も、翌々日も

「大姫様の御加減が芳しくなく」

と拒まれて、既に五日が過ぎていた。

初めの二日ほどは、長旅で疲れた体を休められて良かったと思っていたのだが、三日目には苛立ち、四日目となると緊張が解けて怠《だる》さが増し、五日目ともなると空しさで力が抜ける。

「一体、いつになったら大姫様にお会いできるのか……」

周子はつい弱音を吐く。

「折角ですから、市中に参りませんか」

小菊の誘いに周子は眉を寄せる。

「道を行けば武士ばかり……」

「武士をそうお嫌いにならないで下さいまし」

小菊は昨年、六波羅の武士と夫婦になった。夫の三郎《さぶろう》は周子の衛士として、この旅にも同道している。

「まあ、姫様の武士嫌いは昔からですが」

小菊の言葉に周子は、口を引き結ぶ。

周子にとって武士は、災厄をもたらすものだった。幼い頃、父が武士に仕えるためにいなくなった。そして、母が仕えていた後白河院の御殿、法住寺殿《ほうじゅうじどの》を焼いたのも武士であった。偶々《たまたま》、母に連れられて女童として御殿に上がっていた九歳の周子は、突如、急襲した源氏の木曽義仲《きそよしなか》の軍に包囲され、院が捕らえられた。

「院の御殿を襲うとは」

御殿にいた女房たちは狼狽《うろた》え、衛士の武士らは慌てふためき、弓や刀を携えて走り回る。周子は戦い殺し合う声を聞きながら、母と二人で手を取り合い、這《ほ》う這《ほ》うの体《てい》で逃げ出した。

争いの発端は、勢力を増した木曽義仲が、平家に連れ去られた安徳帝《あんとくてい》の代わりとなる次の帝に口出しをしたことにあった。義仲は、以仁王《もちひとおう》の子、北陸宮《ほくろくのみや》こそ帝に相応しいと推した。一方、後白河院は高倉帝《たかくらてい》の四宮、つまり今上後鳥羽帝を推した。公卿たちは当然、後白河院の意向を優先し、木曽義仲を「不届者」と相手にすらしなかった。それに腹を立てた義仲は、武力をもって院と公卿らを黙らせようと襲い掛かったのだ。

周子は長じてからようやっと、それらの事情を知った。しかし知るほどに、「武士の分際で」という公卿たちの怒りも分かる。帝の御位に武士が手を掛けるなど、あってはならない。

「その木曽義仲を討ったのが、鎌倉の御所様の弟君たちでございましょう」

小菊は、夫の主を誇るように言う。

確かに不届きな木曽義仲を討ち、院を救ったのは頼朝の弟、範頼《のりより》と義経《よしつね》であったと聞いている。

「分かっておりますよ。鎌倉殿……いや、御所様は、帝に対しても、御局様に対しても礼を尽くされる」

東大寺の法要を見ても、六条殿での振る舞いを見ても、あの法住寺殿での粗野な武士たちと頼朝は明らかに違う。それが棟梁の器というものなのかもしれない。

「それに、三郎が良い人であるのは私も散々、小菊から聞かされていますから」

周子が揶揄するように言うと、小菊は、ふふふ、と笑みを浮かべた。

小菊の夫、三郎は大柄で、いざ刀を手にすれば、それこそ野盗なぞ薙《な》ぎ倒す強さもある。その上、小菊に頼まれれば、重い荷を嫌な顔一つせずに運び、小柄な小菊に少し叱られただけでも項垂れてしまう可愛いところもある。周子のことも、小菊の主として思いやってくれる優しい男だ。

「さて、それでは姫様。外に参りましょうよ」

小菊は周子を急かす。確かに、日がな一日屋敷にいたとて、何も得られるものはない。見聞を広めて参れ、という丹後局の言葉が蘇る。鎌倉がいかなる所か、御所内だけではなく、市井を見なければ分かるまい。

「せっかく遠路参ったのですから。鎌倉の様子をよくよく見聞きし、都に帰りましたら女院様にお伝えするのもお役目でございましょう」

確かに、宣陽門院や丹後局は、この東国に来ることはあるまい。さすれば鎌倉の様子を具《つぶさ》に伝えるのも、才の見せ所であろう。

「では、参ろうか」

周子は歩きやすい切袴に、袿の裾をくくる腰ひもを結び、草鞋《わらじ》を履いて外へ出た。

十二所から市の立つ八幡宮寺《はちまんぐう》の参道へと向かう最中、ふと本殿を振り返る。この八幡宮寺は、頼朝の先祖である頼義《よりよし》が、石清水《いわしみず》八幡宮寺を鎌倉に若宮として招いたことに始まる。その後、頼朝が挙兵した際に鶴岡《つるがおか》八幡宮寺として整えた。この春、東大寺落慶法要に向かう際にも、一行で石清水八幡宮寺への参拝を行っており、源氏の八幡信仰は厚い。

参道の両脇には市が立ち、店が立ち並んでいる。野武士のような屈強な風情の男から、土塗《つちまみ》れで作物を運ぶ農婦までが入り乱れ、芸を披露しながら銭を集める者もいる。見はるかす海には幾艘もの船が浮かび、そこから荷が忙しなく市に運ばれているのが見えた。都とは異なるが、活気があるのは間違いない。

征夷大将軍に任ぜられて僅かなうちに、こうして町を整え、人々の交易を栄えさせるのは頼朝の求心力の賜物なのだろう。

並ぶ店を覗いてみると、絹や小物もそろっており、小菊なぞは絹をうっとりと眺めている。

「そろそろそなたにも仕立ててやらねば」

周子が言うと、小菊は
「滅相もない」

と言いながら、満更でもない様子で頬を緩める。絹を見ると、染の色はやや粗いものの、布地としての出来は悪くない。周子は幾つかを小菊に宛がい、後ろに控える三郎に問いかける。

「この色は似あうであろう」

周子の問いに三郎は、はあ、と困惑しつつ赤面して俯いてしまう。見立てができるわけではないが、小菊に華やかな色目が合わせられるのを見て、しきりに照れているのだ。周子が二、三見繕って
「十二所の別当屋敷に届けるよう」

と伝えると、市の商人は嬉々として頷いた。

更に先へ進むと、小物を扱う商人がいた。櫛《くし》や鏡、香合など、金の蒔絵《まきえ》が施された物もあり、周子は目を見張った。これほどの細工物となれば、貴人が特別に誂えたものかと思われたのだが、余りにもさり気なく売られている。他の品々に比べれば値は張るが、都で求めるよりも手頃である。周子は一つの櫛を手に取る。

「これは、大した細工よ。ぜひ欲しい」

周子の感嘆に、中年の商人は満面の笑みを浮かべた。

「この辺りには腕のいい職人がおります。加えて、鎌倉には奥州《おうしゅう》から金が来ますので」

「奥州の金……か」

奥州の金は、かつては奥州藤原氏から都に献上されていた。しかし今は奥州藤原を征した源頼朝から献上されている。頼朝は、自らに離反した弟、源義経を匿《かくま》ったとして、奥州藤原を討った。しかしその実、真の狙いは奥州の金にこそあったのではないか、とも囁かれていた。

「かの兄弟の争いなど、まるで己と縁がないと思うていたが……」

手に入れた櫛を眺めながら吐息する。

この市の活気は、数多の戦で、屍《しかばね》を積み重ねて勝ち取られたものなのだと改めて思う。そして集まるのは富だけではない。各地に配した守護地頭を通じて、あらゆる地の見聞もここに集まる。

「力の源は、見聞……か」

丹後局が言っていたことを思い出す。鎌倉は見聞をもって支配の力を強めているのだ。周子もまた、市を見ることで鎌倉を知る。これを見れば、なるほど確かに、今こそ鎌倉と手を結ぶべきであると思う。

「姫様、色々と干菓子や干し柿なども手に入れましたよ」

気づけば三郎が大きな荷を担いで、小菊と並んで立っていた。その二人の様が何とも愛らしく、周子は思わず笑みを零《こぼ》す。

「さて、そろそろ日が暮れましょう……」

そう思って辺りを見回すと、かなり海の近くまで来ていたことに気付いた。

「こんなに海の近くに来ていたとは……」

道理で足が疲れるわけだ、と思った。

「折角ですから、浜まで参りましょうか」

小菊に誘われ、周子も頷いた。浜まで歩くと、潮の香はより一層、強くなる。

「海は美しいものでございますねえ」

傍らを歩く小菊がはしゃいだ声を上げる。

確かに海は美しい。都を出たことのなかった周子は、この下向の旅で初めて海を目にした。古の歌人の東下りを髣髴《ほうふつ》としながら富士を仰ぎ、海を眺めるのは、旅路の中で周子の数少ない楽しみであった。

「あら、あれは何でございましょう」

ふと小菊が示す先を見る。

浜辺に馬を駆る若武者たちが見えた。波打ち際に的を立て、馬を駆りながら射抜いている。

「流鏑馬《やぶさめ》では」

周子は傍らの三郎を見やった。

「さようでございます。暫しお待ちを」

そう言うと、三郎は浜辺へと駆けていく。周子と小菊も足を進めた。

周子にとって、流鏑馬を間近に見るのは二度目のことである。

この三月、鎌倉の一行が上洛した折、武士たちの中で弓の上手と言われる者たちが、流鏑馬を披露した。武士の所作など無骨なだけだと思っていたのだが、人馬一体となって駆け、弓を番《つが》えて放つ様は流れるように美しく、さながら舞を見ているようだと見惚れた。

鎌倉の波打ち際にて、若武者たちが修練しているその様もまた、心躍るものである。

すると、その中の一人が馬を引き、三郎と共に周子に向かって歩いて来る。周子より幾つか年かさであろうか。物静かな風情で藍の水干姿がよく似合い、無骨さよりも優美さを感じさせた。

目の前に男が立った時、はたと気づいた。

「先の東大寺法要の折に、大仏殿へ案内いただきましたね」

「はい、畏れながら」

海野幸氏と名乗っていた。大仏殿の回廊を足早に歩くので、呼び止めたのを覚えている。

「もしや、都で流鏑馬を披露されたのも、貴方《あなた》ですか」

「はい」

その時は笠を被っていたので顔を具に見ることができなかった。

すると、傍らに控えていた三郎がずいと身を乗り出した。

「海野様は鎌倉においても一、二を争う弓の上手でおられます。御所様の信も厚く、東大寺の法要におきましては、南大門の護りに立つという大役を……」

三郎が言い募るのを
「大仰な」

と幸氏が制した。周子はその言葉に手を打った。

「では、牛車が傾いたのも助けていただいたのですね。南都でお会いした方と鎌倉の浜で会うとは……何とも奇妙なご縁だこと」

幸氏は、はあ、と静かに返事を返す。

その時ふと、視界が眩しく感じられ、海の方を向いた。

「……夕日」

周子は思わず息を呑む。金色に輝く日が海の水面へゆっくりと近づきながら波を照らし、その光は辺りを眩く包んでいる。

京の都の夕日は、山の向こうに静かに隠れていく様であった。しかし、ここは違う。

さながら一日を終える荘厳な儀式のように、波の音と光が響き合っているのだ。

如何な詩情も言葉も忘れ、周子はただじっとその様を見つめた。

「なんと美しい……」

嘆息と共に呟き、ふと傍らを見ると海野幸氏が驚いたように周子を見ているのに気付いた。

鎌倉の者にしてみれば、ごくありふれた日常であろうことに、大仰に驚いてはしゃいだことが気恥ずかしく思われ、一つ咳ばらいをして、隣の幸氏を見上げた。

「旅の道中は、日が傾く前に宿に入りましたので、かような夕日は初めて見たのです」

言い訳めいて言葉を紡ぐ。幸氏はしばし沈黙して周子を見つめた後、静かに微笑んだ。

「いえ、お気に召されたのならば何より」

周子は再び海へと目を向ける。辺りのもの全てを包み、照らす陽光というものを、これほどまでに如実に感じたことはなかった。

「この夕日は気に入りました」

日差しの熱を身に受けながら、暫し鎌倉で努めてみるのも悪くないと、周子は初めて思った。

○

大姫に目通りが叶ったのは、鎌倉に入ってから十日目のことであった。

その前日、十二所の屋敷に大姫の御座所からの遣いの侍女が訪ねてきた。年のころは周子とさほど変わらない。切袴に袿という装いである。

「くれぐれも、大仰な装いをなさらぬよう。お気楽にお越しくださいませ」

先の頼朝の目通りの際、周子は裳を着けた正装であった。そうした装いを控えることを念押しされたのだ。

「何故でございましょう。ご無礼のないようにと思うたのですが」

「大姫様がお疲れになります故」

「大姫様がそう仰せなのですか」

「いえ、御台様でございます。よしなにお願い申し上げます」

政子の意向である旨を伝えると、侍女は慌ただしく去っていった。

仮にも帝に入内するやもしれぬ姫君を初めて訪れるのに、先ほどの侍女のように切袴に袿というわけにもいくまい……と思いもした。しかし、先日の政子の様子を見れば、高位の御台所からして宮中で寛《くつろ》ぐ女房のような装いである。

「御台様の御意向に逆らわぬが肝要」

父の話を思い出し、周子は予め目通りの際に着けると決めていた裳を片付ける。

「宮中とは違うのですねえ」

都から供をしてきた小菊は、袿を整えながらしみじみと嘆息していた。

迎えた目通りの当日、薄紫に青の移菊《うつろいぎく》の襲の袿に袴と軽い装いで、大姫の御座所へと赴いた。

宮中や六条殿などでは、女人が多い場所ともなると、姿を隠すための御簾や几帳があちこちに置かれているのが常である。しかしこの鎌倉では、そうしたものはあまりない。開け放たれた縁には、涼やかな秋風が吹いてきて、磨き抜かれた渡殿を渡って行く。

導かれるままに北の対にある大姫の御座所へと足を踏み入れると、最奥に大姫の姿があった。何せ御簾も几帳もないので、そのまま姿が見えている。周子は慌てて膝をついて顔を伏せた。

「お久しぶりでございます、大姫様」

「大儀です」

その声は、若い大姫のものではない。顔を上げると、大姫の脇にいた女の声である。それが御台所政子であることに、周子は初めて気づいて慌てた。

「御台様にも、ご機嫌よろしゅう」

何せ政子の装いが地味なのだ。丹後局の六条殿の雑仕女《ぞうしめ》でも、もう少し華やかな色目を着ようというほどである。そういうことには頓着がないというのは、目下の者にとって気楽なのか、却って気を遣うのか……と、周りに控える女房たちを見る。いずれも華美ではない装いを見るにつけても、装いで競い合う宮中とはまるで趣が違うのだと、改めて思う。

「面を上げられよ」

その声もまた、政子によって発せられた。周子は改めて顔を上げ、正面に座る大姫を見た。

大姫は、抑えた臙脂の袿を纏って、静かに端座している。白皙《はくせき》の顔を縁どるように、豊かな黒髪が流れており、唇は赤く、黒い瞳は大きく潤んでいる。美しいと思った。

しかし、その目がまるで周子を見ていない。東大寺でも六条殿でも感じたことだ。眼差しはこちらに向いているのだが、映していないように見える。

これまで、後白河院の寵姫の元に仕え、時には後鳥羽帝の中宮にも目通りを願ってきた。いずれ劣らぬ天下の女人たちを前にしても、周子は一度として怯んだことはない。しかし今初めて、虚ろな大姫の眼差しの前で狼狽えた。どう向き合えばよいのか、まるで分からない。

「大姫様も、ご機嫌麗しゅう存じます」

周子が声を掛けると、大姫は、ただ黙って小さく頷いてみせた。せめても何か話をしたいと思うのだが、どう話せばいいのかの端緒が摑めない。戸惑いながらそこに座っていると、大姫はふわっと口を開き、欠伸《あくび》をした。すると周りにいる侍女たちが、慌てた素振りを見せる。

「そろそろ、お休みになりたいご様子でございます」

一人の年配の侍女が身を乗り出して政子を窺う。すると姫は

「姫、休まれるか」

政子は大姫の様子を窺いながら問いかける。

「はい」

とか細い声で答えた。そしてそのまま、政子と侍女たちに付き添われて奥へと引っ込んでしまう。周子は呆気《あっけ》に取られて、そのままその場に座り込んでいた。すると、ついと年配の侍女が進み出る。

「大姫様は、人見知りなところがおありですので、衛門様にお会いするのに、数日前からひどく緊張しておられたのです」

古参と思《おぼ》しきその侍女は、名を桂《かつら》といった。白髪《しらが》交じりで、政子よりも幾らか年かさといったところか。申し訳なさそうに周子を窺う桂を相手に文句を言ったところで仕方ない。

周子は愛想笑いを浮かべた。

「お疲れでいらしたならば、無理もございません」

口ではそう言ったものの、戸惑ってもいた。

人見知りな女など幾らも知っている。それにしても挨拶もできぬほどでは、ただの内気で片づけられる話ではない。気鬱を病んでいるとは聞いているが、思っていた以上に難しい役目ではあるまいか。周子の中にそんな疑念が頭をもたげる。しかし、ここで引いてし

まったのでは、都の六条殿に帰ることもできず、父やその親類縁者にも顔向けができない。肚を据えるしかないのだ。

「さすれば、まずは大姫様に慣れて頂く他にございませんね」

周子はそう言って微笑んでみせた。

早々に御所を辞することになった周子であったが、足取りは重い。幾度となく足を止めて振り返り、何一つ収穫のないこの日の目通りを何とかして実りあるものにしたいという思いが過る。

「周子様」

声に振り返ると、そこには四十歳ほどのふくよかな女が柔らかい笑みを浮かべて立っていた。

「伯母上」

周子の父、広元の兄嫁の利根局《とねのつぼね》であった。利根局の夫は、広元に先んじて都を捨て、鎌倉へ下った中原親能《なかはらちかよし》である。利根局も元は権中納言《ごんちゅうなごん》源雅頼《まさより》の息子、兼忠《かねただ》の乳人も務めた都の女であった。その経験から今は頼朝の次女、三幡《さんまん》の乳人として鎌倉御所に出入りしている。周子は幼い頃に京で会ったことがあるらしいが、記憶にはない。先日、鎌倉入りした折に初めて言葉を交わした周子にとって数少ない身内の一人だ。

「退出なさるのでしたら、私もご一緒に。積もる話もございます故」

利根局は周子と並んでゆっくりと歩き始める。

都にいた時は、外を出歩くことは少なかったのだが、鎌倉ではまだ大路のほかは上り下りも多く、牛車で行き来をすると却って時がかかる。致し方なく歩くことが増え、それに伴い装束も軽くせざるを得ない。周子も利根局も切袴に袿を羽織り、それを帯でたくし上げている。

「大姫様への目通りはかないましたか」

「ええ……しかし早々に、お疲れになられたご様子でございまして」

「それでよろしいのですよ。これで大姫様がお倒れになられたりすれば、祈禱の僧が大挙して訪れ、御所は大騒ぎになりますから」

周子は、え、と言ったきり絶句した。利根局は苦笑する。

「大姫様の御体のことは、この御所にとって一大事。故に薬師《くすし》はもちろんのこと、加持祈禱にも力を入れておられるのです。かつても琴の指南に参られた方の前で、大姫様がお倒れになって大騒ぎになりました。その師はすぐさま任を解かれましたが、周子様は流石に都の六条殿からの御遣い。易々と追い返すわけにもいきますまいから、御台様も気を遣われたのでしょう」

これまで、数多の貴族の子女に漢籍の指南を行ってきた。学ぶのが苦手な姫も、口さがない姫も大勢いたが、形ばかりであれ教えることはできた。その自信があればこそ、遠路はるばる鎌倉までやって来たのだ。しかし、倒れるやもしれぬからと、教える前に躓《つまず》くことは初めてである。

「では、これまでは何方が所作などを御指南なさっていたのですか」

「丹後内侍《たんごのないし》様が」

丹後内侍というのは、源頼朝の乳人、比企尼《ひきのあま》の娘で、かつては後白河院の子、二条院《にじよういん》に仕えていたという。その後、安達盛長《あだちもりなが》の妻となり、夫と共に鎌倉に仕えている。

「尤も、内侍様も大姫様の御相手は難しいご様子でしたけれど」

「気鬱の病を患われていると聞いておりますが……」

「さようでございます。それ故、厳しい指南はもってのほか。ご機嫌を損ねぬように心配りをせねばなりません。となりますと、指南と言っても限度がございましょう」

先が思いやられるばかりである。周子が吐息を漏らすと、利根局はほほほ、と笑う。

「色々とご苦労でございますね。宮中とはまた異なりますが、この鎌倉にもまた、諸々と気遣うべき先というものがございますれば」

周子は眉を寄せる。

「御所様には、御台様のほかに女人がいらっしゃいますか」

正室である政子のほかに側室がいるということであれば、宮中同様、御所内でも女同士に派閥があるやもしれない。挨拶をせねばならぬ先もあるだろう。

しかし利根局は首を横に振る。

「いえ。御台様の他にはおられません」

その答えに周子は驚いた。都であれば、さほど位が高くなくとも、妻を二人、三人抱えている者は多い。鎌倉の主である頼朝に妻一人だけとは、意外だ。

「それほど御台様を御寵愛でいらっしゃる……」

周子が口にした言葉に、利根局は目を見開き、次いでふっと噴き出すように笑った。

「まあ……周子様も宮中からいらしたというのに、随分と初々しいことをおっしゃる」

揶揄《からか》うような口ぶりに、周子は知らず顔が赤くなる。

「いえ、意外と思いまして」

「無論、御所様の女人はおりますよ。ただ、側室と言えるほどの扱いはございません」

「皆さま、ご遠慮なさるのですか」

「いいえ。怖いからでございますよ」

利根局は声を潜める。

「かつて御所様には亀《かめ》の前《まえ》という御愛妾《ごあいしょう》がいらしたのですけれど……」

亀の前は頼朝が流人時代からの付き合いで、頼朝の側近の一人であった伏見広綱《ふしみひろつな》の邸内に匿われていた。しかし、政子が頼家を産んだ直後、政子はこの広綱の屋敷を襲うように命じる。命じられたのは政子の父、時政の後妻である牧《まき》の方《かた》の父、牧宗親《むねちか》であった。牧宗親は広綱の屋敷を破壊し、亀の前は這う這うの体で逃げたという。

「それは、御台様に妬まれて……」

「まあ、無論それもございましょうが、嫉妬だけが理由でしたら、もっと以前になさっていたでしょう。何せ長い付き合いなのですから。御台様は待っていらしたのです。御自らが頼朝様の嫡男を産むことを」

　政子と頼朝の間には、大姫が生まれてから五年余り子に恵まれず、政子は正妻とはいえ、地位は盤石ではなかった。その間隙を見て、坂東の有力な武士たちは頼朝の寝所に娘たちを忍ばせることもしばしば。それでも嫡子がいない以上、政子も強く拒むことはできない。

「そしてようやっと頼家様を産み、御台様は牙をむかれた」

　頼朝の跡継ぎは頼家の他にあってはならない。それは政子の思いであり、北条の総意である。そこで他の坂東武者たちへの見せしめに、亀の前が狙われたのだ。

　さすがの頼朝も、自らの愛妾、亀の前への仕打ちに怒りを露わにした。手を下した牧宗親を捕らえると、その髻《たぶさ》を切り落としてしまった。これ以上ない辱めである。しかし北条はそこで退かなかった。

「北条時政の身内に対してあまりの所業。かくなる上は、御大将にお仕えできぬ」

　そう言い放ち、北条時政は伊豆へと引き上げてしまった。それは北条に従って頼朝に味方した坂東武者たちの動揺を招いた。

頼朝は大いに慌てた。未だ、平家打倒も成っていない。流人からようやっと源氏の総大将として祭り上げられただけの頼朝にとって、北条の力を失うことは避けなければならない。頼朝は牧宗親に対する所業を詫び、時政に戻ってきてもらうように頼むしかなかった。この一件は、頼朝と北条の危うい均衡をよく表している。表向き頼朝こそが総大将であると見せかけて、その実、北条なくして頼朝が大将たりえないことが、坂東武者たちに広く知らしめられたのだ。

「以来、御愛妾の方はいらしても、御所には一切近づけない。御家人の娘たちも、命が惜しくて御寵愛を拒む。結果として、御台様しか御所様の御側にはいらっしゃらないのですよ」

亀の前の一件は、ただの女の諍《いさか》いではない。鎌倉の真の強者は誰かを北条は見せつけた。それはさながら、頼家が生まれたからには、頼朝など替えの利く玉だと言わんばかりの態度である。だが、周子は一つ疑問をもった。

「それにしては、都でお見掛けした時、御台様は頼家様に対して冷ややかでいらした……」

「そこがそれ、御所様とて何もせずにいたわけではありません」

頼朝は頼家に乳人をつけることを決めた。

大姫は政子が手ずから育ててきたのだが、総大将となる者にはきちんと乳人をつけねばならないというのが、頼朝の考えであった。それには政子も北条も同意した。頼朝が嫡子の乳人として選んだのは、自らの乳人であった比企尼《ひきのあま》と、その娘たちであった。

「この鎌倉で女主と言えば御台様だと言われております。しかし、流人時代から陰ながら御所様をお支えし、御台様と御所様の仲をとりもったのが、比企尼。ともすれば御所様さえ切り捨てようとする北条に対し、比企こそが御所様の真の忠臣であるという者もおります」

利根局は周子を振り返り、柔らかく微笑む。ふくよかな体に柔和な笑みを見せているが、冷静に鎌倉での勢力を見極めてきた自負を感じる。

「比企谷《ひきがやつ》に参られませ。これから大姫様の入内という難題にあたるのです。或いは御台様と衝突することもございましょう。その折に頼みとなるのは比企尼でございます」

乳人でありながら、この鎌倉における権力の中枢に食い込む比企尼は、都において丹後局が恐れている卿局の有り様に似ているようにも思われた。

そして、利根局は嬉しそうに周子の手を取った。

「貴女《あなた》が鎌倉にいらして下さって良かった。貴女と私は、鎌倉では数少ない文官の一族。共に努めて参りたいと思っております。お力になれますよう」

周子は、利根局の手に力がこもるのを感じる。

抜き身の刃を向け合う武士ばかりの地で、己の智略のみを頼りに生きてきた中原親能と大江広元の兄弟は、鎌倉幕府の礎を築いた功労者でもある。しかし同時に、一歩間違えれば一瞬で殺められる弱さもある。

父の為に下向したわけではない。六条殿の衛門として、己の役目の為、立身の為に来たつもりである。だが、こうして身内に手を取られると、それもまた嬉しくもある。

「まずは、比企谷へ参ってみようと思います」

目の前の役目を果たそう。そのために、比企尼に会ってみなければならないと思った。

◯

比企谷は、比企尼とその甥《おい》である比企能員《よしかず》の一族らが住まう故にその名がついた。いずれは尼のために寺を建立すると、頼朝が言っているらしい。

比企尼を訪ねたいと先触れを出したところ、比企から迎えが来た。

「主もお会いしたいと申しております」

遣いに来た比企の郎党は、輿《こし》ではなく馬を引いてきた。

「馬に、乗るのでございますか」

「轡《くつわ》を引いて参ります故、ご安心ください」

都では馬に乗ることはあまりない。長袴に襲の袿で伺候《しこう》するつもりであったが、切袴に変え、袿の襲も色目を減らし、懸け帯をするという軽装になった。

「どうぞ」

榻《しじ》を置かれて馬の背に腰かけると、その高さに身が竦む。郎党は轡を引いて
「参ります」

と言うと、さっさと歩き始めた。周子はその背に揺られながら、不意にこの馬が駆けだしたらどうしようと案じている間に、大路を抜けて次第に山へと入っていく。辺りを見ると、一面が紅葉で赤く染まっていた。都にある公卿の屋敷とは趣が異なり、隠れ里のような風情である。

「武家でございますれば、こちらの谷はいわば比企の砦でもございます」

比企の郎党が言う。比企の屋敷は垣にぐるりと囲まれており、櫓門《やぐらもん》が設えられていた。その門をくぐると大きな馬場があって、郎党らが修練をしているのが見える。

「こちらへ」

案内されるままに足を進めると、屋敷の主屋の奥に杉皮の屋根がかかる小さな持仏堂がある。閼伽棚《あかだな》には水が備えられており、周りには萩の花が咲いていた。周子は足を踏み入れる。

「御免下さいませ」

中から一人の白頭巾を被った老婆が顔を覗かせた。周子は小さく膝を曲げて頭を下げる。

「比企尼様でございましょうや。お初にお目にかかります」

するとと比企尼はじっと周子を見つめ、にっこりと微笑んだ。小柄で丸顔のその老婆は、慈母の如く柔らかく、温かい風情である。

「入られよ」

庵《いおり》の中は、二人が入れば手狭に感じるほど。板の間の奥には、無垢《むく》の菩薩《ぼさつ》像が祀られており、香が満ちている。置かれた円座に促されるまま腰を下ろすと、尼はその正面に座った。

「別当殿の娘御で、京の六条殿の遣いとして参られた……とか」

周子のことは先刻承知といったところであるらしい。周子は、はい、と頷いた。

「衛門と申します」

「先に別当殿が参られ、娘が鎌倉に入ると聞かされておりました。そうですか、貴女が」

年の頃は七十に近くなろう。しかしその老いを感じさせない張りのある声だ。

「御所様をはじめ、鎌倉の今があるのは、比企尼様のご尽力の賜物であると聞き、是が非でも一度、お目通り願いたく」

「かように言われるのも大仰ながら、有難いことでございます」

謙遜するかに見えて、否定することのない返しである。静かな口ぶりではあるが、己がこの鎌倉における功労者であることを重々に承知している、揺るがぬ自信を感じさせた。

「尼君は、御所様が都にいらした時分より、御側にお仕えされていたとか」

周子が問うと、ええ、と比企尼は頷く。

比企尼は、源義朝《よしとも》の嫡子、頼朝の乳人として、頼朝が幼い頃より側に仕えて来た。乳人とは、単に乳を授ける者のことを言うのではない。むしろ、実際に乳を与えるのは更に身分の低い女であり、乳人は養育の全般を担う者として重用されるものである。比企尼は夫である比企掃部允《かもんのじょう》と共に、頼朝の側仕えとして、幼い頃から支えて来た。

頼朝が十四の年に、平治《へいじ》の乱で父である源義朝が敗れて世を去る。そして頼朝もまた伊豆への流罪が決まってしまう。その際には、武蔵国《むさしのくに》の代官となった夫と共に東へ下り、頼朝が挙兵するまでの間、仕送りをするなどして物心両面で支えていた。

「流人となられた御所様にも、尽くして来られたとうかがっております」

「幼い頃から聡明でいらした御所様を、このまま埋もれさせてはならない。その一心で御支え申し上げて来ただけのこと」

比企尼は穏やかな口ぶりでそう言う。

夫亡き後に出家をしたが、それでも頼朝を助け続けることを止めなかった。比企尼には三人の娘がいたが、娘たちはそれぞれ安達盛長、河越重頼《かわごえしげより》、伊東祐清《すけきよ》という有力な坂東武者たちに嫁ぐ。彼らはいずれも、妻とその母である比企尼に導かれて頼朝の元に馳せ参じ、源氏再興の一翼を担った。

「それも偏に、御所様のご人徳でございましょう」

静かに微笑む尼の目の奥に、怜悧《れいり》さも光る。

比企尼と娘たちの力は、それだけではない。長女の娘は、頼朝の弟である源範頼に嫁ぎ、次女の娘は、同じく頼朝の弟である源義経に嫁いだ。比企尼は、源氏一党が頼朝の元に結束するために、自らの孫娘たちを嫁がせたのだ。

しかし義経は奥州において討たれ、比企尼の孫である義経の妻は、衣川館《ころもがわのたて》で幼い子と共に命を落とした。源範頼もまた謀反の嫌疑をかけられて兄に誅された。比企尼の孫娘である妻と、ひ孫である子らは咎《とが》を免れたが、出家の道を選ぶこととなった。

謂わば、頼朝に逆らった者の縁者ともいえる比企尼であるが、そうした謀反を経てもより一層、重用されてもいる。というのも、頼朝にとって比企尼は最早、義経や範頼よりも強い絆で結ばれた身内同然の間柄であり、その娘や孫たちは頼朝によって義経や範頼に縁付いたともいうべきものであったのだ。

その証に、比企尼の三人の娘たちはいずれも、今なお頼朝の嫡子、頼家の乳人として側近くに仕えており、頼朝と御台政子がそろってこの比企尼を訪ねることもある。

「御所様と御台様のご縁も、尼君の御導きであると聞いております」

周子は窺うように尼を見やる。尼は、ほほほ、と高らかに笑いながら、目を細める。

流人であった頼朝にとって、重要なのは強力な後ろ盾であった。当初、頼朝の監視役であり、比企尼の三女の舅である坂東の実力者、伊東祐親を味方につけるべく画策していたという。三女の義妹である姫と娶《めあわ》せようとして、手引きをした。二人は懇ろになったのであるが、祐親が猛反対したのだ。そこで次に目をつけたのが北条政子であったという。

「御台様にはお会いになられたか」

「はい。御目通り叶いました」

「如何であった」

問いかけの真意を摑みかね、周子は首を傾げながら尼を見据える。

「はい。真に凜として頼もしい、この鎌倉の母と言うべき御方かと存じます」

「さもあろう」

尼は満足そうに頷く。周子はついと膝を進める。

「尼君は、御台様がお若い時分からその人品を見極めておられたのでございましょう」

「あの女人は、誠に真っすぐで熱い。時にそれが度を過ぎることもあろうが、だからこそ坂東武者を纏める女主たれる」

確かに、美しく優しいだけの女に、坂東武者の女主が務まるとは思えない。強い舅の支えより、御台所である政子当人の強《したた》かさが、鎌倉の根幹を支えているともいえる。

「しかし、真の女主は尼君であると聞き及びました」

周子の言葉に、尼はやや驚いたように目を見開いてから、すっと目を細める。その笑みには企みにも似た色があり、この尼がただの穏やかな老婆などではないことが窺える。

「なるほど、あの別当殿の娘で、六条殿の丹後局が鎌倉に遣わした女人であったなあ……」

比企尼は居住まいを正し、真っ直ぐに周子を見据えた。その眼光は、先ほどまでの穏やかさを装ったものではない。張り詰めた気配が肩先から立ち上るのを感じた。

「確かに私は御所様と御台様の縁結びに一役を買った。しかしこの鎌倉の女主は、紛れもなく御台様。あの御方なればこそ、全ての柵を取り払い御所様の元へ参られた。伊東の姫は、美しいなよやかな女人で、御所様もご執心ではあったが、荒ぶる武者を束ねる女主にはなれまい。その点、御台様は覚悟が違う。情が熱すぎるのが、時に災いするが」

女主は政子であると立てながら、一方で、その采配を振ったのは己であることを匂わせた。頼朝恋しの一念を貫いた政子の情すらも、尼にとっては謀略の一つであったのかもしれない。それに頼朝も乗ったのであれば、なるほど確かに、比企尼の力は政子をも上回るのであろう。

「して、貴女は大姫の入内を支度する為に都よりいらしたと」

「はい」

「大姫にはお会いになられたか」

「ええ……昨日、初めて御目通りが叶いました」

「あの姫は帝の后たり得るとお思いか」

その声には、探るような音があった。

周子は、昨日に見た大姫のことを思い出す。美しい顔かたちと、まるで表情を変えることのない人形のような佇まい。すぐに欠伸をして一言も口にすることなく、女房たちにかしずかれながら奥へ下がっていった後ろ姿……。

「まだ、一日お会いしただけではございますが……お美しい姫様でございました」

己の笑顔が引きつるのを覚える。比企尼はふっと笑う。そこには幾ばくかの嘲笑が混じるように思われた。

「あの姫は、貴女とさほど年は変わらぬ。しかし振る舞いはまるで童女のよう……御台様が手元から離さず、これまで乳人らしい乳人すら置かずにいた故、甘えが抜けぬ」

手厳しい言いようではあるが、的を射ているようにも思われた。

「何故に乳人がおられぬのですか」

「御台様がお厭いになられたのだ。北条もまたそれに従った。私のように、乳人が力を持つのが嫌なのであろう」

「しかし、他の若君や姫君には乳人がおりましょう」

「ええ……ご嫡子様には、私の三人の娘たちが皆、乳人としてお仕えしている。四つになる千幡《せんまん》様には、御台様の妹御の阿波局《あわのつぼね》が乳人に。そして三幡姫には、貴女の伯母にあたる中原殿の御妻女、利根局がついておられよう」

乳人というものの影響力の強さは、比企尼を見れば明らかだ。それは、時に御台所と北条をも凌ぐ力を持つ。だからこそ、御台所も次男である千幡に妹を乳人として付けているのだろう。

「そこへ、貴女が参られた」

周子のことを真っすぐに見る尼の眼光は鋭く、周子はぞくりと背筋が寒くなるような心地がした。

「大姫様は、御所様と北条を繋ぐ鎹《かすがい》でもある。その鎹が、京の都に出向いても恥ずかしくないよう、私の娘である丹後内侍も、上洛の前には暫し努めて参ったが……」

利根局の話にもあった丹後内侍は頼朝の乳姉弟であり、安達盛長の妻であり、比企尼の娘であり、源範頼の姑。かつては後白河院の皇子、二条院に仕えていたその人が、これまで大姫の指南を引き受けていたのだ。

「しかし北条は、比企の女が大姫に仕えることを厭われた。そこへ別当殿の娘であり、六条殿の後ろ盾を持つ貴女が入られた」

頼朝に側室がおらず、外戚争いがない鎌倉においては、誰が誰の乳人として仕えるのかが大きな意味を持つ。比企尼にとって、周子の存在はただの都の遣いではない。乳人という役目を通じて、比企が外戚の北条と対立している最中に、突如として割り込んできた政所別当の娘として周子を警戒しているのだ。

周子は、膝の上に置いた己の手を、ぐっと強く握りしめた。

「私はただ、六条殿よりの遣いとして参っただけのこと。政所別当は確かに父ではございますが、これまで縁薄い間柄。切り離してお考え頂ければ幸甚でございます」

「私なぞは鄙《ひな》に出て長い。今、都が如何な様子かは伝え聞くことしかできぬ。内侍とて、つい先ごろまで都にいた貴女に比べれば、物を知るまい。貴女の才知にこの尼は及ぶまい」

「滅相もございませぬ」

「しかし、かような尼の耳にも都の話は届くこととてある。大姫様が入内なさる主上には、既に后もおいでになろう。その中で大姫様が寵を受けられるか否か……そこを見極めなければ、却って貴女も苦しい立場におなりなのではあるまいか」

探るような眼差しで周子を見据える。

今上である後鳥羽帝には、確かに既に関白九条兼実の娘、任子が中宮となっており、先に皇女も生まれた。懐妊している土御門通親の義理の娘、宰相君在子もいるし、いずれは卿局の姪《めい》、重子も入ろう。他にも身分といい、人品といい、甲乙つけがたい貴人が次々と後宮へ送り込まれている。そこへ入内をするということは、関白や大臣たちと政の場で争うことになる。周子もまた、共に上洛すれば、運命を共にする。

しかし大姫との対面を経て、周子の中には不安が蠢《うごめ》き始めている。あの姫を頭として後宮に攻め入るには、余りにも心許ない。大姫にその覚悟があるとは思えないのだ。

目の前の尼は周子の不安を察しているのか、目を細めて微《かす》かに口の端を上げた。

「御所様は、大姫様の入内を望んでおられる。しかし、必ずしも幕府の皆がそれを望んでいるわけではない。都の方々への貢物も嵩み、荘園の安堵も約束しているとか。御所様が都にご執心なのは、坂東を軽んじているからだ……と、申す者もある」

周子は尼の真意を確かめるように、ただじっと見つめて先を促した。尼は微かに首を傾げる。

「戦も引き際が肝要とか。この一件もまた、引く術というのも、知っておかねばなりますまい」

比企尼は大姫入内に反対であるらしい。坂東の御家人たちと頼朝との間を取り持つ意味もあるだろうし、北条の力が増すのを妨ぐ意図もあろう。だが、それ以上に大姫が后がねたりえないと考えているのだ。

確かに引き際は肝心だ。しかし今はまだそれを判じるには早すぎる。

「私は六条殿の一女房に過ぎませぬ。姫様に漢籍をご指南申し上げることしか心得ておらず……御家人の皆様が如何に思し召《おぼめ》しか、存じ上げませんでした」

すると尼は、墨染の袖で口元を隠して囁く。

「ただ御指南なさるだけならば、何も難しくお考え召されるな。されど、御所様の御心を動かしたいとお望みであるならば、この尼も力を尽くしましょうぞ」

己であれば、頼朝の心さえ動かすことができるという。尼の静かな自信を感じさせる。世捨て人のような佇まいの内には、言いえぬほどの力が漲《みなぎ》っているのが、ひしと感じられた。

「お言葉、胸に」

周子は大仰な所作で胸に手を当て、目を閉じてみせた。周子の様子に納得したらしい尼は、にっこりと微笑んだ。そして、しばしの沈黙の後、さてと、と尼は立ち上がる。

「馬場へ参りましょう。本日は先ほどから御曹司がいらっしゃる故」

尼の後に続いて、周子は庵を出た。主屋を回り、馬場の方へと案内されると、そこでは若武者たちが弓馬の修練をしているところであった。

「あちらに」

尼が示す先には、水干の左肩に射籠手《いごて》をつけ、弓を構えた若者がいる。まだ少年と言った風情のその顔は、六条殿で頼朝が連れてきた嫡子、頼家であると分かった。おっとりとした様子で、弓を構えているのが不似合いにさえ思われた。だが、放たれた矢は的の真ん中を貫いた。周りに控える郎党たちも、おお、と歓声を上げる。頼家は得意げに的を眺めてから、ふと比企尼の姿を目に留めて駆け寄ってくる。

「尼、見ていたのか」

「さすがは御曹司、見事でございます」

頼家は明るく笑う。先に六条殿で見た時には、似合わぬ直衣に落ち着かず、不安気な様子であったが、今は潑剌《はつらつ》としている。頼家の視線を感じ、周子は伏し目がちに頭を下げる。

「都の六条殿にてご挨拶を申し上げました、衛門と申します。この度、鎌倉に下向して参りました」

「覚えている。政所別当の娘御であると聞いた」

「さようでございます。見事な弓矢を拝見致しました」

「師が厳しいので」

頼家は、後ろを振り返る。頼家と同じく、水干に射籠手をつけた男が静かに会釈を返す。

「海野幸氏様でございましたか」

周子が言うと、比企尼がええ、と応える。

「海野殿をご存知か」

「はい。先の上洛で都にもいらしていたので」

「今、この鎌倉で弓馬の四天王の一人と言われている。さようであろう、海野殿」

「恐縮でございます」

海野幸氏は短く応じた。頼家は、ずいと比企尼ににじり寄る。

「もう修練も終えた故、これより北の対へ参ってよかろう。今宵は比企谷に泊まる故、海野はもう帰ってよい」

幸氏は、はい、と静かに頷く。頼家は周子への挨拶もほどほどに、忙しない様子でその場を後にする。尼はその様子を見て、やれやれと肩を竦める。

「このほど、御曹司とご縁をいただきました比企の娘が北の対におる故」

比企の娘が、頼家の女人となっているとは聞いていた。そして、そのために頼家が比企谷に入り浸っているという。

「何分、奏子《かなこ》……今は若狭局《わかさのつぼね》と号しておるが、あれは御台様からは可愛がられておらず、御所になかなか上がれぬ故」

比企尼にしてみれば、口惜しいことなのだろう。

頼家は北条政子が産んだ子ではあるが、比企の娘たちが乳人として育て、その上、比企の娘を娶るとなると、愈々、北条の子というよりも、比企の子になっているのかもしれない。そうなると、都でのあの政子の態度も腑に落ちる。

「よろしければ衛門殿もこちらにお泊りになられては」

比企尼の申し出に、周子は首を横に振る。

「いいえ。まだ日も落ちておりませぬ故、これにて失礼致します」

まだ鎌倉に来て日が浅いのに、比企との縁が深まるかに見えるのは望ましくない。

「さすれば、お送りを……おお、海野殿。そなた屋敷は峠村《とうげむら》の方か。十二所に近かろう。衛門殿をお送りしてもらえまいか」

尼は幸氏に問いかける。幸氏は、はい、と頷いた。

「さすれば、馬を引いて参りましょう」

周子の答えを待たずに馬場へと向かう。

海野幸氏のことは、東大寺落慶法要の折にも見かけているが、果たしてこの鎌倉で如何なる立場の者なのかは知らない。送ってもらうのは是か非か……と、思いめぐらせていると、傍らの尼がふっと笑った。

「ご案じなさるな。あの者は今や御所様の寵臣の一人。しかも、いずれの郎党でもない」

「それはどういう……」

「元は、木曽の者である故」

「木曽というと、木曽義仲……ああ、大姫様の許婚であった若君の縁者でございますか」

「よくご存じで。ならば、木曽の者が滅びたこともご存知であろう。寄る辺はないが、弓馬の腕は確か故、鎌倉でここまで生き延びて参った。過日は、御所様が御命を襲われた折に、あの者が身を挺して救ったこともあり、忠臣と呼ばれている」

先日、浜で会った時にも三郎が誉めていたのを思い出す。大仰に言っているのかと思っていたが、比企尼までこう言うからには、確かなのだろう。

しばらくすると、海野幸氏が黒鹿毛《くろかげ》の美しい馬を一頭引いて姿を見せた。

「それが御所様から賜った飛雲《ひうん》か」

比企尼が問いかけると、幸氏がはい、と言葉少なに応える。すると比企尼が代わって

「巻狩りで御所様が襲われた折、助けに参じた様が飛ぶ雲のようであったと仰せになり、飛雲という名の馬を賜ったそうな」

と、周子に説いた。周子がその馬をしみじみと見ていると、幸氏は馬の足元に榻を置いた。

「大人しい馬でございますれば、どうぞ」

「御所様から下賜された馬に乗るのは恐縮でございますが」

周子が手を借りながら遠慮がちに飛雲の鞍に腰かけると、比企の馬よりもやや高い。緊張が伝わるのか、飛雲は落ち着かぬ様子で前脚で地面を掻く。幸氏はその鼻を撫でながら轡を取る。

「では、参ります」

幸氏の声に、比企尼も頷く。

「尼君、この度はありがとうございました」

「また、いつでもお運び下され。海野殿、よしなに。道中、かの巻狩りの手柄話をして差し上げればよろしい」

幸氏は黙って頷くと、ゆっくりと歩きだす。

馬はゆっくりと比企の櫓門を出て、比企谷を歩き始めた。右へ左へと揺れる馬の背は落ち着かず、暫くの間は鬣《たてがみ》ばかりを見ていた。しかし、ゆっくり進むうちに次第に慣れてきて顔を上げられるようになってくる。すると馬上から見る景色は、歩いている時のそれとは違う。紅葉の葉が間近に感じられ、辺りを染める赤の色と、傍らを歩く幸氏の青の水干が鮮やかに見えた。

「こうして見ると、面白うございますね」

周子は轡を取る幸氏に話しかける。幸氏は何を言われているのか分からぬ様子で、は、と問いかけた。

「いえ……馬上から人を見下ろすのは、慣れぬものですから」

周子が言うと、幸氏は、ああ、と頷いた。

そういえばこの男は、馬に跨ったまま疾走し、両手で弓を番えて放つ名手であった。とはいえ、もう少し愛想のいい返しもできるであろうとも思う。すると、馬がブルルルと、鼻を鳴らし、その響きが背に伝わった。

「重いのでございましょうか」

周子が案じるように問うと、幸氏は、ふっと笑った。

「鎧甲冑を身に着けた私を乗せて、都までも走れるのです。貴女お一人ならば、たやすいことでございます」

それもそうか、と思い直した。

「この鎌倉では、女人も馬に乗るものですか」

「ええ……御台様は馬にて御所様に逢いに参られたそうでございますから」

その情念すらも利用してきたのが比企尼であった、と今来た道を振り返る。

ふと沈黙が下りる。不慣れな馬の上というのもあるが、黙っていると余計に居心地が悪い。都であればすまし顔で牛車の中で居眠りができるのだが、そうもいかない。

「先ほど、尼君がおっしゃっていた巻狩りの御手柄話を聞かせて下さいませ」

周子が問いかけると、幸氏は驚いたように振り返り、ああ、と気恥ずかしそうに俯いた。

「手柄というよりは、役目を果たしただけでございますが……狩りと申しましても、獲物を狩ることが目的ではございません。我ら武士にとっては戦の修練でございますれば……」

訥々《とつとつ》と海野幸氏は語る。

二年前、富士の裾野で行われた巻狩りは、十日以上も続いていた。その最終日の前夜のこと。曽我《そが》十郎祐成《じゅうろうすけなり》と五郎時致《ごろうときむね》という二十二歳と二十歳の年若い兄弟が、頼朝の家臣工《く》藤祐経《どうすけつね》に父の仇討ちのために夜襲をかけた。そして曽我兄弟は工藤を討ち果たした。

ただの仇討ちであれば、事はそれで終わるはずである。しかし仇討ちに乗じて乱闘が起こり、頼朝の寝所も襲撃を受けた。

「何者の手によるのかは分かりませんでした」

幸氏は、夜陰に紛れて頼朝の寝所を襲う者を見つけて駆け付け、自ら頼朝の盾となり戦った。暗がりの中で戦いながら頼朝を抱えてその場を逃げたので、その後になってから、誰が襲い掛かって来たのかははっきり分からなかった。

「それが口惜しいのです」

幸氏は唸るような声で呟く。

「それでも、御所様をお守りになったのですから、大手柄でございましたね」

「……もし、討手の正体が分かっていれば、その後の様相は変わっていたでしょう」

やがて曽我の仇討ちに乗じて、頼朝の命を狙ったのは何者か。疑惑が鎌倉に渦巻き始める。

頼朝に成り代わろうとする弟、源範頼か。

頼家を奉じて実権を奪いたい、北条か。

或いは幕府に反発をする坂東武士の策謀か。

「そして、首謀者と名指しされたのは、蒲殿《かばどの》……源範頼でした」

その理由となったのは、巻狩りの直後、「頼朝討死」の誤報を受けた鎌倉留守居、範頼の反応であった。驚き困惑する政子に対し、範頼が

「ご安堵なされよ、私がおります」

と慰めた。その一言が、頼朝にとって代わろうとする範頼の野心の表れであると断じられたのだ。

元より、兄弟に確執がなかったわけではないが、これが切っ掛けの一つとなり、範頼は討たれ、範頼に味方した者たちが誅されていった。

「真に蒲殿の仕業だったのでございますか」

周子が問いかけると、幸氏はさあ、と首を傾げた。

「真偽はさほどの意味はありません。御台様が蒲殿を疑った。それが全てです。あの時、私が討手を捕えていれば、或いは別の結末であったやもしれませんが……今となっては何とも」

手柄話を聞くつもりが、思いがけない話に至り、周子は困惑して黙った。幸氏は馬上の周子を見上げる。

「つまらぬ話を致しました。ただ、ご用心をなさった方が良い」

「用心とは」

「御台様は恐ろしい御方です。比企尼様も策士です。この鎌倉は未だそこまで泰平とは申せません」

鎌倉にも、宮中と同じく数多の欲望が交錯する。そして都と違うのは、そこに絶えず血の匂いが漂うところである。

それを「用心せよ」というこの男の言葉は、尼の言う通り、寄る辺のない木曽者だからこその真摯《しんし》な響きがあった。

「御心遣い、忝《かたじけな》く存じます」

「出過ぎたことを申しました」

鎌倉の者には言えぬが、外から来た相手だからこそ漏れた本音なのかもしれない。やや気まずい沈黙があり、周子はふと空を見上げる。木々の隙間から茜色に染まる雲が見えた。

「ああ……先だって見た夕日に光る海が美しゅうございましたので、また見たいのですが……今から海に参れば見られましょうか」

「駆ければ、海まですぐではございますが」

「私が、駆るのでございますか」

「いえ、差し支えなければ、私が後ろに乗り、駆りますが……」

一瞬の躊躇が周子の頭を過ったが、この鎌倉でなければ、駆る馬に乗ることなど恐らくないだろう。好奇心が勝った。

「頼みます」

周子の言葉に幸氏は一つ頷くと、ひらりと飛雲に跨った。周子の肩越しに手綱を引く。

「はっ」

という掛け声とともに、一気に比企谷を駆け下りていく。

周子は初めのうちこそ怖くて目を閉じていたのだが、やがて頬に当たる風の心地よさに目を開いた。眼前に広がる海に、黄金色の日が、波に映って輝いている。

馬の足を止めると幸氏は浜に降り立った。

「どうぞ」

周子は差し伸べられた手を取って浜へ降りた。砂の上を歩くのは慣れず、恐る恐る、一歩ずつ踏み出す。波打ち際まで行き、ゆっくりと沈んでいく日が、遠い岬の稜線を象る様を眺めていると、飛雲を引いた幸氏が隣に立った。

「尼君から伺いました。木曽の方だとか」

その言葉に、幸氏がやや緊張したのが分かった。周子は繕うように笑う。

「だから何と言うわけではございません。ただ、木曽を懐かしく思うことがあろうかと」

「都が恋しくていらっしゃいますか」

逆に問いかけられ、周子は首を傾げる。

「さあ……恋しいというほど優しい処《ところ》でもございませぬ。先ほどのお話をうかがい鎌倉もまた、都と同じく、魑魅魍魎《ちみもうりょう》が跋扈すると思い知りました」

夕日のせいか、つい本音が出た。苦笑と共に傍らを見上げると、幸氏と目が合った。幸氏もまた何とも言えぬ憂いを含んだ笑みと共に、夕日を見やる。

「私にとっての木曽もまた、恋しいとは言い難い。さりとて此処《ここ》も優しい処ではございません」

「貴方は御所様の寵臣でございましょう」

「かの巻狩りで、幸い御所様をお助けできたからに過ぎません。あの時は、討たれたとて構わぬ覚悟で戦いましたが、深手を負い痛みに耐えるうち、己が生きたいと思っていることに気づきました。忠義というほど高邁《こうまい》ではない。欲深い身でございます」

真っすぐ夕日に目を向ける横顔を見ていると、この男の中にも言い得ぬ屈託があることが分かる。これ以上を聞くことが躊躇われ、周子も黙って沈む日を見ていた。

波が寄せては返す音が心地よい。鎌倉に来たばかりの時には、潮の香が苦手であったが、今は時折、芳《かぐわ》しいと感じることもある。そして何より、日に光る海は美しい。

「この海は、心の澱《おり》を流してくれる。いくらか清められる心地がします」

周子は目を閉じて日の光を浴びながら、大きく潮の香りを吸い込んだ。

「また、いつでもお声がけ頂ければ、お連れ致します」

周子は目を開けて傍らの幸氏と、愛馬飛雲を見た。

「あまり度々ですと、飛雲に嫌われそうですね」

幸氏が飛雲を撫でるのを見て微笑みながら、次第に藍の帳《とばり》が下りてくる空を眺めていた。

## 三　露の跡

大姫との初めての目通りからひと月余り、周子は毎日のように通っている。だが、初日に大きな欠伸と共に追い出されて以後、まともに話をすることすら叶わない。御簾内の高貴な人と話すように、傍らに常に控える桂を介している。しかも、桂も大姫からの言葉を代弁しているのではない。大姫の顔色を窺い
「お疲れのご様子」

「ご不快でいらっしゃる」

「ただいまはお休みでございます」

と、小声で伝えてくる。

これでは入内の支度はおろか、話すらできない。

「私を信頼していただけぬことには、大姫様のご指南は難しゅうございます。それでは入内など叶いません。せめて、大姫様とお話をする時を頂きたい」

桂に伝えると、あからさまに困惑した。

「御台様にうかがわねばなりません」

桂は北条家の家人で、大姫が生まれた当初から子守をし、そのまま側仕えをしている。姫の養育はあくまでも政子に主導権があり、桂はことあるごとに政子に伺いを立てるようであった。

「桂はこの衛門を手伝い、大姫が恙なく入内できるよう努めよ」

政子が桂に命じているが、そもそもの大姫が周子と打ち解ける様子がまるでない。周子とだけではない。大姫の侍女は十人余り。御家人の縁者が大半で、大姫と年の近い娘たちもいる。侍女同士で談笑しているところは幾度も見かけたが、その輪の中に大姫がいたことはただの一度もない。

それでも、大姫の表情が穏やかな時を見計らい、周子は声を掛けた。

「姫は、どのような御歌をお好みでございましょうか。御歌でなくとも構いません。お好みの色やお花、香りでも、教えていただけませぬか」

漢籍を教えるというよりも、まずは話をすることから始めなければならない。しかし大姫は、大きな目を真っすぐに周子に向けて首を傾げるばかり。これは気鬱の病などではなく、読み書きすら危ういのではないか……と、案じた。試しに千字文《せんじもん》を手渡すと、

外受傅訓《ほかにはふきんのかしづきのをしへをうけ》

入奉母儀《うちにしてはぼぎのははのりをうけたまはる》

と、さらりと読んでみせる。桂によれば
「千字文は、十になるころには諳んじていらっしゃいました」

という。多くを知るわけではないが、読めぬわけではない。本来は賢い人なのかもしれないが、その胸中に詩情のあるなしが摑めないのだ。

次に切り出したのは衣の話である。

「随分と落ち着いた色目でございますが、お気に入りでございますか」

大姫は日ごろ、臙脂や紺青といった大人しい色目を着ている。何も日ごろから有職故実《ゆうそくこじつ》の通りに着なければならないことはないが、大姫の若さにしては不似合いで鄙びた色目を着せているのが気になっていた。しかし大姫は答えず、代わって桂が進み出る。

「いつもお好みなどおっしゃらないので、私どもが選んでおります」

なるほど、と納得しつつも眉を寄せる。

「大姫様はまだお若くていらっしゃる。これから宮中へ上がられる女人が着るに、この臙脂はやや渋く感じられます。今少し、明るいお色を選ばれると、姫の白い肌によくお似合いかと。まずはお好みをうかがいたく」

色とりどりの衣を広げると、姫と同じ年ごろの侍女たちは、華やいだ歓声を上げる。しかし当の大姫は関心を示さず、衣をただぼんやりと眺めている。それに遠慮して、侍女たちもはしゃぐのをやめて黙り込む。そして御座所全体が、静まり返ってしまうのだ。

宮中における勢力は、その后のいる御座所の華やぎに比例する。後鳥羽帝の中宮任子は在子ほどの美貌ではないが、人となりが明るく朗らか。更に筆頭女房が気の利く才媛で、常に笑い声が絶えない。そうなると帝も足しげく通うようになり、自然、権勢は増す。大姫がこの有様では、宮中に行った時のことを想像するだに恐ろしい。

この調子で大姫と相対する日々が続き、周子は屋敷に帰ると力尽きてしまい、脇息に凭れたまま頭が上がらない。心の読めぬ人を見つめ続けるのは、心身を削るものだと思い知る。同時に、この現状を、都に何と伝えるべきか思い悩んでいた。偽りを告げたところでどうしようもない。ありのままを告げ、后がねとして相応しくないと判じてもらった方がいっそ楽になれる。諦めの心境もあって、周子は六条殿への文に

「大姫様、気鬱の病、益々重く」

と、ありのままを伝えた。

だが、それきり六条殿からの返事はないまま、十一月を迎えた。

いつものように御所に上がり、北の対へと足を運ぶと、読経の声が響いている。周子が戸惑いながら足を運ぶと、大姫の御座所の前に僧都たちが居並び、護摩《ごま》焚《た》きをしている。

「衛門様」

駆け寄って来たのは、大姫の侍女の一人、茜であった。茜は御家人の妻で、大姫よりやや年かさであった。大姫が幼い頃から仕えており、桂の片腕でもある。

「どうなさったのです」

「大姫様がお倒れになり、御台様が僧を呼び、祈禱をさせております」

護摩の煙で対屋は白く霞《かす》むほどである。

「何があったのですか」

「若狭局がご機嫌伺いに参られ、お話をされたのです」

若狭局というのは、比企尼の孫娘で、頼家の妻である。確か、十五、六の娘であると過日、比企谷で聞いていた。

「その若狭局が、伊勢物語《いせものがたり》の筒井筒《つついづつ》の話をなさいまして」

徒然の話のつもりであったのだろう。昨今、読んだ物語について若狭局が語った。

伊勢物語は井戸の端《はた》で共に遊んで、背比べをしていた幼馴染の男女が、やがてそれぞれの親に別の人との縁組を勧められる。しかし、互いを思い合い、遂には結ばれるという恋物語である。

「私も御曹司と、幼い頃より共に過ごしてまいりました故、この物語には心惹かれるものがございます」

娘らしい感想を述べただけであったのだが、話を聞いていた大姫が不意に胸を押さえて苦しみだし、そのまま倒れてしまった。それを聞いた政子がすぐさま御座所に駆け付け、若狭局に詰め寄った。

「そなたが参るのが悪い。二度と大姫に近づくな」

若狭局は、怒鳴り声に青ざめてその場を後にし、政子はすぐさま加持祈禱の手配をした。

「御台様が仰せになるには、大姫様が、伊勢物語の筒井筒で、幼い頃の許婚である義高《よしたか》様を思い出されたとか」

「それほどまでに、大姫様は義高様を……」

「そうなのでしょうねえ……私はあまり詳しくは存じませんが」

茜の口ぶりに、周子は眉を寄せる。

「大姫様の気鬱は義高様が原因であると聞き及んでおります。日頃、大姫様は義高様のことをお話しにならないのですか」

「いえ、私はお話を伺ったことはございません」

「例えば、泣いていらっしゃったとか……」

「では、泣いていらしたこともないですね」

「御台様がおっしゃるので……。気鬱の原因は義高様だと」

「それだけですか」

「ええ。私が初めて大姫様の御側に上がりました時は、既に義高様が亡くなられて五年ほど経っておりました。そのころから、義高様のことに限らず、大姫様が泣いたり、笑ったり、怒ったり……というのを拝見したことがございません。いつもああして、静かに座っておられます。微かに眉を寄せられることはありますが、そうすると桂様がすぐに察して対応なさるので」

確かに、周子も大姫の表情が変わるのを見たことがほとんどない。欠伸と、眉根を寄せる仕草のほかには顔を動かすことすらない。更に問いかけようとする周子に、茜は首を横に振る。

「私などは大姫様が何をお思いかは分かりません。でもご案じなさいますな。御台様が最もよくご存知なのです。それ以上、私どもは考えなくて良いかと」

茜は厄介なことから逃げるように、それ以上の問いを拒んだ。

その日、祈禱は待てども終わる気配はなく、周子は大姫に会うこともなく、屋敷へと帰ることとなった。

部屋に戻って脇息にもたれながら、冬が近付き、葉の落ちた前栽《せんざい》を眺め、周子はため息をつく。

「……この調子が続くのではさすがに厳しい」

大姫には、未だにまともに入内の為の指南などできていない。大姫を后がねに育てると、四書五経や白氏文集を携えて鎌倉入りした己が、いっそ滑稽に思えるほどである。

周子は手遊びに書を開く。『詩経』の一節を読み上げた。

「かの都《みやび》なる人士《じんし》、台笠《だいりゆう》緇撮《しさつ》
かの君子《くんし》の女《むすめ》、綢直如《ちゆうちよくじよ》たる髪
われ見《あ》わざれば、わが心説《よろこ》ばず……」

「何ですかそれは」

小菊は、櫛を手に取り、周子の髪をくしけずりながら問いかける。

「都の人のしゃれた笠や冠も、雅な女の美しい髪も、もう私は見られない……という嘆きの歌よ。何も為せぬまま京に戻ったら……やはり居場所はなかろうな」

小菊に愚痴をこぼしていると、屋敷の家人が慌ただしい足取りでやって来た。

「都の六条殿から早馬でございます」

周子は思わず、来たか、と小さく声を上げ、胸が高鳴るのを感じる。

ただの文ならば、六波羅から鎌倉への報せに交じって届けられる。六条殿から早馬で報せが来たとなれば、一つしかない。周子は袿を羽織り、部屋を出る。縁の先に、六条殿の武士が膝をついていた。

「こちらでございます」

差し出されたのは、牡丹《ぼたん》の蒔絵《まきえ》が入った丹後局の文箱《ふばこ》である。

「そしてこちらは、内々の御文故、御覧の後はお片づけを」

懐からも文が差し出される。そちらは小菊が受け取った。周子はまずは文箱を押し頂いて、急く思いで開いた。文からは芳しい荷葉が香り、開くと丹後局の手蹟《て》で記されている。

「今上帝一宮ご生誕の由。御生母宰相君」

周子は思わず、はあっとため息を漏らした。

宰相君在子が、皇子を産んだ。これで在子は土御門通親の養女となり、寵姫としての立場を確かなものとした。皇子は能円の孫という肩書を捨て、東宮位に名乗りを上げることとなる。

ふと、慈円が語っていた「女人入眼」という言葉を思い出す。この国を仕上げるのは女人であると言った。在子が、皇子を産み参らせ、遂にこの国の入眼を果たした……ということになるのであろうか。

周子は文を持つ手が震えるのを覚えた。

しかしすぐに、もう一通の文が気にかかる。小菊からそれを受け取りながら、使者を見やる。

「遠路、ご苦労であった。暫しこちらで休まれるよう」

周子は小菊に使者の饗応を命じつつ、奥へと戻り、文を広げた。梅花香の香るそれは、見覚えのある、女房近江の手蹟によるものだ。しかし、同時に来たということは、丹後局の意向を伝えるためのものである。建前上、丹後局の手蹟で残すわけにはいかぬのであろう。

文面は、公《おおやけ》のものよりも長い。先に、周子が大姫の病状について書き記したものへの返答と思われた。曰く
「宰相君に一宮誕生となると、土御門の力が弥益《いやます》こととなる。宣陽門院様の後見たる土御門の力が強まることは悪くないが、宣陽門院様に対し奉り強硬に出る恐れもある。牽制するためにも、六条殿と鎌倉の絆を強めたい。大姫の入内はその上でも必須である。もしも衛門の申す通り、気鬱の病故に后として寵愛を受けることが難しいならば、むしろ鎌倉が外戚となる懸念もない。入内において恩を売り、時に帝と大姫の仲を取りもつことで、六条殿は鎌倉という武門を背後に持ち続けることができる。恙なく話を前に進めるように」

在子の皇子誕生を寿ぐ心地が急に冷えていくように思えた。既に次の一手を考えている丹後局の静かな眼差しが見えるようだ。

「政に情は不要……か」

丹後局の言葉を思い出しつつ、周子は文を火鉢の火にくべて、ちりちりと燃える様を見つめる。この文が鎌倉方に知れたら、たとえ丹後局の手蹟によらずとも鎌倉の機嫌を損ねかねない。

確かに大姫が気鬱を患おうとも、都から輿に乗せて内裏に入れてしまえば入内は完了す

る。寵愛を受けずとも、その身を内裏に入れて丹後局が後見すれば、六条殿と鎌倉の縁は結ばれる。帝の力を牽制し、後見の土御門の力を支えつつ抑え、関白九条を黙らせること
ができる。力を一つところに集めすぎず、六条殿の安泰は保たれる。

　それが政なのだ……とも思う。

　灰になっていく文を見つめていると、小菊が部屋に戻り、周子の顔を見て首を傾げる。

「おめでたいお報せでしたのに、浮かない顔をなさって……そちらの御文には何と」

　周子は吐息交じりに首を傾げる。

「私が過ぎた望みを抱いていたのが悪いと思うていたところだ」

「何をお望みでしたか」

「大姫様の入内をお支えし、その一の女房として宮中で立場を強め、相応の位階を頂戴する女官になってみたいと思っていた」

「まあ……私なぞは、宮中を存じませぬが……いずれは叶うやもしれません」

「そうか。さすれば、そなたを信じよう。大姫様を入内させ、国母となった暁には、宮様の乳人となり、いずれはこの私が天下を動かす……」

　半ば笑いながら口にして、周子はふっと口を閉ざした。在子の母である範子や卿局など、今上帝の乳人たちが出世していく様に憧れていた。しかし今、こうして大姫と向き合い、その入内を現《うつつ》のこととして考えた時、階を上ることの辛さや恐ろしさに気づく。

「……私はそこまで望んでいないのかもしれないな」

宮中の争い、鎌倉の諍い、鎬《しのぎ》を削る戦の余韻。

それらに疲れ始めているのを感じている。

周子は、六条殿から届いた文箱に触れる。最上の金蒔絵が施されたそれを撫でながら、都へ思いをはせる。

「それでも、大姫を上洛させなければ……先へは進めぬばかりか、帰る場所も失うな」

己を奮い立たせるように口にした。

○

翌朝、周子は早々に御所へと向かった。

いつ大姫のご機嫌が麗しく御目通りが叶うか分からない以上、できるだけ御所にいるしかない。

「さすれば、私がおります三幡姫の御座所へおいでなさいませ」

伯母の利根局に声を掛けられ、周子は三幡のいる北の対屋の御座所へ赴いた。

三幡は、大姫よりも八つ年下で、まだ十歳。姉姫とは余り共に過ごすことがないという。

母である政子は、大姫と三幡が顔を合わせると、大姫に掛かりきりになる。

「同じ御自らの娘だというのに、御台様は時に三幡様に冷たく感じることがあります。お育て申し上げる私が、しかと慈しんで参らねばと思うのです」

利根局はそう言っていた。しかし、母の無関心にもかかわらず、利根局の元で三幡は明るく愛らしい姫へと育っている。人見知りをすることもなく、周子が訪ねると喜んで出迎える。

「都のお話を聞かせて下さいませ」

そう言って、周子が話す都の話を楽しそうに聞いている。物語の絵巻なども好んでおり、今昔物語集も竹取物語も知っている。歌についても少しずつ覚えたと言って、在原業平《ありわらのなりひら》や小野小町《おののこまち》の歌を諳んじてみせることもあるほどだ。

三幡の元を訪れると、周子は少しだけ自信を取り戻す。当たり前に話すこと、教えることが伝わっていることに安堵するのだ。

「貝合わせをして遊びましょう」

三幡が貝桶を持ち出し、毛氈《もうせん》の上に広げ始めた。

「衛門も一緒に致しましょう」

三幡に誘われて、衛門は一緒に貝合わせをする。三幡は、花の描かれた蛤《はまぐり》の貝殻を手に

「やはり私は、桃の花が一に好きです」

と、屈託なく笑う。周子も手に取った二つの貝を合わせてみた。それは、ガチャリと歪《いびっ》な音を立てる。

「衛門、それははずれだわ」

三幡の声に皆が笑い合う。その時
「衛門様」

と、呼ぶ声がした。桂と共に大姫に近侍する侍女の一人である。

「大姫様がお召しですか」

周子が問うと、いえ、と言い淀んだ。

「お召しではございませんが、大姫様はこれより御所内を散策なさるとのこと。衛門様の御姿を見れば、或いは……と、桂様が」

周子は苦笑と共に吐息する。

大姫は端《はな》から周子のことなど念頭にない。それならば周子が大姫の元を訪ねてしまえばいいと思うのだが
「それは困ります」

と、侍女は言う。政子に叱られるとでも思っているのだろう。そこで、大姫が散策をするのに合わせて視界に入り、お招きに与《あずか》ろうというのだ。

周子は重い足取りで立ち上がる。

大姫に会わねば仕事にならないが、会えば会ったで疲弊してしまう。目の前にいる人を相手に何もできぬというのは、何かをする以上に疲れるものだ。

三幡の御座所から、大姫の御座所へと向かうには、廊下を渡って行けばいい。しかし周子は真っすぐ向かう気になれなかった。庭を回って行こうと決め、前栽を愛《め》でながらゆっくりと歩く。ふと厩舎が目に入り、見覚えのある黒鹿毛の馬を見つけた。飛雲だ、と思った。

「飛雲」

周子がゆっくりと歩み寄ると、飛雲は己の名を呼ばれたと気づいたらしく、前足をトントンと踏み鳴らし、鼻を鳴らした。

「お前の主も来ているのか」

近くに海野幸氏の姿が見えないが、恐らく御所内にいるのだろう。飛雲は周子のことを覚えているらしく、初めて会った時よりも警戒した様子はない。その時、桶に飼い葉を入れた幸氏が姿を見せた。周子を見つけて驚いた様子で立ち止まったが、周子が

「飛雲が私を覚えてくれていたようです」

と言うと、ほっとしたように微笑んだ。

「よろしゅうございました。気に入らぬ人には、歯を剥いて鼻を鳴らすこともありますし、後ろ足で土を蹴りつけることもありますので」

飼い葉を飛雲の側に置くと、周子に向き直る。

「今日は何故、こちらに」

「今しがた大姫様の御座所へ向かう途中で、厩舎に飛雲が見えたので立ち寄ったのです」

周子は大姫から逃げようとしたことを悟られまいと目を伏せた。

「飛雲が気晴らしになるのでしたら、何よりです」

周子が大姫との間に疲弊していることは、この幸氏には見透かされているらしい。そのことが周子にとって救いでもある。確かに飛雲に会えたのは気晴らしになった。

「貴方にお会いできたのも、良かった」

周子が言うと、不意に飛雲がぶるるると鼻を鳴らし、ついでに飼い葉を吹き飛ばす。周子の袿の裾に涎《よだれ》と飼い葉が飛んだので、幸氏が慌てて屈んでそれを払う。そのことが可笑しくて、周子はふふふ、と声を立てて笑った。幸氏も立ち上がり、ふっと吹き出すように笑った。

思えば、この男がこんな風に笑うのを見るのは初めてのように思えた。

「何をしている」

その声は周子の背後から聞こえた。周子が振り返ると、大姫がいた。桂たち侍女を四人引き連れていた。

「大姫様」

周子は頭を下げようとしたのだが、大姫がこれまで見たことがないほどに険しい顔をしている。驚いて固まっていると、大姫が目を見開いたまま、足元に落ちている枝を手に取り、それを振り上げて駆けて来た。こんな風に機敏に動く姫を初めて見たことに驚きながら、打たれる、と思って周子は思わず目を閉じた。しかし、鋭い音と共に打たれたのは幸氏の方であった。

「姫様」

周子は驚いて声を上げる。だが大姫は、その枝を何度も何度も振りかざし、幸氏の頬や肩、腕を闇雲に打ちまくる。

「姫様、お気を確かに」

周子がその手を止めようと間に割って入ったが、今度はその周子を睨みつけ、再び枝を振りかざした。幸氏は周子の腕を引いて後ろに庇い、振り下ろされた枝をぐっと掴んだ。

「ご無礼を」

幸氏は枝を摑んだまま、目を伏せて頭を下げる。大姫はそれでも気が収まらぬ様子で、肩で息をしながら幸氏に向かって身を乗り出した。

「そなたは笑うな。笑ってはならぬ」

吼《ほ》えるような声で幸氏に叫ぶ。周子の見る間に幸氏の顔がすっと青ざめていくように見えた。

「申し訳ございません」

幸氏は消え入るような声で言う。大姫は、幸氏に摑まれた枝を力任せに折ると、手に残った枝の片割れを乱暴に地面に投げ捨て、勢いで踵《きびす》を返す。侍女たちが慌てふためいて大姫の元に駆け寄り、取り囲むように歩き去る。

周子は茫然《ぼうぜん》と、幸氏の背後に立ち尽くしていた。そこへ桂が歩み寄る。

「衛門様、お怪我はございませんでしょうか」

「いえ、私は……。それより海野様が……」

「本日は、申し訳ございませんが、大姫様のご機嫌が芳しくなく……後日また改めさせていただければと存じます」

桂は周子に頭を下げ、慌ただしく大姫の跡を追って去っていく。

周子は不意に力が抜けて、その場に崩れ落ちそうになった。辛うじて幸氏に腕を支えられて身を立て直す。

「大事ございませんか」

幸氏に問われてその顔を見上げる。先ほどの笑顔は影も形も消え失せ、青白い顔に、幾筋もの枝で打たれた跡が走り、微かに血が滲む。

「海野様こそ、お怪我をしておられます」

周子は懐から懐紙を取り、それを幸氏に差し出した。幸氏はそれを固辞し、己の懐から麻布を取ると軽く傷を押さえる。

「大したことはございません」

　暫く何も言えず、沈黙が続いた。

　大姫は明らかに常にはない振る舞いをした。そして桂も周子にこそ謝ったが、幸氏に対しては目もくれず、謝ることさえなかった。

「私が悪いのです」

　幸氏が静かに言った。

「海野様は何も。私がご不興を買ったのでしょう。厩舎に寄り道をしたのがお気に障ったのやも……」

「いいえ。姫様はかねてより私をお厭いなのです」

　幸氏は断言し、飛雲の傍らでその鼻を撫でる。飛雲は幸氏の気持ちが分かるのか、慰めるように顔を寄せた。

「以後、大姫様がいらっしゃる時に私を見かけましても、お捨て置きください」

　幸氏はそう言うと飛雲に向き直り、周子に背を向けた。周子はその背を暫く見つめ、何を言うべきかを迷ったが、その背から強い拒絶を感じる。周子は致し方なく踵を返した。

　夕刻になって周子が十二所の屋敷に戻って暫くすると、利根局が訪ねて来た。周子が円座を勧めると、利根局はそこに腰かけながら近くの火鉢に軽く手を翳し、首を傾げる。

「本日、何やら厩舎の辺りで騒ぎがあったとか。大姫様が御乱心のようだったと、雑仕女が申しておりましたけれど」

三幡の雑仕女が騒動を見ていたらしく、巻き込まれた周子のことを案じたというのだが、利根局の口ぶりには幾ばくかの好奇心が混じっているようにも聞こえる。

「……騒ぎというほどではございませんが」

周子は苦笑をしながらも、事の次第をかいつまんで話した。

大姫は、海野幸氏に「笑うな」と声を荒らげた。幸氏が笑っている姿が気に入らなかったのだ。幸氏は大姫が自分を「お厭いだ」と言った。

「お厭いだからといって、あそこまでなさるものかと……」

周子は呻くように問いかける。

大姫に出会ってこの方、あれほど感情を露わにする姿を見たのは初めてだった。どうせ感情を見せてくれるのならば、明るい笑顔を見たかったし、歌を詠んでくれればと思っていた。しかし全く違うことがきっかけで、大姫の心の動きを見られた。

そのきっかけにどんな意味があるのか。

「大姫様が海野様に懸想しておられるということはありますまいか」

周子が問うと、利根局はやや身を引いて眉を寄せる。

「大姫様が海野様に思いを寄せている……と、貴女には見えたのですか」

そう問われると何とも言えない。嫉妬から海野を打ち、周子にも不快を表したというのは辻褄《つじつま》が合うようにも思う。しかし、あの怒りの眼差しはそんな甘いものでもないように思えた。

首を傾げる周子に、利根局は苦い顔をする。

「大姫様は、亡き許婚の義高様の他に思いを寄せることなどありますまい」

大姫の気鬱の理由が、幼い日の義高との別離にあるというのは、幾度となく聞いている。だが、どれほど辛い思い出であろうとも、幼い日から十年以上が過ぎて尚《なお》、日々の暮らしすらままならぬほど思いつめることがあるだろうか。周子が七つ、八つの時には、都でも男女の境なく遊んでいた覚えはある。確かに仲の良い者もいただろうが、その子らが今、何処で何をしているかなど定かではない。

「筒井筒も、そこまでくれば大したものでございましょうが……私はそれを、御台様がお話しになられているとしか、聞いたことがございません」

「ええ、だからこそです」

利根局ははっきりと言う。周子は眉を寄せる。

「御台様が仰せだからと、伯母上はそのまま受け取られるのですか」

「いいえ。大姫様が、御台様の仰せに従うからです」

何やら話が堂々巡りをしているように感じ、周子は首を傾げる。利根局は静かに微笑む。

「人は、己の心の正体はよく分からぬものです。幼子であれば尚のこと。我が子を育てていても、しばしば苦悩致します。腹が空いていることに気づかずに遊びまわっていたり、眠いことに気づかずに怒っていたり……それにこちらも振り回されながら育てて参ります。大姫様は、頑是《がんぜ》ない年ごろに慕っていた義高様を亡くされた。その悲しみの正体が何かを摑めずに嘆いておられた。御台様はその苦悩に、心優しい大姫様が一途に義高様を想っているという分かりやすい物語を当てはめられた。大姫様は、己の心を己で知るより先に、御台様が作られた物語を日々、聞かされた。最早、大姫様の胸中に、己で感じたことよりも強く、御台様の物語があることでしょう」

「つまり、大姫様御自らの御心ではなく、御台様の物語が大姫様を病ませていると」

「大姫様御自らの御心は大姫様にしか分かりますまい。しかし、御台様が仰せになるから、皆がそれに従う。大姫様もそれに従う」

周子は眉を寄せて首を傾げる。

「伯母上は、義高様の一件を如何思し召しですか」

利根局は、ええ、と頷いて暫く黙る。

「まだ年若い義高様が露と消えたことは、真に哀れではございました。しかしそれ以上に、あの一件において、この鎌倉に大きな影を落としたのは御台様でございます」

御台所政子は、大姫が懐いている義高を助命したいと考えていた。しかし、事態はそれを許さなかった。

義高の父、木曽義仲は、法住寺殿の戦で後白河院を幽閉し、帝の御位にまで口出しをする暴挙を働いた。怒った後白河院は頼朝に義仲追討の院宣を下し、頼朝は、弟の範頼、義経に木曽義仲追討を命じたのだ。義仲を討ちとった後、嫡子義高をどう処すか。

「院の御下命に従い、朝敵である義仲を討った以上、その子を大姫の婿とするのは、未だ力の安定しない鎌倉にとっては命取り。そこで御所様は義高を討つことを決められた」

頼朝は御家人堀親家《ほりちかいえ》に義高を討つように命じた。それを知った政子は、夜陰に紛れて義高を逃がしたが、堀とその郎党は入間川《いるまがわ》で義高を討ち、首級を上げた。

「そのことを知った御台様は激怒なさいました。そして、何故に義高を逃がさなかったのか、討手は誰であったのかを追及なさいました。そして、義高様の首級を上げた藤内光澄《とうないみつずみ》という堀の郎党を処罰するように御所様に迫り、御所様はそれに従った」

「処罰……とは」

「首を取り、晒しました」

周子は絶句して利根局を凝視した。

「しかし……それでは御所様の命に従った者を斬ったと……」

「はい。これには、幕府の重鎮たちもさすがに怒りました。誰も義高様を斬りたかったわけではない。御所様の命を受けた堀も、主のために手を下した郎党も、忠義を褒められこそすれ、罰せられるものではない。これでは御家人たちは従わぬと、皆が怒り、比企尼様も御所様に苦言を呈されたそうです」

この一件で頼朝の命に従ったとて政子が異を唱えれば、討たれることになるという前例が出来てしまった。以後、御家人たちは頼朝と政子、双方の顔色を窺わざるを得ない。「頭」としての頼朝の立場を弱くしてしまった。

「大姫様がその事情を、どれほどご存知かは分かりません。ただ、鎌倉にとって義高様の一件は、大姫様とは異なる理由で大きな傷となっていると思うのです」

義高のことを聞こうとすると、誰しも口が重くなるのも無理はない。

「それにしても、血の匂いばかり……」

戦ともなれば、首級を上げるのも当然であるが戦に慣れぬ周子にとって、その残酷さと苛烈さは、話を聞くだけでもぞくりと背筋が寒くなる。

しかし、義高にまつわる一連の話と、今日の大姫の海野幸氏への仕打ちとは、どうつながるのであろう。

「では今日の大姫様の、海野様への仕打ちは何でございましょう……」

周子の問いに利根局は、さあ、と首を傾げる。

「確かな理由は存じません。ただあの御方は木曽の出です。ご存知ありませんか」

「聞き及んでおります。確か、亡き義高様と共に鎌倉に入られた従者とか」

「従者……でございますか」

含みを持たせた一言を口にして、利根局は記憶を手繰るように言葉を紡ぐ。

「私は、大姫様が海野様に懸想されているというよりも、むしろ海野様のお姿を見ることに、大姫様は苦しんでおられるのやもしれぬと思います」

「お姿を見ること……でございますか」

「もう、十二年も前になりましょうか……鎌倉に入られた義高様は十一歳。絵巻物から出て来たような美しい少年でございました。そして、背格好から姿かたちまでよく似た少年が共に来たのです。それが海野幸氏様でした。もし、あのまま義高様が長じていらしたら、今の海野様のようになられたやもしれぬと、私も思うことがございますから……」

「大姫様はそれ故に、海野様をお厭いだと」

「さあ……私は所詮、外から様子を拝見していたに過ぎません。いっそ海野様に直に伺ってみてはいかがでしょう。私よりも少しは、大姫様の御心の内をご存知やもしれません」

利根局は、いつものように柔らかく微笑んで座を立った。

利根局の去った後、周子は思い返す。

義高の死は、義仲討伐に伴うものである。

都にいた周子にとって、木曽義仲は法住寺殿に火をかけた武士の棟梁である。母と共に逃げながら目にした人と人が斬り合う様は、今も心の奥底に恐ろしさと共に残っている。

その恐れを乗り越えるために、あの日に何があったのかを子どもながらに聞いて回った。それが戦であったこと。木曽が鎌倉に討たれたことを知り、少しずつ恐れから解き放たれていったのだ。

大姫は、混沌とした幼い日の恐れを、誰にも解かれぬまま抱えているのかもしれない。それが、今の気鬱につながっているのだろうか……。

木曽が討たれたことに、都で快哉《かいさい》を上げていた己と、木曽の少年の死を鎌倉で悼《いた》む大姫がいた。そしてそこには、義高と共に鎌倉入りをして助命された海野幸氏もいたのだ。

大姫の心の傷は、義高の死に遡らねば分からない。

「海野様を訪ねてみようか……」

火鉢の中の炭火が、じんわりと赤く光るのを眺めながら呟いた。

○

翌朝、御所から遣いの文が来た。曰く

「大姫様はお加減が芳しくない故に、出仕を控えて頂くよう」

とのことであった。思った通りで、今更、驚きはしなかった。

周子はそのまま身支度を整えて、三郎に供を頼んで十二所の屋敷を出る。御所とは反対に進んだ先の峠村に海野幸氏の屋敷はあった。山を背にして柵でぐるりと囲まれた中に、小さな厩舎と茅葺《かやぶき》屋根の屋敷がある。

供で従ってきた三郎は、

「声を掛けて参ります」

と言って、馬を引いて屋敷へ入った。

枝折戸《しおりど》から中へ足を踏み入れて、辺りを見る。わずかな庭木も冬支度で葉もない。唯一、椿の木が鮮やかな赤い花を咲かせていた。鎌倉の弓馬四天王と言われる武士の家としては、質素すぎると思われた。

「如何なさいましたか」

顔を覗かせた幸氏は、驚いた様子であった。

「少し、お話をうかがいたいと思いまして」

昨日の一件についてであろうと察したのか、幸氏はやや苦い顔をした。しかし訪ねて来た周子を追い返すわけにもいかぬと思ったのか

「お入り下さいませ」

と、中へ招き入れた。

屋敷の中は小さいながらも整えられており、雑仕や雑仕女も立ち働いていた。装飾らしいものは何もなくわずかな調度と、藁《わら》の円座があるばかりである。

「何もなく、申し訳ない。わざわざお越し頂くとは……」

差し出された円座に腰を下ろし、周子は改めて幸氏と向き合った。

「近《ちこ》うございますから」

幸氏は、ええ、と頷く。

「ここは、山から攻められた時に御所の背後を守る要となります故」

暫くの沈黙が続いた後、周子は一つ息をついて切り出した。

「昨日の一件で、大姫様のご機嫌を損ねまして、御所へ上がることが叶いませんので、貴方のお話をうかがいたいと思ったのです」

「私の話と申されますと」

「木曽の、義高様のことでございます」

周子の言葉に幸氏の顔がやや強張った。それでも周子は肚《はら》に力を込めて、更に言葉を接いだ。

「大姫様に深く関わることであるというのに、私はこれまで深く存じませんでした。無論、許婚であった木曽の清水《しみず》冠者《かじゃ》義高様という御方がいたことは存じておりました。しかし事の委細を知っていたわけではございません。知りたいと思いましても、皆様、口が重くていらっしゃる。ならばいっそ、最も深く御存じであろう方に聞きたいと思うのです」

緊張も相まって、周子は矢継ぎ早に言葉を紡ぐ。そして真っすぐに幸氏を見据えた。

「貴方は、従者として参られたと聞いております」

周子は幸氏の様子を見守る。幸氏は、はあ、と気のない相槌を打つだけで黙り込んだ。

周子は問いたいことは数多あるのだが、どう切り出すべきか迷っていた。だが、俯く幸氏を見ているうちに、昨日のことが思い返され、苛立った。

「昨日のことも気になります。たとえ主君の姫とはいえ、あのように打たれるままになさらずともよいのではありませんか」

知らず声に怒気が混じる。幸氏は驚いたように顔を上げ、周子はふうっと吐息した。

「申し訳ございません。貴方がお怒りにならないから、余計に腹が立ちまして」

幸氏は、苦笑ともつかぬ微笑を浮かべ、それを隠すように口を覆った。

「何か、おかしなことを申しましたか」

「いえ……この鎌倉で、大姫様は至高でございます。姫様のなさりようは、黙って受け止めるのが習いでございますれば……怒って下さるとは」

そう言って俯いて口を引き結ぶ。「笑うな」との言葉に従うように、青白い顔で俯く幸氏を見つめ、周子は口を開いた。

「大姫様は貴方のことをお厭いだと仰った。それは何故でございましょう」

幸氏は、真意を探るように、真っ直ぐに周子の目を射る。周子は負けじとそれを見返した。幸氏はゆっくりと瞬きをして唇を嚙みしめ、言葉を迷うように目を伏せた。やがて顔を上げると、覚悟を決めたように口を開いた。

「私は、若君……義高様の従兄弟に当たります」

義高の母である巴《ともえ》御前と、幸氏の母が姉妹であった。父は海野幸広《ゆきひろ》といい、木曽義仲の重臣の一人。同い年の従兄弟であり、幸氏は幼い頃から義高の近侍として仕えていた。

「若君の御身をお守りすることこそ、そなたの務め」

幼い頃から繰り返しそう言われていて、そのことに疑いを持つこともなく、木曽の山中にて共に育ってきた。

十一歳を迎えたその時、義高が鎌倉へ赴くことになった。幸氏も同道することとなったその日の夜、幸氏は父に呼ばれた。

「此度の鎌倉行きは、ただの旅ではない。若君は鎌倉の人質となられるのだ」

幸氏は、父から今の木曽と鎌倉の間柄について聞かされた。

「幸い、そなたと若君は背格好もよく似ている。いざとなったらそなたは若君の身代わりとなり、身を挺しても若君をお守りせよ。それが木曽のためであり、天下のためである」

己が大役を務める時が来たのだと、幸氏は思った。それは恐ろしいというよりも、誇らしいことだと感じていた。

義高と共に鎌倉に入ると、幸氏の姿を見た鎌倉の重鎮たちが眉をひそめた。

「影を支度してくるとは、木曽も抜け目がない」

そう囁く声が聞こえた。幸氏は一目で義高の影であると知れるほど、よく似ていたのだ。父、幸広からは、見分けがつかぬように振る舞えと言われていたため、幸氏は義高と共に常にあった。大姫はすっかり義高に懐いていたので、自然、幸氏もその二人と共に過ごすことは多かった。しかし大姫はどんなに遠目からでも幸氏と義高を見間違えることはなく、同じ色目の衣を着ていても、義高の袖を取る。

「すっかり懐かれてしまいましたね」

幸氏が言うと、義高もまた嬉しそうであった。

義高は、この鎌倉入りがただの婿入りなどではないことは重々承知していた。いざとなれば自らが殺されるかもしれないことも分かった上で、覚悟を決めて入って来たのだ。幸氏もまた身を挺しても義高を守るつもりでいた。

政子がどれほど親身になって世話をしてくれたとしても、義高は政子に対しても威儀を正して甘え過ぎない。

「父上はいかがお過ごしであろうか」

義高は時折、空を見上げて呟いていた。

上洛した木曽義仲からの報せはなかなか届かない。内通して義高が逃亡することを防がねばならない鎌倉が、密書を止めていることもあり、頼朝周辺から漏れ聞こえる話から近況を推し量るしかない。同じく木曽から伴ってきた十《とお》ほど年上の武士、望月重隆《もちづきしげたか》が聞いた話によると、平家との戦において、父、海野幸広が討ち死にしたという。

しかし、次にもたらされたのは
「木曽の御大将は、征夷大将軍として京においてご活躍の由」

ということであった。

幸広討ち死にの報で悲嘆に暮れていたが、次に届いた吉報に義高も幸氏も喜んだ。しかし実状は、義仲が後白河院を幽閉して将軍位を脅し取り、公卿たちの怒りと反発を買って、遂に鎌倉が義仲討伐に乗り出すことになっていたとは知る由もなかった。頼朝の弟である範頼や義経が出陣したと聞いた時も、平家討伐のためであると信じて疑わずにいたのだ。

「或いは、父上と鎌倉殿とは共に手を携えて、天下を治めていかれるのではないか」

義高の言葉に、幸氏も頷いた。

「その折には、若君は大姫様と夫婦となり、源氏を率いて参られるのですね」

「いずれ、そうなるのかもしれない」

義高は嬉しそうに微笑み、幸氏もその未来に思いを馳せていた。

しかしそれが夢想に過ぎないことを、思い知らされることとなる。

「木曽の御大将が、討たれたとのこと」

しかも討手は平家ではなく、頼朝の弟である範頼、義経であるというものだった。寿永《じゅえい》三（一一八四）年の一月に討たれたのだが、報せが届いたのは二月も半ばを過ぎていた。

「さすれば若君が危ういのではありますまいか」

幸氏はそう案じた。しかし、鎌倉の者たちが義高を討とうとしている様子は見受けられない。何せ、政子が変わらず大姫と義高を遊ばせているのだ。

「殺めるつもりであるならば、もうとうに討たれているはずだ」

義高の言う通りであると幸氏も思った。

それでも緊張する日々は続いており、次第に義高らも疲弊していった。

「そなたのことは守ります」

政子が義高にそう告げているのを、幸氏は何度も聞いた。幸氏もいざとなれば己の身を捨てても義高を逃さねばならぬと、覚悟を決めていた。それこそが己の役目だと信じていた。

そして事態は遂に動いた。

「起きなされ」

四月の深夜、政子は義高を叩き起こし、侍女らに命じて義高に女人の壺装束《つぼそうぞく》を着せる。

「侍女らの参詣に紛れて出かけなさい」

馬の蹄《ひづめ》に音が鳴らぬよう、幾重にも布を巻き付け、一行は静かに夜陰に紛れて御所の外へ出た。

「そなたは大姫の元で静かに過ごしておれ」

幸氏は義高が残した水干を着て、大姫と双六をし、雛《ひな》遊びに付き合い、御所内から出ぬように心がけた。

「それは義高様の御召し物でしょう」

義高の衣を着た幸氏を見て、大姫は訝しんだ。その大姫の声が漏れぬよう、侍女らが気を配り、その日は何とかやり過ごした。

しかし翌日の夜、堀親家らが御所内に乗り込んで、幸氏を引っ立てる。

遂に来たのだ。ここから先は義高として振る舞い、義高として殺されることになる。幸氏が覚悟を決めて、堀の郎党らに引きずられていく最中、遠くで
「小太郎《こたろう》をどうするの」

と、大姫の声が聞こえた。小太郎とは幸氏の通称である。

政子は大姫のその言葉をかき消すようにすぐさま
「義高をどうするつもりです」

と幸氏のことを問うた。しかし、堀はその大姫の言葉を聞き逃さなかった。

「この者は暫くこちらで預かります」

侍所の牢へと幸氏を放り込んだ。そして暗がりの中、僅かな光で照らしながら堀は首を傾げた。

「見分けがつかぬ故、如何したものかと思うていたが、大姫様はお分かりだ。若君は何処

か」

　問われたところで答えるわけにはいかない。黙り込む幸氏を、堀の郎党たちは殴り、蹴る。しかし傷だらけになったとしても、幸氏は口を割ろうとはしなかった。

「存外、骨のある」

朦朧《もうろう》とした中でそう言われたのは聞こえた。褒められているとは思えども、嬉しさはない。早く、心が折れぬうちに義高として殺されなければ、義高に追手が迫る。

「我こそが、清水冠者義高である」

うわごとのように言ったが、最早、誰も信じていないようであった。

　暗い牢で、何日が過ぎたであろうか。

　その日、牢を訪れたのは堀の郎党ではなく、細面《ほそおもて》の文官風の男である。床に座り込む幸氏に目線を合わせるように、屈んで幸氏を見つめた。暗がりで目を凝らすと、それは頼朝の傍らにいた重臣、大江広元であった。また義高の行方を問われると身構えていたのだが、広元は全く違うことを口にした。

「主とは、何であろうな」

　その問いに、幸氏は眉を寄せた。たかだか十余年の人生において、主とは何かなどと考えたことはない。ただ、己の人生は義高の為にあるのだと教え込まれて生きてきた。命を擲《なげう》つ覚悟もあった。そしてそれが誇りであった。

幸氏は答えずにいた。広元は幸氏が答えぬことも気にせず、更に言葉を継いだ。

「私は主である帝を捨て、鎌倉殿に仕えている。なぜなら、己の才覚と度量を正しく認めてくれる人を主と思うからだ」

僅かな灯明の光の中で、黒い目が光って見える。幸氏はその切々と語り掛ける声に惹きつけられるように広元の目を見返した。広元はその幸氏を真っすぐに見返す。

「木曽はそなたに何をした。ただ背格好が似ているからと、義高の代わりに死ねと言う。しかし鎌倉殿は何と言っているか知っているか。そなたがこの鎌倉にいる間、立ち振る舞い、武芸の修練を見ていた。気働きが利いて、馬も弓も義高よりも優れていると仰せなのだ。そなたを置いて逃げた義高も、そなたを鎌倉に送り込んだ挙句に鎌倉に逆らい討ち死にした義仲も、そなたにとって良い主と思うか」

そして暫くの沈黙を置いた。広元の言葉は幸氏の中に静かに揺らぎをもたらした。

「木曽はそなたに死ねという。鎌倉は生きろという。そなたはどうする」

光の射さぬ牢の中、己を死へと追い込むために奮い立たせていた闘志が、「生きろ」という言葉の響きで激しく動揺した。己がこんなにも生きたいと願っていることに驚き、狼《ろう》狽《ばい》した。体が震え、涙が溢れた。

その様をじっと見ていた広元が、ゆっくりと立ち上がろうとする。幸氏は牢の格子にしがみつき、思わず腕を伸ばして広元の袖を摑んだ。声が出ない。しかしそれでも、この袖を放したら終わってしまうという恐れだけが身の内に走っていた。広元は再びゆっくりと膝を折り、己の袖を摑む幸氏の手を取った。

「海野幸氏だな」

幸氏は、言葉もなくただ何度も繰り返し深く頷く。

「義高は、御台様が逃がしたのだな」

幸氏はまたも黙って何度も首を縦に振った。

「出してやれ」

広元の言葉に、郎党らが牢を開いた。引きずり出された幸氏が引っ立てられた先には、堀親家とその郎党らが居並び、その正面には頼朝の姿があった。共に並んで座ったのは、木曽から共に鎌倉入りした望月重隆である。望月は幸氏とは異なり、無傷であった。傷だらけの幸氏は、膝を折ってそこに座る。

「検《あらた》めよ」

頼朝に言われ、幸氏の前に突き出されたのは、堀の郎党、藤内光澄によって取られた義高の首であった。幸氏はその場で硬直し、義高の首と向き合ったまま言葉が出ない。傍らの望月は項垂れて、唸るように

「清水冠者義高に相違ございません」

と答えた。

幸氏は息が浅くなるのを覚えた。ようやっと絞り出したのは

「若君……」

という言葉であった。

一心同体と思い、立ち振る舞いから口ぶりまで似せるように努めてきた。見つめ続けた義高の首を見て幸氏は混乱し、己の首を確かめるように触れたまま、その場で倒れ込んでしまった。

丸二日、眠り続けて目覚めた時、傍らには、望月がいた。十ほど年上の望月は、幸氏を慰めるように、頷いた。

「致し方ないこともある。忠義を尽くそうにも、若君は討たれてしまった。帰ろうにも木曽はない。この鎌倉が我らを迎えてくれると言っている以上、ここにいよう。我らは木曽にも見捨てられていたのだ。義理は捨てるのだ」

分かるな、と念を押された。

木曽は我らを見捨てた。そして義高は助かるために幸氏を身代わりにした。

木曽への怒りを掻き立てるようにそう考えた。一方で、生まれ育った故郷の山河も懐かしく、幼い頃からの義高との思い出も脳裏から離れない。それでも前へ進もうと足掻《あが》いていた。

そんな時である。

「どうしてそなたがいるのに、義高様がいないの」

大姫が泣きはらした目で幸氏を指さした。

幼い大姫にとっては、ただの問いかけであったのかもしれない。しかし幸氏には
「そなたこそが死ぬべきであった」

そう響いた。そして大姫から姿を隠すように逃げ出した。

ほどなくして、義高を討ち取った藤内光澄が、政子の命によって首を晒されたことを知った。義高の仇を取れたと喜ぶ気にはなれなかった。むしろ次に政子に首を取られるのは、大姫に指をさされた己かもしれない……。そう思うと恐ろしさに身が竦んだ。

これまで若君の御為に生き、死ぬことだけを思い描いていた。その礎が崩れて、この先どうしたら良いか、分からなかった。

「ともかくも武芸を磨き、これより先は鎌倉殿に忠義を果たしていくほかに道はない」

望月にも言われ、取り憑かれたように弓に励み、馬術に励み、剣術を鍛錬《たんれん》した。

それでもいつも居場所はなく、頼朝とその弟たちによって討たれた木曽の者たちに申し訳なく、苦しいばかりであった。

それがようやっと救われたのは、義高の死から十年近くが過ぎた、かの富士の巻狩りであった。曽我兄弟の仇討ちに乗じて起きた乱闘により、頼朝の命が危機に晒された。その際に、真っ先に駆け付けてその身を挺して討手と斬り結び、傷を負いながらも頼朝を守っ

た。

「見事であった」

頼朝から褒められ、直々に名馬の飛雲を賜った。

「そなたがおらねば、鎌倉はどうなっていたか」

重鎮たちからも、賞賛された。

あの時、義高を守れなかったからこそ、頼朝を守ることに命を懸けた。義高を見捨てた不忠者と蔑まれ続けることは辛く、何よりも己を許せなかった。

それが富士の巻狩りで少しだけ変わることができたのだ。

「御所様を守り、その褒美として飛雲を頂けた。それでようやっと私は、ほんの少し己を許したいと思えたのです」

訥々と語り終え、幸氏は寂しげな笑みを口元に浮かべて周子を見た。

「しかし、それは甚だ思い違いであった。大姫様は未だ私をお許しではないのだと、昨日、思い知らされたのです」

周子は何かを言おうと思うのだが、何も言葉がない。

大姫の心の痛みも分かるが、だからと言って幸氏を責め立てるのは筋が違う。この男もまた傷を引きずりながらようやっと生きているのだ。

「貴方のせいではありますまい」

「ええ……しかしあの時、私は生きたいと願い、若君を見捨てたことに変わりありません。それは誰よりも己がよく知っています。たとえ御所様から飛雲を賜ったとて、罪業が消えるわけではない。だからこそ、罪業と共に生きて行こうとしていたのです。しかしどこかで私は救われたかった。されど、何が救いなのかも分からなかった」

幸氏はじっと己の胸に手を当てて、ゆっくりと吐息する。

「この鎌倉に入ってから、若君が世を去るまでは一年余りでした。全ての季節、あらゆる場所に若君との思い出が宿っています。だから、どこにいても痛みと辛さに苛まれて来ました。そして誰もが私を木曽の者として扱い、遠巻きにしている中で、私は次第に何も感じず、武芸のことだけに生きていました……だからとても驚いたのです」

幸氏はふと目を上げて周子を見た。周子が首を傾げると、幸氏は自嘲するように笑った。

「貴女が、夕日に光る海を見て、綺麗だと笑っていた」

確か、鎌倉入りしてまもない日、浜辺で幸氏と行き会った。その時に初めて、夕日が黄金色に照らす海を見た。余りの美しさに周子は我を忘れてはしゃいだのを覚えている。隣で見ていた幸氏が何故か驚いたように見えた。それは周子のはしゃぎようが滑稽であったからだと思っていた。

「貴女が、夕日を綺麗だと喜んだのを見て、私は嬉しかった。そのことに驚いたのです」

幸氏は唇をぐっと嚙みしめ、そして笑顔を作った。

「鎌倉の光る海を、我がことの如く誇らしく思ったことも、誰かが喜ぶ姿を嬉しく思うことも、初めてでした。外からいらした貴女だから、私は己の禁忌を破り、嬉しいという思いを抱いた。そのことを、あの厩舎で大姫様は見破られた。姫様は今も尚、若君の死という呪縛の中にいる。私も同じ闇の中にいるべきなのだとお思いだ。そして私もそうあるべきだと思うのです」

周子は己の手のひらを強く握る。ともするとその手を、目の前の幸氏に伸ばそうとしていることに気づき、戸惑った。幸氏を闇に落としたくはないと思った。周子の視線の先で、幸氏がゆっくりと口を開く。

「つまらぬことを申しました」

幸氏はそう言って一つ頭を下げると、勢いをつけて立ち上がる。周子の傍らをすり抜け、

「三郎を呼べ」

と、雑仕へ言いつけた。

座ったままの周子が幸氏を見上げるが、幸氏は目をそらしたままで、微笑を浮かべた。

「大姫様のことでは、私は御役に立ちますまい。私はただ、姫様の前に姿を見せぬことが唯一の務めでございます。以後、御所で私を見かけましてもお捨て置き下さい」

言い置いて部屋を出た。周子は声を掛けようとしたが、喉が詰まって声が出ない。立ち去る背を見送りながら、暫くその場で座り込んでいた。

「姫様」

外から三郎に声を掛けられて我に返る。

「今……参ります」

幸氏の屋敷を出ると、風の冷たさが身にしみる。椿の傍らに立ち、ふと足を止めて屋敷を振り返り、吐息と共に歩き始めた。胸が抉られるように痛み、ほろほろと涙が溢れて来る。

救いたい……と、思ってしまった。

天を仰ぐと、空には雲が厚く垂れ込めている。周子は涙を拭うと、真っ直ぐに前を見て歩き始めた。

○

海野幸氏の件で大姫が取り乱してから三日が過ぎた。

相変わらず、御所からの音沙汰はないままだが、周子はそれでも大姫に会うべく覚悟を決めて御所に上がった。大姫の御座所へ向かう廊下を渡りながら、思案を巡らせる。

先日、幸氏の話を聞いてから、大姫のあの日の態度と言動を振り返った。

「そなたは笑うな」

大姫は叫んでいた。そしてその言葉は、幸氏を再び闇に引き戻すに十分であった。

しかし大姫の怒りの矛先は、幸氏に向けられるべきものなのか。

確かに、幸氏は義高の身代わりとして死ぬべき立場であったやもしれないが、情勢を鑑みれば義高を討たねばならない頼朝の立場も分かるし、十二の少年であった幸氏に何が出来たわけでもない。幸氏に怒りを向けたとて、致し方ないのだ。分かっていて尚、大姫が幸氏に怒りを露わにしたのは、幸氏には共に義高を悼んでいて欲しいという強い思いがあるからではないか。

恋慕の情を抱き続けている……というのは、利根局が言った通り「御台様の物語」なのかもしれない。しかし、大姫の中に義高への思慕は確かにあるのだろう。それは単なる思慕ではなく、大姫の中に罪業の如く横たわっているのかもしれない。ならばいっそ、その想いを吐露する場を造らねば、大姫は己の殻の中で、義高の屍を抱えたまま、己をも腐らせていくしかない。それは入内においても障りとなる。

周子が大姫の御座所を訪ねると、廊下で侍女に押しとどめられた。

「衛門様、暫しお待ちを。大姫様が、またご不快でいらっしゃるので」

周子は眉を寄せた。これまでであれば、大姫の機嫌を損ねぬように引き下がっていた。

しかしこの繰り返しこそが、大姫を同じところに留めているのかもしれない。

「ご無礼を」

周子は侍女の制止を振り切り、そのまま大姫の前へと進み出た。現れた周子の姿に桂は慌てて腰を浮かし、大姫と周子の様子を交互に眺めていた。

「大姫様、ご機嫌は如何でございましょうか」

声を掛けると、大姫はやや眉を寄せて周子を睨んだ。その反応に周子はむしろ、ようやっと端緒を摑んだような心地がした。再びあの人形のような眼差しでぼんやりと見上げられたら、流石に空しさに打ちのめされたかもしれない。しかし大姫は今、はっきりとその目に周子を映している。

「ご機嫌を損ねてしまいましたか。何がお気に障ったのか分かりかねておりまして、こうして伺いました。このままでは私は、大姫様とお話しすることすら敵わず、お役御免で鎌倉を追われることになります。それではあまりに大姫様も非情ではございませんか」

周子の言葉に、大姫はゆらゆらと視線を動かす。

「衛門様」

桂が窘めるように声を掛けるが周子は無視した。殻の内側から大姫が顔を覗かせている今、少しでも大姫に迫らなければ、入内どころか、話もできない。

「大姫様は、入内をお望みではないのですか」

大姫は意外なことを問われたように首を傾げ、周子をじっと見つめる。その眼差しには、大姫が周子の言葉を理解していないような色があった。

「大姫様の御心をうかがいたいのです」

するとと今度は大姫は眉を寄せて周子を睨んだ。

「うるさい」

それは、声が大きいとか、話が面倒だというのではない。まるで、耳元に虫でも飛んできた不快な音を聞いたような言い方である。桂は慌てて、周子を窘めるような仕草を繰り返している。それでも、周子はずいと膝を進めた。

「もしも、お望みでないのならば、次の手を考えねばなりませぬ。お望みならば、私の言うことを聞いていただかねばなりませぬ」

強い口調で繰り返す。すると大姫は再び
「うるさい」

と言った。それは先ほどとは異なり、周子の言葉が、煩わしいという意味に聞こえた。

「何がうるさいのでございましょう」

「望みなど問うな」

喉の奥から絞り出す、呻くような声である。大姫はこれまで、微かな声で言葉少なに話していた。こんな声は聞いたことがない。周子は大姫の変化に注視しながら、更に膝をずいと進めた。

「しかし大姫様。御身のことでございます。入内とは、ただ上洛して御身を内裏に入れることだけではございません。天下人たる帝の寵を受けると共に、鎌倉と都の橋渡しもなさらねばなりません。その御役目の大事さを思えば、大姫様の御心を聞かぬわけには参りません」

当たり前のことを言っているだけだ。しかし、それを伝えるのに既に二月《ふたつき》以上の時を費やしている。そして周子も今、大姫に話をするだけで、額に汗の玉が浮かぶほどに緊張している。

大姫は暫く黙ったまま、周子を睨んでいた。そして己の傍らにあった扇を手に取ると、それを周子に向かって投げつけた。それは周子の肩先に当たって落ちた。

「姫様」

桂は慌てて、今度は大姫を宥めようとする。仮にも六条殿の遣いである周子に、物を投げつけたことに、桂の顔は蒼白である。

周子はわざと肩を撫でさすり、ゆっくりとした所作で落ちた扇を広げてみる。そこには美しい桃の花が描かれていた。桃の花には、邪気を祓う力があるとされ、娘の守護の為に桃を象《かたど》る守りなどを持たせることはよくある。大姫の手にしているこの扇もまた、大姫の身の安泰と、幸福を願う品なのであろう。

周子はその扇面を黙って眺めやり、そして口を開いた。

「桃之夭夭《もものようようたる》

灼灼其華《しやくしやくたりそのはな》
之子于帰《このこここにとつぐ》
宜其室家《そのしつかによろしからん》

嫁ぎゆく若い娘を桃の花に準えた『桃夭《とうよう》』という詩です。花が美しく咲くことを喜び、娘が嫁げば、家が栄えるであろうと寿ぐ意が込められております。桃を描いたこの扇には、御台様をはじめ鎌倉の方々の姫様への寿ぎの想いが込められておりましょう。それをして姫様は、如何思し召しでいらっしゃいますか。喜ばしいとお思いか。それとも……苦しいとお思いか」

大姫は何も言わず、ただ肩で何度も息をして胸を押さえたまま真っ直ぐに周子を睨んだ。

「疲れた」

唾棄《だき》するように言い放つ。周子はその大姫ににっこりと笑いかけた。

「性静情逸《せいしずかならばじようやすく》
心動神疲《こころうごけばしんつかる》

魂が静かであれば、心は穏やかでしょう。今、姫様がお疲れなのは、御心を動かしているからです。何故に動いたのか……入内をなさりたいか、なさりたくないか……とお考え下さった」

大姫は重いため息をついた。その様子を見て、周子は更に言葉を継いだ。

「私なぞの申し上げましたことに、御心を動かして下さりありがとうございます」

大姫は苛立ったように眉を寄せ、無造作に己の頭の髪を摑んでかきむしる。

「姫様」

桂が窘めるように声を上げ、大姫は苛立ったように髪から手を放して拳を握り、周子をじっと見つめる。

「母上がお望みなのだ」

低く抑えた声で言い捨てると、それ以上問われることを拒むように顔を背け、立ち上がる。

「もう問うな」

そのまま背を向けて奥へと下がる。

「姫様」

桂が呼び止めても振り向かない。桂は若い侍女をついて行かせ、自身は周子の元に留まった。

「衛門様……困ります」

桂は困惑を満面に浮かべて周子に詰め寄る。周子は桂に向き直った。

「桂様とは一度、きちんとお話をせねばならぬと思うておりました。桂様は、此度の入内を如何お思いか」

「私はただ、御所様、御台様の命に従うだけでございます」

「貴女は大姫様の最も身近な御方。入内にも共に参られることとなりましょう。御台様が内裏に入られぬ以上、貴女が筆頭となります。さすれば、帝に御目通りすることもあろうから、貴女もまたそれ相応の官位を頂く女官となります」

「女官……でございますか」

「さようです。形ばかりではございますが、女御なり后なりの侍女が無位ということはございません。私も丹後局様のご下命があれば、大姫様の元へ参ることもあろうかと存じますが、今の有様をご覧になっても分かるように、大姫様は私との間に絆があるとは言い難い。それがどういうことか、お分かりですか」

桂は、戸惑いながら周子の顔を窺い見る。周子は言葉を継いだ。

「入内するということは、御所様と御台様の婚姻とはまるで違います。桂様も、これまで同様に身辺のお世話をしていればいいというわけには参りません。既に複数の女人が侍る帝の元で、大姫様を守る矢面に、貴女が立たねばならない。今のように大姫様は、たった一言でご機嫌を損ね、指南することさえままならぬ。そうなった以上、私には、桂様……貴女を大姫様の盾として御指南申し上げることしかできません」

桂の顔色が次第に蒼白になっていく。

桂は、元より北条の家人である。とりわけ教養が高いわけでもなく、病がちな大姫の世話役に過ぎない。政子が頼朝に嫁いだことと同じように大姫の入内を考えていたのかもしれないが、源氏の棟梁とはいえ頼朝は所詮、武士である。武家同士の婚姻と、入内するのとでは、話がまるで違う。その当たり前すら、桂には分かっていないようであった。

周子は更に、ずいと桂に詰め寄った。

「帝は御所様とは違います。帝の前にあっては、たとえ大姫様が鎌倉の一の姫であろうとも、臣の娘に過ぎません。もしも入内が成って、大姫様が主上と御寝所においで遊ばす折に、過日の海野様にしたような振る舞いをなされば、ご機嫌が悪かったではすみません。主上は大御心《おおみこころ》の広い御方故、御怒りにはなりますまいが、ご不快になられても無理はございません。さすれば、都と鎌倉の間も不和となり、戦を招くことにもなりかねない。入内とは、ただの婚姻ではありません。政なのです。そのことを、大姫様は勿論のこと、桂様にもお分かり頂かねばなりません」

周子は一気に語り終えて息をつく。

ともかくも、大姫を入内させるのに、周子一人で出来ることには限りがある。大姫自身に覚悟がないのに、宮中の女房たちが従ってくれるはずもない。せめて近侍の桂が、相応の覚悟と才覚を持たなければ、入内した後がもたないのだ。

顔色を失い、硬直した桂を前にして、周子は居住まいを正した。

「桂様、大姫様の入内をお支えするためにも、貴女にはご尽力を賜らねば……」

「いいえ」

桂は不意に首を横に振った。その言葉が何に対する「否」であるのか分からず、周子は桂の答えを待つ。桂は顔を上げて周子を見上げた。

「私はただ、大姫様の御心を安らかにしていただくことだけを考え、日々を過ごして参りました。その私にとって今……大姫様の御心をお守りする唯一の道は、鎌倉にお留まりいただくことだけでございます。このまま、そっとしておいて頂きたい」

絞りだすような声で言うと、額を床にこすり付けるように頭を垂れる。

桂は、入内の何たるかを分かっていなかったわけではない。委細は知るまいが、それだけで周子に抗っていたわけではない。むしろ主である頼朝と政子の意向であるとしても、入内を止めたいと思っていたのだ。それほどまでに大姫の心に寄り添っている。だからこそ周子がもたらす変化を恐れる大姫の心を慮って、盾となってきた。今も既に大姫の盾であったのだ。

項垂れている桂の白髪交じりの頭をみているうちに、周子はふと肩から力が抜けた。

この人はただ、優しいのだ。

周子はゆっくりと息をして、静かに頭を下げた。

「桂様、ご無礼を。私も焦るあまり、言葉が過ぎました」

この桂がいなければ、周子はもっと早くに大姫と衝突を起こし、京へ送り返されていたかもしれない。桂のことを何処かで、鄙者と侮蔑する気持ちがあった。己の方が才覚に優れているという傲慢《ごうまん》もあり、桂に対して強い口ぶりになっていた。

ずっと焦りといら立ちを抱えて来た理由が分かった気がする。

他でもない周子自身が大姫が明らかに入内に不向きだということに気づいていたからだ。それを桂による妨げのせいにしていた。しかし桂もまた、大姫の心に寄り添えばこその態度であったのだ。

戸惑いを満面に浮かべる桂と向き合い、周子は胸の内を語らねば話が始まらないと思った。

「他意のない話と思い、お聞き下さい。本心を申し上げるならば、私も大姫様の御心を思うと、このまま鎌倉に留まられるのがよろしいと存じます」

周子は、ずっと胸の内に蟠《わだかま》っていた思いを初めて吐露した。桂は驚いたように目を見開き、次いで目を潤ませた。慌てて袖で目元を拭う。

「申し訳ございません。ふと張り詰めたものが解けたようで」

桂もまた、大姫の心を守りたいという思いがあればこそ、入内という大事を前に緊張していたのだと分かる。

「しかし桂様、今、この鎌倉では御所様はもちろん、御台様もまた大姫様の入内をお望みです」

「それは私も存じ上げております。御台様は、御自らが御所様と出会い、夫婦となられたことで御身の運が拓けたと仰せです。大姫様にもそのような縁があるとお思いなのです」

かつて大姫が十七歳の時にも、縁談があった。相手は頼朝の妹である坊門姫《ぼうもんひめ》と公家の一《いち》条能保《じょうよしやす》の子息、一条高能《たかよし》。大姫よりも二つ年上と年も近く、縁談としては申し分がない。

「これならば話を進めても良かろう」

頼朝は都の公家との間に良縁があれば結びたいと願っていたし、政子もまた好青年と噂される一条高能との縁を喜んでいた。しかし当の大姫は、絶対に嫌だと大騒ぎになった。

「それならば最早、逃げまする」

行方を晦《くら》ませた大姫を御家人たちが総出で探索し、海で入水《じゅすい》を試みていたところを助け出されたことがあった。岩場の陰から海に入ろうとしている大姫を海野幸氏が見つけたという。既に衣が水を吸っており、郎党と三人がかりで引き上げた。

「海野様がおっしゃるには、かつて、義高様と貝殻を拾った浜にいた……と」

大姫はずぶ濡れであったが無傷なのに対し、海野幸氏はひっかき傷と殴られた青あざだらけで、大姫が激しく抵抗したことが一目でわかる有様であった。

「過日の海野様への仕打ちは、義高様とのご縁についてもそうですし、その折に連れ戻されたことへの恨みもあるのやもしれません。しかしそれでも私は、大姫様がお戻り下さり、救われた思いがいたしました」

かく言う騒ぎもあり、一条家との縁組の話は流れた。

それから時が流れ、大姫は上洛して東大寺の法要にも参列し、公家たちへの顔合わせもできるようになった。最早、案ずることはないと考えた頼朝が、此度の入内の話を進め始めた。政子もまた入内を、最後の光明と思っている。

桂は祈るように手を合わせた。

「私もこのお話が大姫様の光明となるよう祈っております。しかし今、その御支度さえままならぬ大姫様を見ていると、ただただ辛うございます」

無論、入内により拓ける運もあるかもしれない。しかし無理強いをすれば大姫は壊れそうな気がする。政子の言うことは絵空事で、桂の方が真実を見ていると思う。

「もし、大姫様の病が篤くなれば、入内は難しくなりましょう。さすれば大姫様のみならず、御所様、ひいては鎌倉が朝廷から御咎めを受けることになりはすまいかと……」

桂は、長らく抱え込んでいた悩みを一息に吐き出すように、言葉を紡ぐ。この人は、ずっと不安であったのだということが分かった。

「いえ、さすがに宣旨も下っておらぬ姫君が、病に倒れたとて、御咎めはございますまい。主上は慈悲深い御方故、それはご安堵召されませ」

その言葉に桂は肩の力を抜いて吐息する。周子は言葉を接いだ。

「ただ、このお話は御所様のみならず、六条殿も後押ししている政のこと。大姫様の御身は大切なれど、容易に拒める話ではないことは、お分かりでございましょう」

「……はい」

桂は眉を寄せ、大姫が下がって行った先を案じるように眺める。その眼差しには、大姫への慈愛が伝わった。周子は桂に膝を寄せ、その手を取った。

「貴女が何よりも大姫様の御心を重んじていらっしゃるということが分かった。それだけでも私は救われます。大姫様の御心を思いつつ、御所様、御台様のご意向も汲み、良き道を進めるよう、これより共に努めて下さいませ」

桂は静かに深く頷いた。

御所を退出して十二所の屋敷に帰った周子は、そのまま父の居る対屋へと向かった。

「父上、よろしゅうございますか」

中から、ん、と低い声がする。部屋へ足を踏み入れると、そこには堆《うずたか》く積まれた書物の中に、文机が置かれていた。

鎌倉の数少ない文官として、政の要を担ってきた政所別当である広元は、古今東西の書を紐解きながら、幕府の体制を作り上げている。そのことに喜びを見出しているのが、この部屋を見るだけでもひしひしと伝わる。

「一つ、お伺いしたいのですが」

「答えられるかは分からぬが」

広元は座るように勧めた。文机を挟んで向き合う形で、周子は腰を下ろす。

「今ではございますが、何故に鎌倉は、大姫様の入内を強くお望みなのでございましょう」

「何故と言って、娘を帝の后としたいと望む理由は数多あろう」

「さようでございますが、あの病勝ちな大姫様を……」

そこで広元は文机から目を離し、娘と対峙した。

「難しいと思うのか」

「僭越《せんえつ》ながら」

今更、父に隠し立てをしても仕方ない。父も大姫の気鬱については重々承知しているであろう。広元は、周子の答えに驚く様子もなく、さもあろうと言わんばかりに頷いた。

「御所様は、流罪となる以前の雅やかな宮中に、この鎌倉を少しでも近づけたいとお思いなのだろう。しかし一方で、その思いが坂東武者の御家人たちとの結束を危うくすることにもなりかねぬ。それに大姫が寵愛を受けられるとなれば悪い話ではないが、寵を得られぬとあれば、ただの捨て石となろう」

捨て石とは、主筋の姫に対してなかなかな言いようである。尤も、大姫をして布石とのたまう丹後局と何が違うのかと言えば、同じことかもしれない。

「それでも御所様はお望みですか」

「皇子さえ授かれば良いとのお考えもあるようだ」

周子は眉を寄せる。

「それは、いずれは東宮にとお望みでございましょうか」

在子に皇子が生まれた今、大姫の産んだ皇子を帝に据えたいと思うならば、外戚の座を狙う者同士、土御門との戦の火種になり得る。

「いや、御所様というよりも、むしろ御台様が、大姫と主上の間に生まれた皇子を御所様の跡継ぎとして、征夷大将軍にしたいと思われているようだ」

周子は見開いた目を何度か瞬き、確かめるように広元を見つめた。

「しかし、頼家様がおられるのに……」

「あれは比企の子だと、御台様はお考えだ。北条もまたそう思っている。頼家様が将軍家となられれば、外戚となる比企と、乳人である比企の三姉妹とその婚家の力は否応なく増す。御所様としては、北条の力を削ぐために御曹司を比企に預けたのだろうが、あまりに露骨であった」

「しかし、生母が御台様であれば、たとえ乳人が比企であってもよろしいかと思いますが」

「何せ、当の頼家様が、御台様より比企の姉妹に懐いているのだ。しかも、比企の娘が既に頼家様の妻となっている。次代、次々代まで比企はこの鎌倉で力を広げていく道筋ができている」

妻である政子と、乳人である比企尼が、頼家の後見を巡って対立している。それが北条と比企の二つの家の対立につながり、次期将軍家の座までもが、大姫入内の話には絡んでいる。

「それで……大姫様の御子である皇子をお望みだと」

広元は深く頷き、言葉を継いだ。

「この入内には公家と武家が力を合わせるという大義はある。しかし御台様は何よりも、大姫の子を次代の将軍家とし、北条の力を盤石にしたい。それを叶えるならば帝こそが大姫の子の父に相応しいと確信してしまった。御台様のお考えを変えることは、鎌倉では何人にも難しい」

政子は、最愛の娘のために至高の夫として帝を望むという情だけではなく、鎌倉をより安泰に導き、北条の力を強めるという冷徹な政としても入内を望んでいる。御台所北条政子という人は、熱情故に空回るかに見えて、その実、極めて冷静に算段ができる策士なのだ。

周子の思いを察したのか、広元はふっと苦笑する。

「御台様は情に厚い。そして情をかける処を過たない。帝の血を引く源氏の子を、次の幕府の将軍とするのは、御台様にとっては大姫への想いの表れであろうが、朝廷に対して鎌倉の力を強める故、政としても悪くない」

「大姫様のご意向はさておき……でございますか」

「大姫の意向など関わりない。そもそもあの姫は己の意を母に話したこともないのだ」

確かに、大姫が政子に対して意見しているのを見たことがない。一方的に政子が大姫の容態を案じ、機嫌を窺い、それに対して、はい、と答えている姿ばかりが思い出される。

「北条は、御台様のご意向をどうお考えなのでしょう」

政子が強く望んでいる限り、頼朝は否やは言えない。しかし北条としての意向と異なれば、政子の歯止めとなり得る。広元はその問いに首を傾げた。

「御台様は策を巡らせるのではなく己の心のままに動くだけだが、それで勝機を過たない。北条はこれまでそれに賭け、勝ってきた。だから此度も御台様の意向に沿うだろう」

確かに、北条政子が周囲の反対を振り切って源頼朝に情をかけた。それに引きずられるように源氏一門についた北条は、今やこの鎌倉一の武家になっている。そして、亀の前の件にせよ、藤内光澄の首を刎《は》ねた件にせよ、政子の激情に端を発したことが北条の支配力を強めて来た。

「此度は、大姫様を入内させたい御台様の御心に賭けるということですか」

「そうだ。それに都には悪霊が寄り付かぬ故、大姫の病も快癒するとお考え故に」

広元は語りながら、嘲るように小さく笑う。周子は笑う気にはなれず、眉を寄せる。

「都は、帝がおわす故、悪霊、死霊が寄り付かぬと仰せられるのは、なるほど正しくその通りと申し上げます。しかし、都の恐ろしさは悪霊死霊の類ではございません。げに恐ろしきは人でございます」

周子はこれまで、悪霊、死霊の類に怯えたことがない。物語で目にしたことはあれど、姿かたちを目にしたことがないから恐れようがない。しかし、六条殿や宮中において、幾度となく人の悪意や野心、嫉妬や絶望は目にしてきた。呪詛や祈禱も間近にあった。それらに振り回される人の姿は、さながら悪鬼、悪霊の如く醜くも、憐れである。

「入内されれば、悪霊死霊から守られましょうが、人の悪意はむしろ増しましょう。六条殿よりお許しがあれば、私も大姫様と共に内裏に入りますが、あれほど脆《もろ》い御方を、守り切れるかどうか……」

「守ろうと考えずともよい。誠に守りたくば、あの姫は鎌倉から出さぬしかないのだ」

どこか突き放したような言い方である。周子は改めて父に向き直る。

「私は、飽くまでも六条殿の遣いとして鎌倉に参りました。しかし、大姫様の入内にかかわる以上、父上にも累は及びましょう。父上は、此度の入内を、如何思し召しでございますか」

広元は顎を摩《さす》り、言葉を探るように首を傾げてから、ゆっくりと口を開いた。

「私は、此度の一件については、何れの立場にも立たぬ」

「つまり、賛同も反対もせぬと」

「そなたには申し訳ないが、事の成り行きを静観させてもらう」

淡々とした口ぶりである。周子は思わずふっと吐息するように笑う。その笑みに怪訝そうな顔をする父を見て、いえ、と取り繕う。

「賢明と存じます。ただ、母上が従前申しておりました。父上は、鋼でできているのかと思うほどに温もりのない口ぶりで話すと。これがそうであるかと思いました次第」

立ち上がる周子に、広元は、あ、と声を掛ける。

「何か」

「いや……そなたはそなたで、励めよ」

温もりのない、と言われたことを気にしてか、繕うように口にする。

「お言葉、有難く」

周子は礼を述べて部屋を出た。縁に出ると冬の冷たい気配を感じる。見上げると、夜空が澄んで星がよく見える。

「政に情は要らぬ」

丹後局の言葉を思い出す。

してみると父の口ぶりこそが、情を除いた政のあるべき様なのかもしれない。

政を進めるためには、己の情を抑えねばならぬ。しかしそれでも、心の内には情がある。

今、都で皇子を産み、喜びと共に己の居場所を手に入れた在子を思う。一方で、在子の皇子誕生を寿ぐ中、国母となれずに皇女を抱く中宮任子の失意を思う。同時に鎌倉で心を閉ざすことで辛うじて生きている大姫の苦悩を思う。幼い頃からその大姫を守り育てて来た桂の嘆きを思う。そして大姫の叱責を受けて、亡き義高への罪業を抱える海野幸氏を思う。

「情は要らぬと言われたとて……」

情のないまま生きられるなら、いっそ生きやすい。或いは情のままに突き進むことができたのならば……と、そこまで考えてはたと気づく。

「御台様は、情のままに振る舞われているのに」

情のままに周りを巻き込み、時に人を殺めることすら躊躇わぬ。それでいて鎌倉の政の中枢で力を保ち続けている。

「御台様は恐ろしい御方です」

その言葉を、鎌倉で幾度聞いたことだろう。その力の源は、己の情は捨てず、己以外の情の全てを顧みないことであろうか。

周子は深く吐息をし、揺らぐ己の心を抑えようとしていた。

## 四　花の香

建久七（一一九六）年、正月を迎えた。

この日、鎌倉では、都の御所で行われる射礼に倣い、弓始《ゆみはじめ》と称した儀式が執り行われ、周子も参列するべく御所に上がった。

的場に設えられた桟敷の最奥に、新年らしく、華やかな赤い衣を身に着けた大姫がいた。その白皙の肌と相まって美しさを増していた。しかし相変わらず笑みを浮かべることもなく、挨拶をする者を前にしても、小さく会釈を返すばかりである。傍らで見守る桂は、大姫の表情が曇る度に落ち着かなく視線を泳がせていた。

周子は、大姫から離れた桟敷に腰を下ろし、周囲を見渡す。

居並ぶ面々は、鎌倉幕府を支える重鎮ばかり。父、広元もその場には顔を見せている。

晴れやかな席にありながら、周子は浮かれる気持ちとは程遠く、思案を巡らせている。

前年十一月に宰相君在子が皇子を産んだことは、既に鎌倉にも知れ渡っている。年末から新年にかけて、都からこの鎌倉へ絶えず早馬が訪れている。送り主は六条殿の丹後局、在子の養父となった土御門通親、関白九条兼実、その弟である慈円……。宮中で対立する両陣営から訪れる使者の姿を鎌倉御所で見かける度、周子は不穏な気配に胸騒ぎを覚える。

「もしや、戦になりはしますまいか」

文が届く度に周子は父に問いかけたが、父は首を横に振った。

「戦にはならない。何故なら、源氏に対抗する武家がないからだ」

かつて平治の乱の折に、後白河院の後見の座を巡って対立した信西《しんぜい》と藤原信頼《のぶより》は、平清盛と源義朝を使い、戦を繰り広げた。当時は源平の力が拮抗していたからこそ、激しい戦となり、勝った平家が力を強めるきっかけとなった。

しかし今は平家は滅び、源氏しかいない。しかも頼朝に対抗し得る兄弟や親族は悉《ことごと》く粛清されている。つまり、宮中において二つの勢力が対立したとしても、頼朝が動かない限りは、小競り合いこそあれ、大きな戦にはならないのだ。

「都の連中は、御所様に動かぬように懇願する文を書いてきているだけのこと」

戦こそ起きないが、愈々、宮中での対立が深まっているのだ。

先ごろ届いた年明けの丹後局の文には大姫上洛を、当面先送りにする旨が記されていた。

都のことを思うと、新年を寿ぐ心地とは程遠い。周子が憂鬱なため息をついていると三幡姫の乳人である伯母、利根局が傍に腰を下ろした。

「都の方が騒がしいご様子でございますね。何か便りはございますか」

好奇心と共に寄せられる問い掛けに、周子は、ええまあ、と曖昧に返事をした。

すると先触れの声がして、御所から頼朝と政子が姿を見せた。

的場の正面に鎮座すると、侍たちが俵や反物《たんもの》を運び込み、簀子《すのこ》の上に積み上げていく。

これがこの日の褒美となるらしい。

的は二つ。三交代で射ることとなっており、六人の弓の上手が射るのだという。

暫くして、射手が姿を見せた。

先頭に姿を見せたのは、屈強な体軀《たいく》の侍所別当、和田義盛《わだよしもり》である。頼朝と同年代で、共に数多の戦場を駆けて来た強者であり、信奉している武士も多い。次いで、下河辺行平《しもこうべゆきひら》、結城朝光《ゆうきともみつ》、榛谷重朝《はんがやしげとも》、藤沢清近《ふじさわきよちか》など、いずれも頼朝の信頼厚い武士たちが並ぶ。その最後尾に、海野幸氏の姿もあった。

周子はふと大姫へと視線を向けた。大姫は先ほどと変わらず表情を消したまま座っている。

幸氏は青白い顔で、己の番になると淡々と淀みのない所作で矢を番え、放った。矢は美しい弧を描いて飛び、的の中央に当たった。喝采の湧く中、幸氏は表情を変えることなく、弓を片手に頼朝に向かって深く礼をした。喜びを見せず、褒美を受け取ると、目を伏せて周りを見ず、早々にその場を後にする。

あの日、大姫の苛烈な怒りを目にしてから、幸氏は己の周りに壁を築いている。御所内で周子と行き会うことがあっても黙礼をして、それ以上のかかわりを持たない。他の場にいる姿を見かけても、表情もなく沈んだ様子で、見ているこちらが息が詰まるようである。

弓始が終わり、人々が座を立ち始める。周子も利根局と共に座を立った。

「これから宴がございますよ。少しお立ち寄りになられては」

三幡に仕える侍女たちは、新年を寿ぐ宴があるのだという。大姫の御座所ではついぞそうした話は聞かない。既に大姫は退出しており、大姫の侍女らの姿も見えない。

「そなたの話を聞きたい者もありますから。ささ」

女たちの集う宴は、そうしばしばあるものではない。周子も、このまま帰るのも気が引けた。

「では」

利根局に導かれるままに三幡の御座所へと足を運ぶ。

宴といっても、女ばかりの場であれば、酒はわずかなものである。餅菓子や果物などが振る舞われ、あとは姦《かしま》しくおしゃべりをするばかり。

「ところで、都のご様子は如何なのですか」

「大姫様の入内のお話は」

「主上はどのような御方なのですか」

華やかな都の話を聞きたがる三幡の侍女たちは、周子を取り囲んであれやこれやと問いかける。周子はそれに応えながら、三幡の様子を見る。まだ少女といった年頃だが、利根局が乳人として丁寧に育てていることもあり、幼いながらも明るく周囲を気遣いながら、この御座所の女主としての振る舞いができている。

「姉上は入内なさるのでございましょう」

三幡は周子にそう問いかけた。その目は大きく見開かれ、好奇心に満ちている。周子は、ええ、と曖昧に頷いた。

「帝に召されて宮中へ参られるなんて、まるで竹取物語のかぐや姫のよう……」

そう言って夢見心地で語る。すると傍らにいた十二、三の侍女がついと膝を進める。

「姫様、かぐや姫は帝を拒み、月へ帰ってしまうのですよ。大姫様は帝の元へ参られるのですから」

「そうでした」

と笑う。周子はそれに合わせて笑いながら、やはり大姫よりもこの三幡の方が、幾らか入内に向いているのではあるまいか、と思う。三幡の方が胆力もあり、むしろ政子に似ているとさえ思われる。政子はそうは思うまいが……。

そんなことを思い巡らせていると、頼家の女人である若狭局が訪ねて来た。

「姫様は如何お過ごしでございましょう」

「おいでなさいませ、義姉上《あねうえ》」

以前、大姫の御座所からは追い出されたという若狭局であるが、三幡とは近しくしているらしい。この繋がりも、或いは政子の機嫌を損ねているのかもしれない。

周子は暫く他愛ない姫たちの席に付き合い、夕暮れ近く、空が薄紫に染まる頃には退出した。

三幡の御座所からの笑い声をききながら、ふと廊下の先にある大姫の御座所を見やると、静まり返っているのが分かる。立ち寄ることも避けて、そのままゆっくりと北の対を巡り、馬場の方へと足を進めた。

僅かながら酒を嗜《たしな》んだせいか、ふと都が懐かしく思われる。六条殿でも毎年、新年の宴が催された。宣陽門院と丹後局を囲み、共に双六をし、酒を飲み、菓子を食べ、歌を詠む。母がいて、近江がいて、華やいだ時を過ごしていたものだ。しかし今年は、都も不穏な気配が漂っている。母からの文にも「今暫く、鎌倉に留まるが良い」と記されていた。数多の政変を間近に見て来た母の言葉にも、緊張が見て取れる。戦にならない限り大事はあるまいと思いながらも、傍らにいられないのが辛くもあった。

「今少し、強くなりたいものよ……」

己にも、丹後局のように時に冷酷なほどに、機を過たぬ才覚があればいい。或いは政子のように考える間もなく情のままに動いて、勝機を得られるのならば……と考え、さすればおそらく、鎌倉に下向してはいなかったのであろうと、自嘲するように笑った。

長袴を指貫《さしぬき》にして衣を被《かず》き、外へ出る。門前辺りで衛士らが新年を祝って酒宴をしているというので、三郎を見つけて帰途の伴を頼もうと思っていた。遠くに衛士たちの笑い合う声が聞こえる所まで来て、ふと厩舎に目をやると、飛雲の姿があった。

「……海野様もまだ御所内にいらしたか」

弓始の誉れに与っても、青白い顔で表情を消していた海野幸氏の姿が脳裏を過る。そして、苦しげに呟いていた言葉を思い出す。

「姫様は今も尚、若君の死という呪縛の中にいる。私も同じ闇の中にいるべきなのだとお思いだ。そして私もそうあるべきなのだと思うのです」

言葉の通り、幸氏は今、闇の中にいるのだろう。しかしそれで大姫が救われるわけではない。荒ぶる心を周囲にぶつける大姫に、周子は、強い苛立ちを覚えていた。

周子が厩舎に近づくと、飛雲がこちらを見て鼻を鳴らす。

「覚えておりますか」

周子が問いかけると、飛雲はその鼻を近づけて来る。主よりも愛想がいいものだと、周子はその鼻面を撫でた。

そこへ、ゆらりと覚束ない足取りで幸氏が姿を見せた。周子の姿を見つけて、驚いたように立ち止まる。周子が会釈と共に口を開いた。

「本日は、弓始の御役目、おめでとうございました」

「忝く存じます」

幸氏は聞こえるか聞こえぬかの声で応えつつ、飛雲の傍らに寄る。

「折角、ご褒美まで頂戴したというのに、嬉しそうになさらないのですね」

「喜ぶことは、あまりお見せできないので」

「大姫様にでございますか」

「……はい」

それきり唇を引き結び、黙っている。そのまま飛雲に飛び乗って立ち去ることもできようが、飛雲の脇腹に手を添えたまま動こうとはしない。かといって口を開くことはなく、じっと地面を見ている。その横顔を眺めながら、周子は吐息した。

「悩ましい新年でございます。都では、皇子がお生まれになられました。めでたいことではございますが、諸々あって大姫様の入内は暫し先送りとなったのです。御存じですか」

幸氏はその言葉に、はい、とだけ返事をする。周子は重い沈黙を破るためだけに言葉を探し、更に話を続けた。

「私が遥々《はるばる》と鎌倉まで参りましたのは、私にも欲があったからでございます。大姫様のご指南を申し上げ、入内の際には大姫様の一の女房となることでございました。しかし思うようには参らず、いっそ全てを放り出して、都へ帰ってしまえば良いとさえ思うのですが……」

周子は改めて幸氏を見る。心を閉ざした顔は目の前にいるのに壁の一つ向こう側にいるように遠く感じられた。暫く沈黙が続いて、外からの酒宴の声ばかりが聞こえる。

「どうすればよいでしょう」

漠とした問いに戸惑う幸氏を周子は真っ直ぐに見返した。

「私は、貴方に笑って欲しいのです」

幸氏の目が微かに揺れる。黒い瞳に光が宿るのを見て、周子はついと一歩前に踏み出した。しかし幸氏は半歩後ろに下がる。周子は目をそらさずに言葉を接いだ。

「大姫様の入内を叶えることよりも、今、その欲が勝っているとさえ思うのです」

幸氏はついと視線を逃し、微かに俯く。

「俄かに、何を仰せになられるかと」

「都では政が蠢き、幕府の内ではそれぞれの勢力が相争っている。その中で己の役目を果たさねばならぬのに、大姫様は御心を閉ざしており、最早、何を為すべきかも分かりませぬ。本日、この新年の寿ぎの最中にあっても、あれやこれやと考えなければならない。それなのに……今、どうにも一番、気にかかるのが貴方のその暗いお顔だったので」

幸氏は何を言われているのか分からぬ様子で、己の手のひらで顔を撫でた。

「……その、ご心配には及びません」

か細い声で言う。

「心配するのは、私の勝手でございます」

周子がはっきりと言いきると、幸氏は気おされたように、はあ、と答える。

「大姫様の御心は、私と侍女らでお支え申し上げます。貴方は大姫様の御怒りに捕られず、気苦労の多い御役目を務める私のために、笑っていらして下さいませ」

幸氏は暫く呆気にとられたように周子を見つめていた。が、やがて、ふっと吐息するように笑い声を漏らす。そしてそのことが可笑しくなったのか、ふふふ、と息を吐くように笑った。

「笑えと言われて、笑えるものかと思ったのですが……」

笑いながら、次の言葉が出てこない。そうしている間に、青白い顔に赤みがさし、ふとよろめくように飛雲に寄りかかる。

「今頃、酒宴の酒が回ったようで……」

そう言って微笑みながら周子を見た。周子は、その表情にほっと吐息する。

「笑みが見られて良うございました。次にお会いするときも、きっとそういう明るいお顔でいらして下さいまし。さもなくば、構うなと言われても、今度は私が打ち付けます」

周子は懐にあった扇を取り出し、刀よろしく構えてみせた。

「お叱りを受けぬよう、努めます」

周子は一つ大きく息をつく。胸に引っかかっていたものを、下ろしたように思えた。

「御帰りでございますか」

幸氏に問われ、周子は頷く。

「ええ。先ほどまで宴におりましたが、さすがに朝からで疲れました」

すると幸氏は一歩を踏み出し、おずおずと手を差し出した。

「十二所までお送り申し上げます。酔いどれでございますれば、私が徒歩《かち》にて飛雲の轡を引きます故、どうぞ」

周子は幸氏の穏やかな様子に微笑み、歩み寄ってその手を取った。

○

その日は、小雪が舞っていた。

「積もるほどではなさそうですが、遠出をするには難儀でございますよ」

小菊は渋い顔をする。

「そのうち止むであろう。日延べをするのも億劫《おっくう》故、支度を頼む」

行く先は、比企谷である。晴れていれば十二所から小半時ほどであるが、輿で行くとなると坂もあり、一時近くになるかもしれない。

「市女笠《いちめがさ》があれば良い。三郎に馬を引くように頼んでおくれ」

周子の言葉に小菊は驚いた様に嘆息した。

「都では、雨の日でさえ牛車で出かけるのも億劫だと仰せだった姫様が……随分と鎌倉のお人になられましたね。馬なぞ高くて怖いなどと仰せでしたが」

「慣れれば何処も都というもの。さて、参らねば」

初めて馬に乗った時は恐ろしくもあったが、今ではいちいち輿も牛車も面倒になった。

「そのうち己で駆る方が便がいいと気付く」

父は揶揄するように言っていたが、確かにそういうものかもしれない。

三郎に馬の轡を引かせながら、ゆっくりと比企谷へ向かう。その日、周子は比企尼の娘の一人、河越尼《かわごえのあま》に会うことになっていた。


年明けからこちら、周子は度々、大姫を訪ねた。大姫はその度に不快げに眉を寄せる。

「眉を寄せられて喜ぶのも妙ではございますが、むしろ私をお厭いだと分かるだけ、以前よりもよろしゅうございます」

周子の言葉に、大姫は一層、顔を顰《しか》めた。傍らでそれを見ている桂は、次第に周子を信頼するようになり、大姫とのやり取りも静かに見守ることにしているようだ。

いつものように大姫が奥へ入ってから、周子は桂に問いかけた。

「御台様と桂様の他に、大姫様がお話をなさる方は何方《いずかた》かいらっしゃいませんか」

大姫はこの御所の御座所からほとんど出ることがない。政子と桂の目の届かぬところに行かない大姫が、他の誰と話す機会があるのかは分からないが、周子は問いかけた。

「御一人だけ……いらっしゃいます」

その答えに周子はむしろ驚いた。

「以前、姫様が勝長寿院《しようちようじゆいん》にお籠りになられたことがございます」

勝長寿院は、鶴岡八幡宮寺の近くに、頼朝が父、義朝の菩提を弔う為に建立した寺である。阿弥陀堂《あみだどう》、法華堂《ほつけどう》、三重の宝塔などの荘厳な伽藍《がらん》が建ち並ぶその寺は、建立された折には京、南都から名だたる高僧を招いて法事を行った。謂わば源氏の菩提寺である。

「義高様の菩提を弔う為に、阿弥陀堂にてお一人でお祈りされていたのですが、ある時、偶々そこで河越尼様とお会いになり……以後、幾度か共に阿弥陀堂にお入りになり、お話しになっていたご様子です。姫様が、そのことを決して御台様に告げてはならぬと仰せでしたので、私と数人の侍女しか存じません」

心を閉ざした大姫が、唯一、たった一人で会い、語らう河越尼とは何者なのか。屋敷に帰ってから父に尋ねると、ふむ、と腕組みをして頷く。

「河越尼は、比企尼の次女で、頼家様の乳人の一人。御所様にとって乳兄妹。いわば身内とも呼べる間柄の女人である」

坂東武者の中でも大きな力を持つ河越氏の頭領、河越重頼の妻でもある。これは比企尼が河越氏を頼朝の味方に引き入れるために娘を差し出したのだと言われていた。

河越重頼は頼朝と比企尼の思惑通り、伊豆での挙兵以降、頼朝の陣営に加わり、木曽義仲の討伐においても戦勝を重ねた。そして河越の娘は、頼朝の命によって源義経に嫁いでいた。

「しかし義経殿が御所様と対立した。河越殿はその際、義経殿を討つべく戦に出たのだが、娘が義経殿の妻であることを理由に、北条から反意を疑われて誅殺《ちゅうさつ》されている」

周子は、鎌倉で幾度そうした話を聞いたことかと、天を仰ぐ。

「北条によって夫を殺された河越尼様が、大姫様とお話しになっていた……とは、どういうことでございましょう」

周子の問いに、広元は、さあ、と素っ気ない。

「確かに、河越尼は、御台様のような苛烈さも、比企尼のような策謀もない。あの女人であれば、大姫様も御心を許したやもしれぬ」

周子はこの河越尼に、どうしても会ってみたいと思った。


たどり着いた庵は、比企谷の比企屋敷よりやや高台にあった。視線を巡らせると、木々の合間からかすかに海が見える。ここから見える夕日はさぞや美しかろうと思った。

到着を知ったのか、庵の前には白頭巾の女が一人、立っていた。静かな佇まいからは穏やかさを感じられる。

「京の六条殿より参りました、衛門でございます」

「手狭でございますが」

招き入れられた庵は、確かに小さなものである。三郎は比企の屋敷にて休ませてもらうことになっていた。

庵には火鉢が置かれ、奥には小さな大日如来像《だいにちにょらいぞう》が祀られている。静謐《せいひつ》な場に、周子は恐る恐る端座した。比企尼の庵は比企屋敷の門の内にあるせいか、未だ俗世と繋がっているように思えたのだが、河越尼の庵は俗との隔たりを感じる。都では僧形でありながら世俗の政や色事にも欲のある者たちを数多目にしてきたが、河越尼は真に出家の身なのだと感じた。

「かような雪の中、わざわざのお運びで」

「申し訳ございません。日を改めるのも、憚られましたので」

「私は、かような住まいでございます故、母や姉たちほどに今の世情に詳しくはございません。都から遠路、鎌倉に参られた御方にお話しできる何がございましょうや」

穏やかな口ぶりではあるが、そこには都や鎌倉御所に対する畏れも何もない。

「私は、御所様の大姫様の御為に、漢籍を指南するべく京の六条殿より鎌倉へ参りました」

「大姫様の」

そう言った時、先ほどまでの河越尼が纏っていた静けさに、僅かな亀裂が入ったような、緊張感があった。河越尼は暫し黙ったままで周子の様子をじっと観察するように眺め、やがてゆっくり頷いて、周子に先を促した。周子は居住まいを正して口を開く。

「大姫様におかれましては、御所様と京の六条殿の計らいにより、入内なさるお話が進んでおります。されど、大姫様御自らの御心が……恥ずかしながら私めには開いていただけぬご様子。以前、大姫様が勝長寿院にお籠りの折、河越尼様だけが御側近くに寄られたと聞き、お話なりと伺えればと参りました次第でございます」

「何方がさように仰せでございましたか」

「大姫様の侍女、桂様でございます」

すると、河越尼はほうっと安堵したように吐息した。

「あの女人であれば、良かった」

河越尼はふわりと柔らかい笑みを見せ、周子は肩の力を抜く。大姫がこの人を近しく感じる心が分かる気がした。

「大姫様が入内遊ばすとあれば、御所様、御台様はお慶びでございましょう」

「しかし……」

周子はそこから先を言い淀む。

大姫を知っているとはいえ、この尼は委細を知らないのかもしれない。してみれば、入内の話が進んでいると聞けば、寿ぐのが筋であろう。

しかし河越尼の眼差しはどこか、周子を試しているように見えた。

「祝いきれぬのは、やはり大姫様が未だに御心を痛めておられるからでございますか」

その声音は、深く優しい。周子が縋《すが》るように見ると、尼は静かに首を横に振る。

「されど、私には何も出来ますまい。御所様も御台様も、お判りにならぬのですから」

「お判りにならぬとは、如何なことでございましょう」

「大姫様の御心の痛みも、その意味も」

そして自嘲するように笑い、哀れむような眼差しを周子に向けた。

「御所様や御台様に分かっていただこうとすれば、疲れるだけでございます。諦めることも肝要と存じます」

「諦めるとは」

「大姫様をお救いすることを」

周子が幾度となく思い迷ってきたことに、最も酷な答えを紡いだ。周子は声を失い、ただ息を呑んだ。次の言葉が出てこない。

「酷なことを申しているとお思いでしょう。されどそれが、私が幾年もかけてようやくたどり着いた答えなのです」

暫くの沈黙が続いた。
如何とも し難いその答えだけを貰って、帰ることもできず、周子はただそこに座ってい
る。火鉢の炭がはぜる音が、狭い庵にやけに大きく響く。
「尼君は、大姫様とはどのようなお話をなさったのですか」
河越尼は暫し口ごもり、一つ吐息した。
「これより先、私が話すことは、ただの昔語りとお捨ておきください」
前置きをして、周子をじっと見据える。その目には有無を言わさぬ力があり、周子は圧
されるように、小さく頷いた。
「私には郷子《さとこ》という娘がおりました。それが、御所様の命によって義経様に嫁いだので
す」
源氏総大将である頼朝の弟で、戦上手と名高い義経に娘を嫁がせるのは、本来であれば
誉れとも言えるが、その時、頼朝と義経の間には不仲が囁かれていた。未だ平家追討が成
っていない時に、兄弟間で争うことは避けたい。頼朝は、義経との友好のために、身内と
もいえる比企尼の孫娘を義経に嫁がせることを決めたのだ。
「郷子はその時、十七でございました。山深い武蔵に生まれ育ち、都など知ることもない。
外で走り回って日に焼けた、垢抜けぬ娘ではありましたが、顔立ちは愛らしく、明るく笑
う……そういう娘だったのです」

頼朝の命により、郷子は河越の武士ら三十名と、御付の侍女らと共に上洛することになった。裳など裳着以来つけたこともない。

「重いものでございますね」

装束を着て、照れたように笑っていた。

「河越の御役に立てるのであれば喜んで」

その時、子どもだとばかり思っていたこの娘が、武家の娘としてきちんと覚悟を決めているのだと知った。そして送り出したのだ。

幸多かれと祈るしかなかったのだが、聞こえて来たのは義経の好色ぶりであった。

郷子が嫁いで間もなく、平家一門の平時子《ときこ》の弟、平時忠《ときただ》が、自らの娘、蕨姫《わらびひめ》を義経に嫁がせた。家格から言えば、京の都においては郷子よりも高く、正妻としての地位を二分する。更に、都で話題の白拍子《しらびょうし》、静御前《しずかごぜん》も屋敷に引き入れているという。母として思い悩むこともあったが、都から届く郷子の文には泣き言はない。恙なく、幸いであると記されている。

「案じてはおりましたが、郷子が御大将の兄弟の仲を取り持つ役目を果たしてくれるなら、いずれは共に鎌倉に住まう日も来ようと耐えることにしました。しかし、その後はご存知の通り、御兄弟の不和は解けることはありませんでした」

平家討伐の後、遂に後白河院から頼朝討伐の院宣を下され、兄弟で戦うこととなってしまったのだ。しかし、今や一大勢力となった源氏の総大将である頼朝に分があると見た武士たちは、義経に味方しなかった。孤立無援となった義経は、そのまま京から逃げた。戦況を見た後白河院は手のひらを返し、今度は頼朝に対して義経討伐の院宣を下す。

「兄弟の諍いに巻き込まれた郷子はどうなるのか……私はそれが気がかりでした」

このまま義経の元にいれば、義経と共に郷子も討たれる。しかし離縁して戻れば、河越の娘、又、頼朝の乳人である比企尼の孫として守ることができる。

「何としても都から連れ帰って欲しい」

夫にそう切願したが、都から戻った河越重頼は、娘を連れて来なかった。

「行方が分からないのだ」

夫は呻くように呟いた。

義経と共に逃げたという話も聞こえてこない。義経は、郷子ではなく、静御前を伴って逃げたという。また、京で娶った蕨姫は早々に離縁した。郷子だけが、何処にいるのか分からない。河越から伴った郎党や侍女たちからの文も途絶え、不安な日々を過ごしていた。

やがてその不安は、郷子のことだけではなくなった。

「何やら風向きがおかしい。そなたは一先《ひとま》ず、比企谷へ参れ。落ち着いたら迎えに行く」

夫、重頼にそう言われた。何の風向きがおかしいのか。落ち着いたらとはどういう意味なのか。分からぬまま、比企谷へと向かった。

ほどなくして、夫、重頼の死が知らされた。

頼朝に対する謀反の動きがあるとして、北条と牧が来襲。誅殺されたのだ。

謀反などと、一体何のことか分からずに途方に暮れた。母、比企尼は
「私に任せよ。御所様に直にお話しして参ろう」

と、自ら頼朝に会いに行った。戻って来た比企尼は、険しい表情で
「そなたは落飾せよ」

と告げた。河越尼は髪を下ろし、尼姿となった。

「これより、河越の所領はそなたのもの。いずれ息子たちに渡すが、暫し待て」

「何が何やら分かりませぬ」

嘆く娘を宥めるように、比企尼は語った。

「諦めよ。北条に陥れられたのだ」

河越重頼は、鎌倉に仕える武士の中でも有力な一族である。頼朝の信も厚く、頼朝にとって身内ともいえる比企尼の娘が嫁いでいる。義経との縁もあり、鎌倉での力は強まりつつあった。北条は予《かね》てから河越を警戒していたのだ。そこへ義経が謀反を起こし、河越重頼は郷子を連れ戻せなかった。北条時政は
「河越殿とその郎党は、鎌倉に身を置きながら京の義経と呼応し、頼朝を討とうとしている。早急に河越を誅殺し、所領を没収することが肝要だ」

頼朝にそう迫り、北条と牧は河越重頼を誅殺した。息子らの命を助けたのはせめてもの慈悲であると宣《のたも》うたという。

「このまま河越の所領まで、北条に取られたのではたまらない。故に息子らの恩赦と共に、所領は比企の娘であるそなたに任せるよう、御所様にお願い申し上げたのだ」

比企尼の願いとあれば、頼朝は否やは言わない。北条も渋々了承した。かくして河越の所領は河越尼のものとなった。

しかし、所領が安堵されたとて、河越尼は空しいばかりであった。

そもそも、頼朝の命で娘を京へと送ったのだ。それなのに、それを理由に謀反と言われ、これまで源氏の為に戦ってきた河越重頼を誅されたのはあまりにも理不尽である。

頼朝は幼い頃より共に育った乳兄妹であり、尊崇する源氏の総大将であるが、どうにも許すことができぬほどに、河越尼は苦悩した。

それに追い打ちをかけたのは、義経の愛妾、静御前が捕縛されたという報せであった。頼朝の追撃から義経一行と共に逃れたが、吉野で別れたところを捕らえられたという。

「身重だそうな」

比企尼からその話を聞かされ、はらわたが煮えくり返るほどの怒りを覚えた。

九郎《くろう》義経が如何な男かは知らぬ。しかし、己が頼朝に対して逆心を持って逃げるにあたり、郷子を離縁せず、さりとて伴いもせず、あまつさえ白拍子を連れて行くとは、余りに不実だ。

やがて鎌倉へと送られて来た静御前は、八幡宮寺にて奉納舞を披露するという。

「参ろう。郷子の居所なりと聞けるやもしれぬ」

比企尼の言葉に押されるように、河越尼は八幡宮寺へと向かった。母娘共に設えられた席に座って舞台を眺めていた。

白拍子の装束で舞台に上がった静は、華やかな美女であった。年は郷子と同じ頃であろう。どれほどの美女でも、河越尼にとっては、郷子より愛らしい娘はいない。この女の為に郷子は蔑ろにされたのかと思うと、口惜しさで身がちぎれるほどであった。

舞い始めた静は、楽の音に合わせて謡う。

〽しづやしづ　賤《しず》のをだまき繰り返し
　昔を今になすよしもがな

見ていた者たちが、ざわめく。

この敵陣にあって静は義経を恋い慕う歌を謡った。静よ、と繰り返し何度も私の名を呼んだ義経様と共に過ごした時に戻りたいと、声を張って謡ったのだ。

思わず、見事だと思った。

しかし次の瞬間、頼朝の様子が気になった。比企尼も同じであったのだろう。ちらりと頼朝の方へと目をやる。頼朝は不快げに眉を寄せ、じっと舞台を睨む。舞台の上にいる静もまた頼朝を見据えていた。

その時である。

「お許し下さいませ」

御台所政子が声を上げ、そのまま席を立って舞台へと駆け寄り、静に寄り添った。

「この者は身重にございます。そして誰よりも九郎義経殿を慕っているだけ。その思いは、私が流人であられた御所様に寄せた思いと同じでございます。情けをかけて下さいませ」

大仰なほどに懇願した。

河越尼は、己の内に怒りが沸々と沸き立つのを抑えるのに必死であった。

情け……とは何か。

頼朝の命に従い、戦に赴き、娘を差し出し、ひたむきに仕えた河越重頼に、逆臣の濡れ衣を着せて斬ったのは北条であろう。郷子はどうなる。息子らはどうなる。安い情で声を張り上げる政子に対する怒りに、手が震えた。

比企尼はその娘の震える手を包むように握る。

「堪えよ」

河越尼は助けを求めるように母を見た。母は視線を政子から外さず、囁いた。

「あの女に肚《はら》はない。ただ静を哀れんだだけなのだ。だが同時にあの女は過たない。静は所詮、後ろ盾とてない遊女。それに情けをかけることは北条にとって痛手はない上に、人徳に見せることができる。ここでそなたが怒れば、郷子を下げ、河越を下げることになる。北条の見ている前で怒るな」

胸は早鐘のように強く打ち、身は内から震える。怒りを抑えようと思えば、目を閉じるしかない。耳を塞ぐことはできないが、最早、誰の声も聞こえなかった。

静はその場で処罰されることはなく、子が生まれるまでの間、都から付き添ってきた静の母、磯禅師《いそのぜんじ》と共に、頼朝の雑色《ぞうしき》である安達清常《きよつね》の元に身を置くこととなっていた。

或いは静は、郷子の行方を知っているかもしれない。しかしそれを聞くために訪ねることは躊躇われた。ともすれば己が悪口雑言《あっこうぞうごん》を吐き、身重の静を打ち据えてしまうやもしれぬと思った。

そこへ北条政子からの遣いがあった。

「郷御前の行方について、御心を痛めておられるのは重々存じ上げている。差し支えなければ、静を見舞われては如何か」

躊躇している河越尼に、母、比企尼は再び背を押した。

「参れ。行かねば、河越はやはり娘の行方を知りながら隠していると勘繰られる」

重い体を引きずるように、安達の屋敷を訪ねた。

「北の方様の御母上様でございますね」

静と磯禅師は恐縮して出迎えた。磯禅師もまた、かつては白拍子として舞っていたというだけあって、尼形であるが艶やかな女である。

円座を敷かれた部屋にて、静と磯禅師と三人で顔を突き合わせたが、何から尋ねたら良いか分からない。

「北の方様には、日ごろより縷々《るる》お気遣い頂いておりました」

妾として屋敷に入った静に対して、不便であろうからと、自ら雑仕女を遣わし、磯禅師を呼び寄せるように義経に伝えたのも郷子なのだという。この母娘には郷子への敵意はなく、むしろ懐かしむ思いが伝わる。

「判官《ほうがん》様が都を出られる折にも、私に、殿をよしなに頼むと仰せられ……」

静はそう言って涙を流す。

「それで、娘は何処へ参ったのです。河越が探せど見つからず……」

河越尼は思わず身を乗り出した。すると静はすっと視線を動かして部屋の外の気配に耳を澄ます。河越尼もそれに倣うと、微かに廊下で身じろぎをする音がする。安達の家人が聞き耳を立てているのだ。静は磯禅師に目配せをし、筆と紙を支度させながら口を開く。

「北の方様がどうなさったのかは、全く存じ上げません。判官様とご一緒なさるのかと思うておりましたが都にてお別れになり……私はてっきり鎌倉にお戻りかと存じましたが、そうではないことをこの鎌倉にて初めて知りました」

しかし一方で、静の筆は口で語るのとは全く違うことを記している。

「北の方様は、判官様が都を追われる折に臨月を迎えておられたため、判官様の母、常盤《ときわ》御前様の元に身を隠された。その後、無事に姫を産み参らせたと聞いている」

静の筆の躍るような文字を追いながら、河越尼は目を見開いた。

郷子が、姫を産んだ。そして今も無事でいる。

一縷《いちる》の望みが繋がった。

河越尼は声を震わせて涙を流す。静は、その尼の手を取る。

「お泣きにならないで下さいまし」

そう言いながら、書付を手元の火鉢で焼く。

この静という娘は、郷子とさほど年も変わらぬが、実に敏く周りを見ている。そして郷子のこともまた、義経同様、大切に思い、守ろうとしているのだ。

「どうか、御身を大切に」

河越尼はただ、それだけを静に告げた。

やがて静は月満ちて子を産んだ。男児であった。姫であれば連れ帰ることができるが、男児であれば殺めるという約束の通り、頼朝は嬰児《えいじ》を安達の手で、由比《ゆい》ヶ浜《はま》へ捨てさせたという。

憔悴した静は、磯禅師と共に都へと帰ることとなった。見送りたいと思ったが、ここで静と河越尼が通じていることが分かれば、却って静も危ういし、都に未だいるやもしれぬ郷子にも、河越にも累が及ぶ。遠目に輿が去るのを見送るしかできなかった。

それからは都にいるという郷子とその姫を、鎌倉に連れ帰ることばかりを考えていた。

「郷子は比企の子。御所様が許さぬはずがない」

河越の娘でも、義経の妻でもない。比企尼の孫娘であることが、この鎌倉において最も強い。北条も比企の前では黙るはず。自らの身を挺しても守ろうと、河越尼は決めていた。

日夜、祈りを捧げて、娘と孫の無事を願った河越尼に届いたのは、

「郷御前は、義経と共に奥州藤原にいる」

という報であった。比企と付き合いのあった金売り、小十郎《こじゅうろう》という男が奥州から鎌倉に入り話すことによると、郷子は都を脱し、幼い姫を連れて奥州へ逃げ延びて、義経と共に奥州藤原秀衡《ひでひら》の元に身を寄せているという。

「奥州の藤原は判官様を丁重にもてなしておられる。何せ奥州には金があるので、都もかくやという有様でございます。郷御前様もお達者なご様子」

頼朝は、奥州に義経を差し出すように、再三再四申し入れているが、秀衡はそれを受け入れない。郷子が鎌倉に戻ることは金輪際ないかもしれないが、奥州で安らかに暮らしているというのなら、それで良いと思っていた。

しかしそれも長くは続かない。

義経が都落ちしてから三年余り。藤原秀衡が亡くなり、後を継いだ子の泰衡《やすひら》は、鎌倉に対して恭順を示す為に、義経を襲撃した。

「源九郎義経は、妻子と共に衣川館にて自害の由」

郷子と、幼い姫と共に果てたのだという。

生きていたという証も朧《おぼろ》であれば、死んだというのは尚更、朧だ。茫然とした日々を過ごす中、再び奥州からの金売り小十郎が比企谷の庵を訪れた。

「これはくれぐれも内密に」

そう言って、守り袋を一つ、河越尼に差し出した。袋の絹は、都への上洛の際に、郷子に持たせた鏡の包みである。尼が慌ててその中を開くと、一枚の紙が入っていた。

世の中にたえて桜のなかりせば
春の心はのどけからまし

在原業平の歌である。

河越の里にあった頃、雅とは遠い暮らしの中で手にした歌集の中で郷子が気に入っていた歌であった。

「桜が散るのは寂しいけれど、それでもないと物足りない。されどあるばかりに、心がざわめく……分かる気が致します」

屈託なく笑っていたあどけない娘に
「知ったようなことを」

と揶揄ったのを、昨日のことのように思い出す。

そしてその歌を記した紙には、二つの手形が押してあった。

一つは小さな幼子のもの。もう一つはそれよりいくらか大きな丸みを帯びたもの。一目で郷子のものと分かってしまった自分に河越尼は驚いた。そして小十郎を前にしているにもかかわらず、声を上げて泣いた。確かに郷子は生きていた。幼い子と共に奥州にいて、そして逝ってしまったのだと、初めて分かった。

「お文に委細を認めますと、母君に災いとなるといけないからと仰せになり……」

義経には郎党も殆どなく、僧兵であった弁慶《べんけい》という者をはじめ、わずかな者が従うのみとなっていた。秀衡亡き後、これ以上の逃避行は難しいと考えていた。

「殿は御覚悟を決めておられます。私もお供をするつもりです。河越には真に申し訳ないことをしました。されど悔いてはいないとお伝え下さい」

郷子はそう言っていたという。絹の袋には更にもう一つ、紙の包が入っていた。開いてみると髪が三房入っていた。

「郷御前様と、幼い姫様、それに判官様でございます。内々にご供養願えればと……」

義経に対しては、夫や我が子を窮地に陥れるような真似を何故したのかと、詰《なじ》りたい思いもあった。娘を何故、無事に比企に返してくれなかったのかと恨みもあった。しかし、こうして見れば、郷子にとっては愛しい夫であったのだと思う。遠い地で、戦で討たれる覚悟をして、共に供養を願う娘の思いに応えたいと思った。しかし、一人で庵にて祈っても郷子は成仏できようか……と、思い悩みもした。

その頃、頼朝は新たに勝長寿院という寺を建立した。

頼朝の父、源義朝の供養と源氏の繁栄の為に建てたのだという。美しい伽藍があると聞いてはいたが、河越重頼が誅殺されてからというもの、参拝するのも躊躇われ、一度も足を運んだことはなかった。しかし、別当として頼朝が迎えた者について比企尼から話を聞いた。

「興福寺の僧で、聖弘《しょうこう》という。この者はかつて、追捕される義経殿を匿ったそうだ」

その咎を問うために鎌倉に呼ばれた聖弘であったが、

「義経殿は仏弟子として共に学んだ間柄。祈禱を行ったのは、御心を安らげる為であり、それによって逆心がなくなることを願った。この関東の平穏は、義経殿の武功を失くして語ることはできない。兄弟の融和こそが、仏の御心に沿うものだ」

と、頼朝に説法したという。それを頼朝は気に入ったらしい。

義経に対し、そう言ってくれる僧がいるというのは、姑であった河越尼にとって救いであった。

「私も、御祈禱をお願いできましょうか」

河越尼は、庵の持仏と三人の遺髪の入った守り袋を懐に潜ませて、勝長寿院に向かった。

聖弘は河越尼が義経にとって姑にあたるということを知り、温かく迎え入れた。

「現の世において戦で命を落としたとしても、来世には必ず、母娘《おやこ》共々に救われる日が参りましょう」

その後も聖弘は数年に一度、京から鎌倉を訪れる。その都度、河越尼は聖弘に会いに赴き、祈禱を願い出ていた。

そうして五年余りの歳月が過ぎた時のこと。

勝長寿院の境内《けいだい》において、河越尼は御台所政子と行き会った。

「これは河越の。久方ぶりですね」

声を掛けて来た北条政子は、北条が河越に対して何をしたのか知らぬはずはない。しかしそれについて何一つ後ろめたさも罪業も感じていないのだろう。河越尼を前にしても、堂々とした態度であった。

「こちらにはよく参られるのか」

「はい。聖弘上人《しょうにん》が参られた折には、御祈禱を」

「そうか。私は大姫と共に参った」

見ると、政子の後ろには大姫の姿があった。ちょうど年の頃は十六、七といったところ。郷子が上洛して義経に嫁いだのと同じ年頃である。その大姫は河越尼に挨拶もせずに政子の背後に姿を隠す。落ち着かなく視線を泳がせ、痩せ細っていた。

前々から比企尼が「大姫様は困った」と言っていた通り壮健な姫には見えない。むしろ政子の方が潑剌《はつらつ》と見えるほどである。

「大姫は暫くこちらに籠り、祈禱をすることとなる。度々行き会うと思うが、よしなに」

政子のその言葉に、河越尼は、はい、と返事をしながらも、政子と大姫に頭を下げている己に何より腹が立つ。

「悟ることなどできませぬな」

河越尼は、聖弘にそう零した。聖弘は河越尼の為に手を合わせ
「大姫様は、親の罪業もまた背負われているようにお見受け致します」

と言った。しかし聖弘の言葉を素直に受け入れることはできないでいた。

ある日、河越尼が阿弥陀堂にて静かに手を合わせていると、侍女らに伴われた大姫が姿を見せた。堂の端にいた河越尼は改めて挨拶をすることも億劫になり、静かに息を潜めていた。

「一人で良い」

大姫はそう言うと、侍女らを堂から追い出し、一人で阿弥陀仏の前に端座し、一心に手を合わせている。

大姫が、懐いていた許婚、義高が殺されてから、しばしば寝込んでいると聞いたことがある。幼い姫のわがままに大勢が振り回されるのを醒めた思いで見ていたが、こうして祈る姿を見ていると、この姫なりに抱えた苦悩があるのだと思った。

その時、河越尼は微かに身じろぎ、数珠が壁に当たって、カツンと音を立てた。広い堂の中で、その音は思いのほか大きく響き、大姫は驚いたように振り返り、河越尼と目が合った。その顔は涙にぬれていた。河越尼が何と声をかけようか迷っていると、大姫はそのまま目を見開いて、小さく震え、浅い息を繰り返しながら、どうとその場に倒れてしまった。

「大姫様」

河越尼は慌てて姫の傍らに寄った。姫を助け起こしながら、外で控えている侍女に声を掛けようとすると、姫は尼の墨染めをギュッと強く握った。

「呼んではならぬ」

「されど……」

「今しばらくすれば、治まる」

大姫は己の袖で口元を覆い、幾度となく浅い息を繰り返していたが、やがてふうっと大きく吐息した。額には汗が玉のように浮いていたが、少し落ち着いて来たように見えた。

「いらしたことに気づかず、申し訳ない」

か細い声で尼に詫びる。

「こちらこそ御姿を拝しながらご挨拶もせずにおりました。祈りの場故に、却ってお邪魔になるかと存じまして」

挨拶をしたくなかったとは言えず、取り繕った。

「お加減が悪いのでしたら、近侍の者に伝えねば」

すると大姫はふるふると首を横に振る。

「さようなことをすれば、尼君にも累が及ぶ」

大姫は尼の墨染めを握る手を強くする。大姫は何かに怯えているようにさえ見えた。河越尼は、生き別れた時の娘と同じ年頃のこの姫を少しでも慰めようと、黙ってその肩を撫で摩った。大姫の戸惑うような眼差しに、尼は微笑んだ。

「お辛いご様子ですので、ただお楽に」

大姫は尼の肩に頭を預ける。そのまま身動きをせず微かな嗚咽《おえつ》が聞こえた。尼は触れた手から姫の痛みが流れ込むように感じた。

「私は俗世から離れた身故、うかがえるお話もあろうかと存じます。木偶と思うて、語りかけて頂ければ」

するど大姫はゆっくりと呼吸を繰り返してから口を開いた。

「私が泣くと、人が死ぬ」

大姫は小さな声で囁くように話し始める。

「幼い日、義高様がいなくなったと私は泣いた。それから暫くして、一人の侍女に言われたのだ。姫様がお泣きになられる故、夫は首を斬られ、晒された。姫様が泣くと、また誰かが死ぬから、泣いてはならぬと……」

河越尼は動揺しながらも、それが伝わらぬよう努めて、さようでございますか、と答える。

「その侍女は、それ以後、御所から姿を消した。それが藤内光澄の妻女であり、申したことは真であることも今は知っている。私が泣くから母上が怒り、藤内を斬った。それを私以外の皆が心得ており、私が泣くのを皆が恐れている。以来、私は誰の隣でも泣くことが恐ろしい」

この勝長寿院において、大姫が参拝する折には誰も入れてはならぬというのは、暗黙の了解となっていた。河越尼も締め出されたことが度々あった。それは、大姫のわがままではなく、むしろ気遣いであったのだ。だが、恐らく侍女たちさえも知るまい。

苦悩を抱えていると、聖弘が言ったのは、これであったかと思う。

大姫はようやっと嗚咽を収めると、ゆっくりと阿弥陀仏を見上げる。

「私がしばしば倒れるのは、悪霊のせいだという。これまでも幾度となく高僧に祈禱をしてもらい、祓ってもらったが快方には向かわぬ。もしも義高様が私をお恨みで、悪霊となって憑いておられるならばそれでいい。私も地獄なりと、連れて行って下さればいい」

「姫様、さようなことを仰せになられては、御台様もお悲しみでございましょう」

「母上には申さぬ。母上には分からぬ」

淡々とした口ぶりでそう言うと、河越尼から身を離す。

「尼君は、比企尼君の娘御と聞いている」

「さようでございます。河越尼と称します」

「どうか今日、私が倒れたことは内密に。さもなくば、尼君にも……」

「ご案じなさいますな。母の比企尼はご存知の通り、御所様、御台様とも親しい間柄。そう易々と罰せられることもありますまい。此度のことは内密に致しますが、もしも今後、かようなことがございましても、私にはお気遣いなさらぬよう」

するとと大姫は、安堵したように深く吐息した。

それから幾度か大姫と阿弥陀堂で共に祈りを捧げることがあった。思いつめたように祈る横顔を見ると、胸が痛んだ。大姫の中に宿っているのがただの悲しみだけではなく、己を責めさいなむ思いからくるものだと分かったからだ。

死者を懐かしみ悼む心は、悲しみは残れどもやがて癒えていく。しかし、その死に対する罪業や悔いは、思い返すごとに己を貫く刃となる。

河越尼は、自ら娘の嫁入りを支度して都へ送り出したことを悔いていた。己が比企尼の娘という出自であるが故に、娘が義経に嫁ぐことになり、河越重頼を死に追いやったのだと苦しかった。

大姫もまた、自らとの縁が義高を殺し、それを嘆いたことで藤内を殺したと思っている。その証に己に悪霊が憑いているとさえ考えているのだ。

共に罪業と悔いを抱く者として、大姫のことは気がかりであった。御所などで頼朝や政子らと共にいる大姫の姿を遠目に見たことがある。いつも張り詰めたように表情を消し、心を動かさぬように慎重に振る舞っているように見えた。


「痛々しいと、幾度となく思いました。しかし、私には為す術はない」

河越尼は、そう言って手元の数珠を握りしめる。

周子は、これまで一度も大姫の涙を見たことはない。胸中を語られたこともない。それをして心を閉ざしていると思っていたのだが、心を開かぬことが、大姫にとっての気遣いなのだとはつゆ思いもしなかった。

「しかし……まるで呪いのようでございますね。泣いてはならぬとは……」

藤内光澄の妻にしてみれば、恨みの行き場に困り、幼い大姫に言わずにいられなかったのであろう。そして他の侍女たちも、苛烈すぎる政子の怒りを恐れるのも分かる。あの海野幸氏も、幼い大姫の態度によって、政子の怒りの矛先が己に向かうのを恐れていた。周子とて、命が惜しければこそ、政子の顔色を覗《うかが》わざるを得ない。

「為す術はないのでしょうか」

周子は確かめるように河越尼に問いかける。河越尼は静かに首を横に振る。

「大姫様を哀れとは思います。されど私が御台様に、もう少し大姫様の御心に寄り添って差し上げて下さい……などと申し上げれば、如何な御怒りを買うか分かりません。母の尽力で、辛うじて安堵されている河越の所領を取り上げられれば、息子たちに申し訳ない。大姫様に関わろうとすれば、失うものが大きすぎるのです。私とて、ああして勝長寿院でのご縁があればこそ、阿弥陀堂で共にお祈りすることは適いますが、それ以上のことはできません」

そしてひたと周子を見据えた。

「貴女とてそうです。大姫様に他意はなくとも、御台様のご機嫌を損ねれば、その累は政所別当殿にも及びましょう」

政子は周子のことを六条殿の遣いとしてではなく、政所別当の娘として見ている。河越尼の言う通り、漢籍や有識を教えるだけのはずが、鎌倉の政局争いに巻き込まれれば、思いがけない波紋を呼ぶことになる。

「しかし、今の大姫様のままでは、如何に都から命じられたとて、入内のお話を進められません。何か為さねばならぬのです」

周子はやり場のない苛立ちを口にする。河越尼は、静かに首を横に振る。

「入内については、貴女が大姫様の御心を慮らねば良いだけのこと」

言葉を失う周子に、河越尼は自嘲するように笑った。

「酷なことを申すとお思いでしょう。私もそう思います。ただ私は、娘が義経様に嫁ぐ時、いっそ病に倒れて上洛できぬようになれば良いとさえ思っていました。しかし御所様の命に従う他はなかった。御台様は病に苦しむ己の娘を御自ら好んで送り出そうとされているのです。大姫様の身も心も、傷だらけだというのに、都に行けば全て治ると仰せだとか。私は、仏弟子にあるまじき思いではありますが、御台様も私と同じ痛みを味わうがいいとさえ思うこともございます」

河越尼は唇を噛みしめ、怒りを抑えるように、ゆっくりと肩で息をする。

「しかし、あの御方は過たない。何故、過たないかご存知ですか」

周子は分からずに首を傾げた。

「過ちを認めず、誰かの責にするからです。故に大姫様が入内なさり、そこで儚くなられたとて、御台様は己の罪業など感じますまい。入内を進めた御所様のせいであり、推挙した六条殿の丹後局様のせいであり、指南した貴女のせいである。守る力を持ちながら守れなかった母として自らを責めるようなことはせず、悔いもせぬ。だからあの方は過たぬし、己を責めて嘆く人の心など分からぬのです」

河越尼は、自らの心を静めるように深く息をして、ゆっくりと手を合わせる。暫く目を閉じて手を合わせてから、再び顔を上げる。

「大姫様の為に出来ることは、御仏の救いを陰ながら祈ること。それ以上は何人たりとも手出しはできぬ。あとは大姫様が御自ら、御台様に逆らう以外に術はない。しかし御心は強くなく、誰一人その術を教えてはいない。義高様を失った童女のまま、凍ったように生きておられるのですから」

恐らく、これまで鎌倉で出会った誰よりも、河越尼こそが大姫の胸の内を分かっているのではないかと思われた。大姫の奇妙に見える行いも言葉も、理由が見えて来る。

河越尼は、改めて姿勢を正し、周子をひたと見つめた。

「諦められるがよろしいと存じます。それが、貴女の御為でございますよ」

周子は、力なくうなだれる。

「お言葉、胸に」

河越尼に見送られて庵の外へ出ると、雪は止んでおり、辺りは薄らと白く染まっていた。控えていた雑仕が三郎を呼びに比企の屋敷へと駆けていく。周子は庵の向こう、木々の狭間に見える海を見た。暗灰色の空と海は、その境すら曖昧に揺らいでいる。海鳥がけたたましく鳴きながら飛んでいく。鳥の行方を見上げるために顔を空へ向けた。厚く垂れこめた雲を見ながら、痛さと苦さに縛られた大姫を哀れと思うと共に、何もできない己に苛立つ。

「諦められるがよろしい」

河越尼の言葉に込められた幾重もの意味と共に、周子は唇を噛みしめた。

○

都で在子が皇子を産んでから二月が過ぎ、一月の終わりを迎える頃。

京の母からの文が届いた。

「いよいよ内裏の外にまで、対立の話が聞こえ始めている」

中宮の父である関白九条兼実の力が急速に弱まっているという。兼実と近しい間柄にあった左大臣、実房《さねふさ》が病に倒れたことも大きいという。その後任は、本来は関白が決めるものである。しかし、今回は丹後局が推した花山院兼雅《かざんいんかねまさ》にほぼ決まったらしい。

父、広元も都の様子は注視していた。

「丹後局の力は未だ衰えておらぬ。関白も愈々、対立は避けられぬと恐れているらしい。六波羅に遣いをやり、助けてくれとは言わぬが、攻めてくれるなと懇願しているそうな」

鎌倉は今、京の情勢に目は光らせるが、手は出さず、静観を決め込んでいる。

幼い帝の後ろ盾として力をつけてきた丹後局にとって、十七になる帝は次第に扱い辛くなりつつある。今、後鳥羽帝の中宮の父である関白を排し、己の息のかかった土御門通親に力を与え、政の主導を執らねば、後がないのだ。

その力の源となっているのが、在子の産んだ皇子なのだ。

「これから都はどうなりましょう」

周子の問いに、広元は苦い顔をする。

「私は主上に御目通りしたことがない故、如何なお考えかは分からない。されど、主上が丹後局から力を奪おうにも、あと数年はかかるだろう。その間に、丹後局に更なる強い後ろ盾が出来れば、主上の御力は弱まるやもしれぬ」

「その強い後ろ盾とは、鎌倉であるとお考えですか」

「他にあるまい。それには入内を叶えたいであろうが……そなた、大姫について六条殿に何と伝えているのだ」

父が娘を見る目ではなく冷徹な政略家として探るような眼差しを向けられ、周子も又、父に対するのとは異なる顔になる。

「それを知ってどうなさいます」

「いや……これは詮索が過ぎたか」

「嘘偽りを申したとて、いずれは都に知れましょう。気鬱益々重く……としか書きようがございません」

「およそ、後宮で戦えぬと、丹後局は御存じなのだな」

むしろ丹後局は、大姫が御しやすいからこそ、鎌倉を味方にできると踏んでいる。そうは言えずに曖昧に頷く周子を見て、広元は腕を組んだ。

「いずれにせよ、大姫様の入内については御所様、御台様が推し進め、丹後局が受け入れるのであれば、話は進む。都のことを悩むまでもなく、そなたはただ、大姫を后たり得る女人として、せめて体裁を整えるのが務めであろう」

父に言われるまでもなく、今はただ大姫の世話をすることのほか、周子にできることはない。

この頃の大姫は、目通りは赦してくれるものの、心を開くことはない。これまではそれを、ただの拒絶と受け止めていたのだが、河越尼の話を聞いた今、それが大姫なりの気遣いだということも分かる。

しかし、都の現状を聞く限り、いつ、事態が急変して、上洛を求められることになるか分からない。悠長に構えているわけにはいかないのだ。

さりとて、無理に心を開こうとすれば、大姫は調子を崩す。さすれば政子の怒りを買い、その累は周子のみならず一族に及ぶ。ならばさながら壊れ物を扱うように、ただ淡々と御座所に足を運び、時が来たら、輿に入れて上洛させるしかない。

諦めろ、と河越尼は言った。その言葉の通り、大姫の心を慮らなければいいのだ。

しかし、それで良いのか……と思い巡らせていた時のこと。

大姫の元を訪ねようと御所へ上がった周子は、墨染の僧侶たちが行き交う様を目にした。戸惑いながら御所に入ると、大姫の御座所前に僧侶たちがずらりと並ぶ。

「また御祈禱ですか」

周子は、ため息をつく。鎌倉に来てからの僅かな間に、こうした光景は、規模の大小こそあれ、既に五度はあった。桂もまた憔悴した様子で、ええ、とうなずいた。

「此度は何がありましたか」

「御台様が、入内の御仕度に参られたのです」

昨晩、このところ入内の話が進まぬことに業を煮やした政子が色とりどりの衣を携えて、大姫の元を訪れた。

「都ぶりというものは、私なぞには分からぬ。されどそなたに似合うものは分かる。主上の御側に参るとは言え、無理に都に合わせず似合うものを支度せねば」

本来であれば、入内を前にした母の気遣いとして当然のことである。しかし、大姫が心底では入内を望んでいないことを知る桂は、肝の縮む思いで見守っていた。案の定、目の前に色とりどりの衣が並べられていく様を見つめていた大姫が、不意に震えだし、胸元を押さえて蹲《うずくま》る。浅い呼吸を繰り返し、そのまま前のめりに倒れてしまった。

「大姫、どうしたのだ。何があったのだ」

政子は絶叫して大姫を助け起こす。桂も慌てたが、政子の取り乱しようは尋常ではなかった。大姫は浅い呼吸の中で
「大事ございません」

と繰り返す。すぐさま薬師が呼ばれたが、いつもの薬湯を煎じただけで、政子は苛立った。

「そこで護念《ごねん》上人に遣いを出され、夜通しの祈禱が行われたのでございます」

護念上人は、頼朝の父、義朝の弟にあたり、比叡山で修行をした僧侶である。長らく越後《えちご》の寺にいたのだが、昨年、大姫が体調を崩した折に祈禱を行ったところ治ったことから、政子は事あるごとに呼び出していた。

周子が見ている目の前で、荘厳な袈裟を纏った護念上人が、護摩焚きを始める。居並ぶ僧侶たちの低い読経の声音が幾重にも響いた。

傍らに立つ桂は、夜通しこの騒動に付き合っていたと見え、ぐったりと青白い顔をしていた。

「桂様も少しお休みになられた方がよろしいのではありませんか」

周子が言うと、桂は目を固く閉じて首を横に振る。

「大姫様が、お一人でいらっしゃいます。幼い頃より、読経の声がお嫌いなのです」

「それを御台様はご存知なのですか」

「はい。しかし以前、祈禱の僧都に申し上げたところ、それこそが悪霊の仕業であると言われ、御台様も信じておられるので……」

政子が過たないのは、過ちを認めぬからだ。

河越尼の言葉を思い出す。

それこそ北条が鎌倉で大きな力を持つ理由であった。しかし一方で過たれた側は傷つき、崩れていく。河越尼であり、海野幸氏であり、頼朝の愛妾、亀の前であり、藤内光澄であり……そして政子にとって宝であるはずの大姫もまた、その歪《いびつ》の中で喘《あえ》いでいるように見える。

「暫くしたら大姫様は起き上がられ、本復なさる。飽くまでも振りでございますが、そうせねば祈禱が終わらぬからです」

桂は、政子に対する鬱憤を、周子には次第に吐露するようになっていた。その思いは、大姫を思えばこそ強く慕っているように感じられた。

祈禱は昼過ぎまで続けられた。やがて大姫本復の由が伝えられ、祈禱は終わった。

大姫を案じる政子に対し、大姫は
「ご心配をおかけして申し訳ございません」

と詫び、笑顔すら見せた。

政子は胸を撫でおろし、護念上人を厚くもてなすために本殿へと急いでいった。

夕刻近く、大姫の御座所はようやっと静まった。周子は、朝からの騒動を眺めているだけで、疲れてしまった。渦中にいた大姫は猶のこと、奥の御帳台《みちょうだい》で、ぐったりと眠っている。

「お疲れになられて……」

周子が御帳台を見やって呟くと、桂も袖で目頭を拭う。

「このままでは、大姫様が御気の毒で」

夜の帳が下りてきても、周子はその場を去ることができずにいた。

先ほどまでの読経の音、護摩の香は、夜風で少しずつ遠のいていく。しかしその喧騒の只中《ただなか》で淀んだ澱が、未だにこの御座所の中に沈殿しているようであった。

「今宵は、私が宿直《とのい》を致しましょう。大姫様も桂様も、御付の皆さまもお疲れでしょうから」

周子の申し出に桂は暫し戸惑ったようだが、心中としては、誰かに頼りたくもあったのだろう。

「さすれば、有難く」

夜も更けて脇息にもたれて転寝《うたたね》をしている桂を尻目に、周子の周りには三人ほどの年の近い娘たちが侍っていた。

「護摩焚きのせいか、妙に目が冴えてしまって」

「さすれば徒然に語らいましょう」

周子が言うと、娘たちは年頃らしい好奇心に満ちた表情と共に身を乗り出す。

「主上に御目通りなさったことがおありなのですか」

「都はどのようなところでございましょう」

「絵巻や物語で見たことはありますが、真にさような場所があるのかと」

周子の話に目を輝かせる娘たちは、大姫が入内し、共に上洛することを心待ちにしているのだ。大姫一人が、この明るい輪に入ることができないでいる。

その時ふと、宵闇の中から梅の香りが漂ってきた。

「どこかで梅が咲いているのでございますか」

周子が問うと、一人の侍女が、はい、と答えた。

「一枝、お持ちしましょうか」

「ぜひ」

暫くして侍女は、たわわに咲く白梅を一枝持って戻って来た。大きな甕《かめ》にそれを差すと、御座所の中に梅の香りが広がった。先ほどまでの護摩の香が打ち消され、ほうっと深く息をつく。

すると、奥の御帳台の帳が開いて、中から大姫が顔を覗かせた。侍女らは大姫が姿を見せたことで、先ほどまでの明るい顔を隠し、すっと後ろに下がっていく。

「大姫様、お目覚めでございますか」

大姫は周子の姿を見て、怪訝そうに眉を寄せて桂の姿を探す。桂は変わらず脇息に凭れて寝息を立てていた。

「桂様も昨夜は眠れずお疲れでしたので、今宵は私も宿直を申し上げることとなりました」

大姫は、ただ黙って首を縦に振り、年若い侍女たちに
「下がってよい」

と告げて御帳台から出た。燭台《しょくだい》の僅かな光の中、傍らに眠る桂のほかに、周子と大姫だけがおり、梅の花が芳しい香りを放っている。

「梅……」

大姫は花の姿に目を留める。そして深くその香を吸い込んだ。そしてぐっと唇を噛みしめると、花の姿から目をそらした。

「梅を詠んだ歌は数多くございます」

周子は大姫に語り掛ける。傍らにある文机に寄り、書きつけた。

散りぬとも　香をだに残せ　梅の花　恋しき時の　思ひ出《いで》にせむ

詠み人知らずの古今の歌である。

「梅の花はその姿よりも、香が心に迫るもの。この歌を詠んだのは、どのような人かは存じません。されど、梅の香りと共に思い出す誰かが心にいたのでしょう。その姿がなくとも、梅の香りだけでも恋しさが募る……そういう歌でございます」

大姫は表情を変えることなく、字をじっと睨み続けている。その睨むような眼差しは傍目には怒りを堪えているかのようにも見える。しかし嚙みしめられた唇を見て、これが涙を堪えようとする大姫の表情なのかもしれないと、周子は思った。

「これは、徒然の話でございますれば、お気に留めるようなことではございません」

周子はそう言い置いて、再び筆を執ると、今度は漢詩を認める。

劉家墻上花還発《りゅうかのしょうじょうにはなまたひらき》　李士門前草又春《りしのもんぜんにくさまたはるなり》
処々傷心心始悟《しょしょこころをいたましめてこころはじめてさとる》　多情不及少情人《たじょうはしょうじょうのひとにおよばざるを》

大姫は差し出されたそれを受け取り、暫く黙ってその文字に目を落としている。そして問うように周子を見上げた。

「白居易《はくきょい》の詩でございます。春、家々に花が咲くのを見て、涙する様を描いています。白居易は、四百年ほど前に唐の国にいた詩人です。何せ、花が咲いて泣き、草を見て泣きます。詩人故にこそ、情が深いのです。しかし時に人はその様を嗤《わら》います。それに対して、

多情不及少情人

と、申すのです。情の少ない人には、私の心は分かるまい……と。私はこの詩を読んだ時、遠く外《と》つ国の人もまた、同じように感じるものだと思ったものです」

周子は、大姫の顔をしみじみと眺める。大姫はその視線に気づいて顔を上げた。表情を消して周子を見据える大姫に、問いかける。

「姫様のお好きな歌を、見つけて下さいませんか」

詠んで欲しいとも思う。しかし、今の大姫にそれを強いるのは難しいように思えた。

「好きな歌など、ない」

大姫は小さな声でそう言い切った。周子は小さく頷いた。

「私にどの歌が好きかなど、話して頂かずとも良いのです。ただ、歌集を眺めて下さるだけで構いません」

「何故にさようなことを……」

「歌というのは、色、花、音、香、さまざまなものに己の心を重ねて詠むもの。その短い詩文の中に語られているのは、恋であり、惜別であり、悲しみであり、喜びでもあります。

そしてそれは、他人によって穢《けが》されて良いものではありません。歌を詠むその時は、己の内なる宝と向き合う時でもあるのです」

大姫は顔を上げ、周子をぐっと睨むように目を向けた。周子はその視線を真っすぐに見返し、静かに微笑んだ。

「泣いて良いのです、姫様」

大姫の目が大きく見開かれた。周子は言葉を続けた。

「もしもその涙の理由を問われたら、花のせい、歌のせいだと仰せになれば良いのです」

暫くの沈黙が続いた。梅の香りだけが強く漂い、辺りを満たしていく。

その時、不意に強い風が吹き、梅の花がはらはらと散った。その花びらが大姫の手の甲に落ちた時、大姫の目から、大粒の涙が一つ零れて、頬を伝う。それは堰を破る一滴であったろうか。涙は次々に零れた。

声もなく、表情を変えることもなく、白皙の頬に涙が筋を描いていく。

表情は次第に崩れ、やがて大姫の美しい顔の下にある、童女が姿を見せると、まるで頑是ない幼子のように、あああ、と声を上げて泣いた。

その声音に、脇息で休んでいた桂が顔を上げげた。

「姫様、如何なさいました」

桂は周子に問うように目を向ける。周子は何も答えず、ただ大姫を見つめていた。桂は大姫の傍らににじり寄る。

「姫様」

大姫は首を横に振る。

「ただ、梅の香とこの歌のせいだ」

先ほどの詠み人知らずの歌を示す。桂は歌を呟くように読み、改めて涙する大姫を見た。そして何も言わずに、姫の肩に手を伸ばすと、優しく抱き寄せて、あやすように摩る。大姫は桂の腕に縋って泣きじゃくる。

ただそれだけのことが、この姫にとっては長い年月を経て漸《よう》く許された救いやもしれない。凍り付いた心の奥を溶かすように、静かな夜が過ぎて行った。

○

「海を、見たい」

四月の終わりに大姫が言った。桂はそのことに戸惑っていた。

「何分、かようなことを仰せられるのは初めてでございます」

大姫はおよそ、己の願いを言うことはない。不快や怒りを表すことはあったが、自らが動こうとしたことはなかった。無論、これまでにも海に出向いたことはある。しかしその大半は、政子の発案で寺を詣でる時や、幕府の行事の道中である。自ら海を見たいなどと口にしたことはなかった。

「四月は、義高様が亡くなった季節でございますれば……」

毎年、この時期が来ると大姫は不調になる。その都度、祈禱があり、御所は護摩の香と読経の喧騒に包まれることになる。今年もその季節が来ると思っていた。桂にとって、訪れる嵐にただ身を縮める日々に比べ、幾分、前進したかに思える。

「しかし、同時に恐ろしくもあります」

かつて大姫は、縁組の話を拒んで入水を試みたことがあった。入内について、大姫はこれまで諦めの境地にあって、強く拒んでいない。だが心を開いた今、むしろ、自ら海に飛び込もうとするのではないかと桂は案じていた。

一方、政子は大姫が自ら望んだことにただ喜んだ。

「私も共に参ろう」

政子が言うと、大姫は珍しくはっきりと拒んだ。

「ほんの少し、潮風に当たりたいのです。母上が参られますと大仰になります故、ご容赦を」

それは一層、桂の不安を掻き立て、衛士らには常にも増して注意を促した。

「もしも姫様が海に入られる素振りがあれば、命を賭してもお止めし、お助けするように」

海まで小半時もかからぬ距離ではあるが、大姫を囲む衛士は十人を超え、物々しい行列となった。ゆっくりと進む一行は、鎌倉の市中に集う人々の目にも留まる。

「姫君様の行列だ」

輿に従う周子の耳にも、人々の囁く声が聞こえていた。桂は、道すがら、

「大事ございませんか」

と、大姫の輿に声を掛けている。周子はその様子を見ながら、吐息する。

このところ、大姫はめっきり食が細くなった。食べることそのものへの嫌悪にも似た拒絶がある。一口、二口食べると

「もう、要らぬ」

と、終わりにしてしまう。もっと食べるように言っても、口に入れただけで吐いてしまう。艶やかな肌は、青白さを増し、大きな目が更に大きく見える。儚い可憐さはあるが、かつての人形のような美しさは消え、いつも悲し気に見えるのだ。

泣いていいと、周子は言った。大姫は涙を流した。それは良かった……と、思っていた。

しかし大姫の胸中に凍り付いていた悲しみの塊は、周子が思っていた以上に大きなものであったらしい。

ここ最近の大姫は、風が吹いても、花が咲いても涙を流し、疲れ果てて倒れるように眠

る日々が続いていた。心配した政子が
「一体どうしたというのです」

と詰め寄ったが、大姫はただ
「歌を読んでいると涙が止まらぬのです」

と答えた。政子は歌を禁じようとしたのだが、大姫はそれを泣いて拒んだ。

「今、歌を取り上げられたら、母上とても許しません」

大姫の怒りを前に、政子は手を止めた。周子も政子に
「古今東西の歌を知っていることも、后としての大切な嗜みでございます」

と伝えた。周子としても大姫の歌への執着が想像を超えていたのだが、それでも唯一、大姫を救う力となり得るとも考えていた。今、取り上げるのは愈々、大姫を孤立させてしまう。政子も、大姫の怒りに気圧され、周子の助言もあって、渋々と歌を認めるしかなかった。

大姫は、気に入った歌を書き写し、それをしみじみと眺めた。かつて人形のように表情のなかった大姫の顔には、喜びや悲しみが少しずつ見て取れるようになった。してみるとやはり、喜びよりも悲しみが深く、痛みをこらえるような顔で転寝をしている姿を何度となく見かけた。

周子はその傍らに居続けることで、少しずつ大姫と言葉を交わすようになった。

「義高様の思い出はいつも朧気なのだ」

大姫は訥々と語る。

「姿かたちも、その顔も、はっきりと思い出せるわけではない。ただ、眼差しが温かかったことだけが、胸に刻まれている」

幼い日、母である政子は坂東武士を束ねる夫を支えんと、忙しない日々を送っていた。大姫を訪れると、大仰に可愛がりもするが、小さな粗相に烈火のごとく怒ることもある。母は恋しいが、我がままを言うこともなく、じっと大人しくしているのが習いとなっていた。そんな時に義高がやって来た。

「義高様は、ただ優しかったのだ」

侍女らは義高を「大姫様の背の君」と言った。意味は分からなかったが、一生を共に過ごすのだと言われ、嬉しくてならなかった。しかし、その義高がある日、不意に行方が知れなくなった。殺されたという話が聞こえた時には、大姫はその意味がよく分からなかった。

「痛かったであろう、苦しかったであろう」

気丈な政子が、義高を憐れんで泣く姿を目にした時、恐ろしいことが起きたのだとはっきりと分かった。

「それからというもの、私は義高様との楽しい思い出のすべてが、痛みを伴うようになった」

楽しかったことも、嬉しかったことも、義高が自らの父によって殺されたという事実を知るにつれ、全てが罪業のように感じられた。更にそれを悲しんで泣くことで、郎党が殺されたこと。そして郎党の妻女に恨まれたこと。どんどんとその肩に重く圧《の》し掛かり、自らの身を運ぶのさえも苦しいほどに追い詰められた。

「心を止めて、ただ息をして生きるほか、日々を過ごす術を知らなんだ」

大姫は、自らの心を庇いながら、かろうじて生き延びるために、全ての感情を捨てた。

「しかし今、こうして歌を読むと……捨てたはずの思いが押し寄せる。私の中には今も尚、温かな思いも宿っている。それは、義高様と共に過ごした日々に繋がっている。そのことが、唯一の救いのように、今は思える」

静かに語り、歌集を優しく撫でている。

どれほどの苦悩が、この華奢な体の中に宿っていたのかと思うほどであった。

海が近づいて来ると、潮の香が強くなった。

「姫様、海でございます」

輿は砂浜に降ろされ、戸が開けられ、桂が差し出した手を取って大姫が外へ出た。

海の水面には、日の光が数多の粒となって輝き、辺りを眩しく照らす。鳶《とび》が空高く舞いながら鳴いている。大姫は桂に伴われ、波打ち際へと歩みを進める。桂の横顔には緊張が見て取れた。控える衛士らも、固唾を呑んで大姫を見守る。

注視の中、大姫は静かに佇んでいる。寄せては返す波をただじっと見つめていて、一言も口を利こうとはしない。

「衛門」

大姫は少し離れて後ろに控えていた周子に声を掛けた。

「御前に」

周子が傍らに寄ると、大姫は海を見ながら微笑む。

「都人はあまり海を詠まぬのだな」

「都は海が遠うございます故、海を目にすることもなく、一生を終える者もございます」

「さようか……されど、万葉の歌にはいくつかあった」

「その昔は、外つ国へと海を越えて参った博士たちもあったそうでございますから。お好みの歌はございましたでしょうか」

大姫は、静かに深く頷き、ゆっくりと詠じた。

海の底《わた》　奥《おき》を深めて　我《あ》が思へる
君には逢《あ》はむ　年は経ぬとも

中臣女郎《なかとみのいらつめ》の歌である。

海の底深くに秘めたような思いがある。その思いを抱いたまま、たとえどれほどの年月を経ようとも、必ず貴方に会いたい。

秘められた深い恋の歌である。

周子は海を見つめる大姫の横顔を見た。大姫は遠くを見つめるように目を細め、静かな息を繰り返す。その度に薄い肩が微かに動く。

「衛門」

「はい」

大姫は周子を見やり、柔らかく微笑んだ。

「疾《と》く時が過ぎ、天命が尽き、苦界を去ることができれば良いと思う」

その顔は、海に返る光を浴びて神々しく見えるほどに美しい。

大姫は死にたがっているのだ。

何をおっしゃいますかと、窘めるのが筋なのだろう。しかし周子の口からはその言葉が出てこない。

何より大姫が、穏やかで安らいで見えるからだ。ようやっと、真の望みを口に出来たとでもいうような、晴れ晴れとした顔に見える。

「姫様……」

周子はそう声を掛け、その先に何を言うべきかを見つけられずに絶句する。

するとと大姫はふとしゃがみ込み、足元にある小さな貝殻を拾った。薄紅の花びらのようなそれを手のひらに載せて、愛しそうに指でなぞり、両手で包み込む。それを胸元に押し当てて、祈るように目を閉じる。

「疾く、疾く……と、祈るのだ」

ゆっくりと目を開けると、再び海を見つめた。

「今生を去ると思えば、愛しさは増す。この海の美しさもまた、悲しい思い出の裏表。痛いばかりであったのだが、久方ぶりに美しいと思えた」

潤んだ目を細める。

幼い日、海で義高と共に遊んだ。

ささやかな思い出は、辛い別れの記憶と共にある。痛みよりも、幸せを思い出そうとすればするほど、大姫を今生から遠ざける。

大姫は暫く海を眺めていたが、やがて額に汗を浮かべてゆらりと体をよろめかせた。日の光に疲れたようである。

「そろそろお戻りになられますか」

桂が案じるように問いかける。大姫は頷くと、促されるままに輿に収まった。

御所へと戻ると待ちわびた様子の政子が出迎えた。

「海は如何であった」

大姫は柔らかい笑みと共に
「久方ぶりの海は、大層、美しゅうございました」

とだけ答えた。

「珍しく出歩きましたので、疲れました。ご容赦を」

言い置いて御座所に戻ると、まだ日が高いうちから御帳台へと入ってしまった。そして
それから三日余り、溶けたように眠り続けていた。

周子がようやっと目覚めた大姫を見舞うと、すっきりと晴れやかな顔をしていた。

「長らく眠っておられたので、ご心配申し上げました」

周子が言うと、大姫は脇息に凭れたままで、穏やかに笑った。

「静かな海を眺めていたら、心が凪いだのだ」

そして決意を固めたように居住まいを正し、周子を真っすぐに見据えた。

「一つ、そなたに問いたい」

「何でございましょう」

「もし、私が出家をしたいと申したら、どうなるであろう」

「……出家でございますか」

周子は大姫の言葉を反芻《はんすう》し、桂に問いかけるまなざしを向けた。桂は、困惑を満面に浮かべている。恐らくは、周子が来る前にこの話を聞いていたのだろう。

入内の話が進み始めている姫が出家を望むのは、ともすれば帝を拒む意と取られかねない。病故ともなれば致し方あるまいが、慎重にせねばならない。

周子は言葉を失ったまま、暫く大姫の様子を見つめた。大姫の白い顔は透けるように儚く見える。もし出家できぬとあれば、そのまま自ら命を絶ちかねず、不用意な言葉を口にはできない。

「……何故に、と、うかがってもよろしゅうございましょうか」

「後世《ごせ》の功徳を積み、せめて蓮の台《うてな》なりと、義高様にお会いしたい」

大姫の言葉の中で、これまでで一番、はっきりとした声音である。恐らく揺るがぬ本音なのだろう。だからこそ、桂も止められないのだ。

周子もそれが大姫の望みならば、叶えたいと思う。恐らく、大姫を救う最善の道かもしれない。しかし、この話は政とも関わる。

「私の一存では、何ともお答えが難しい問いでございます。ただ、大姫様の御心をお話しいただいたことは、嬉しいことでございます」

そう答えることしかできない。大姫も、周子に確たる答えを求めていたわけではないようで、そうか、とだけ返事をする。周子は逆に問いかけた。

「大姫様は、その御心を御台様にお話しなさるつもりはございませんか」

大姫の目がゆっくりと大きく見開かれ、凍り付いたように表情が強張る。

「さようなことを申せば、そなたや桂が危うい」

先ほどのはっきりした声は消え、か細く囁くように言う。

「何故でございましょう」

「母上は、私が母上の意に沿わぬことを申せば、私の意ではないと思われ、唆した者を探そうとなさる。恐らく衛門が疑われ、止めなかった桂が咎めを受ける」

唇を嚙みしめる大姫を見て、周子は杞憂であると思い、苦笑した。しかし、傍らの桂が苦い顔で黙り込んでいるのを見て、大姫の心配は決して大仰ではないのだと思い知る。

河越尼の言葉が周子の脳裏をよぎる。

「諦められるがよろしい」

大姫を救うことが叶うとするならば、大姫が自らの言葉で政子を説得するほかにないとも言っていた。

しかし当の大姫が、自らの望みを口にすることで、周囲にいる桂や周子に累が及ぶと恐れている。

周子は、青ざめた大姫を見つめる。

「まずは、ゆるりとお休み下さいませ。都は今、政が落ち着かず、上洛は先のことでございますから」

出家をしたいと口にした時の晴れ晴れとした表情は消え、再び這うようにして奥の間の御帳台に戻った。周子は大姫を見送り、傍らの桂を見やる。

「御台様を恐れすぎておられるのでは」

周子が問うと、桂は首を横に振り、小さな声で話す。

「……我が身を庇うつもりはございません。しかし、もしも御台様がお怒りになるとすれば、その矛先は衛門様や私に向かうのはまず間違いございません。そうなりますと、叱責された貴女や私を慮り、大姫様はまた口を噤んでしまう……それが、辛いのでございます」

不安げに項垂れる桂に、周子は声を掛ける。

「大姫様のお望みは承知いたしました。私も何ができるか考えましょう。桂様も、お疲れでしょうから暫くお休みになられませ。ひとまず失礼をいたします」

桂は、縋るような眼差しで周子を見ていたが、やがて、はい、と頷いた。

大姫が入内を望んでいないのは従前から分かっていた。しかし、死すら望み、今また出家を望むとなると、愈々成り行きに任せていい話ではない。鎌倉と都に何と話すべきか……

思案しながら御所の廊下を歩いていると、

「衛門殿」

と、呼び止められた。

三十代半ばのその男は、丁子色《ちょうじいろ》の水干を纏っている。政子の弟、北条義時《よしとき》であった。

これまで幾度か御所内で見かけたこともあり、大姫の御座所でも挨拶を交わしているが、改めて話をしたことはない。

「大姫の元をお訪ねですか。また寝込まれているとか」

周子は、はい、と答える。義時はやや呆れたように吐息した。

「あれで帝にお仕えできようか」

義時の問いかけは、姪である大姫を真に案じているというよりも、この問いに周子がどう答えるのかを探るような色が見えた。

「大姫様は優しい御方でございます。その御心は、主上にも届くことと存じます」

上辺の答えを口にして微笑んでみせる。義時は、ふむ、と首を傾げる。

「六条殿の御局様は、何と仰せかな」

「無論、鎌倉の姫君上洛をお待ち申し上げると、再三、文を頂戴しております」

「……鎌倉の姫君と仰せであるか……」

「はい。さようでございます」

周子は、手に汗を握っていることに気づく。

義時はにこやかに語りかけて来ただけなのだ。だが、その目の奥には、鋭利な刃のような光が宿っている。丹後局に見られると、己が碁石になったような心地がしたが、それとはまた違う。抜き身を首元に突き付けられているような、身の内から湧き上がる恐れがあった。

「或いは、三幡でも良いとお考えかと思うてな」

義時の言葉に、周子は思わず、え、と問い返す。

三幡を入内させる……という考えは、これまでにも頭をかすめたことはあったが、具体的に考えてはいなかった。だが確かに、一つの手である。丹後局に必要なのは、鎌倉の姫であって大姫である必要はない。周子としても、大姫よりも壮健で、明るい三幡の方が入内に向いていると思う。今しがた、出家したいという大姫の望みを知れば尚更だ。

しかし、恐らく政子はそれを許さない。政子にとって重要なのは、手ずから育てた大姫の入内であって、三幡ではないからだ。

そして目の前にいる義時にとってもそれは同じこと。三幡は、周子の伯母、利根局が乳人として育てた姫である。入内すれば、乳父《めのと》である中原親能が後見として力を増すことになりかねず、その兄弟である大江広元の力も強まる。それを警戒しているのだ。

広元の娘としては、保身の為にもすぐさま「三幡入内」を否定したい。しかし、六条殿の女房としては「三幡入内」という一手は、いざ大姫入内が叶わなかった折に残しておきたい。

義時の醒めた視線の先で、忙しなく思考を巡らせ、周子は大きく息をつく。

「丹後局様は、先の上洛でお会いした大姫様の淑やかさ、お美しさを讃えておられます。私は六条殿の命に従い、入内の御仕度を進めるのみでございます」

義時は、ははは、と快活に笑った。

「いやはやつい、政所別当殿の娘御という気安さでお話し申し上げた。ご無礼を。以後もよしなにお頼み申す」

義時は大仰なほどに丁寧に周子に頭を下げ、そのまま踵を返した。遠ざかる背を見送り、周子は胸が痛むほどに早く打っているのに気づく。

「三幡姫という手があった……」

だが、この手はともすると北条と中原の対立を生む危うい手でもある。

「慎重にせねば……」

念じるように呟きながら、足早に御所を後にした。

# 五　海の底

建久七年、十一月末の夜。周子はなかなか寝つくことができずにいた。大姫が出家を口にしてから、既に半年以上が過ぎている。しかし未だ何一つ進展はない。幸か不幸か入内の話も遅々として進んでおらず、凪のような時が続いていた。

周子は起き上がり、香炉を引き寄せた。火鉢の残り火を炉の上の香に移すと、芳しい梅花香がゆらゆらと立ち上る。深く息を吸い込むと、都の香りがする。

この香は、都から懐かしい顔と共に届いたものであった。

二月前、九月のこと。都から仰々しい行列が鎌倉に入った。土御門通親が都から派遣した加持僧の集団である。鎌倉が関白の味方をせぬよう、念を押したかったのであろうが、表向きは

「大姫様の病平癒を御祈念申し上げる」

との名目であった。

かくして勝長寿院において、大々的な法要が行われることとなった。勝長寿院の阿弥陀堂には祭壇が設えられ、頼朝、政子をはじめ、御家人たちもずらりと並んだ。

少し遅れて阿弥陀堂に姿を見せた大姫は、顔色も蒼白で痩せ細っており、羽織る袿すら重そうに感じられた。桂の手を借りながらゆっくりと歩みを進める姿を見て、都から同道した女房たちもさることながら、鎌倉御家人たちもざわめく。大姫が病勝ちであると知ってはいたが、ここまでとは思わなかったと囁く声が堂内に響いていた。

加持僧に伴われて鎌倉入りした女房たちの中に、周子の友である近江もいた。

「叔父が出家の身で、此度の鎌倉下向に参じました。それに伴い衛門の顔を見てくるよう、御局様から御下命を賜りました」

久しぶりに見た近江は、雅な衣に身を包み、梅花香の芳しい匂いがした。

「懐かしい都の香りがいたします」

そう言うと、香木を土産に手渡した。

「貴女はすっかり鎌倉に馴染まれた様子」

揶揄するように言われたが、周子もそう思う。化粧も薄くなり、袿の襲も軽い方が好ましく、長袴より切袴の方が動きやすい。何せ、鎌倉ではじっと座っていることの方が少ないのだ。

「丹後局様はご壮健でいらっしゃいますか」

周子の問いに、近江は恙なく、と応えながら、眉を寄せる。

「御局様は今、関白様と権大納言《ごんだいなごん》様の諍いの只中におられます。故に鎌倉の動向が気がかりのご様子で」

権大納言土御門通親がこの機に祈禱僧を送り込んだのも、鎌倉の動向を知るためであるという。近江が滞在している間にも、都から頻繁に文が届いていた。

「御局様は貴女のことも案じておられました。このところ、文に覇気がないと……」

案じられるのも無理はない。丹後局が望む大姫の入内が、頓挫しそうになっているのだ。ならば三幡を……と言いたいところだが、周子の立場でそれを口にすることは、父にも累が及ぶ。結果、都への文も歯切れが悪くなっていた。

「衛門は鎌倉に縁があればこそ下向を命じたが、それが却って枷《かせ》になっているやもしれぬ……と、案じておられましたよ」

流石は丹後局である。鎌倉が一枚岩ではないことも心得ており、周子の立場にも思いを致してくれているのは有難い。

「御局様は、変わらず大姫の入内をお望みでいらっしゃいますか」

「昨今、主上が重子様を御寵愛でございましょう。もしも重子様に皇子が生まれ、卿局が力を持ちますと、愈々、御親政の動きが早まるかと。その前に鎌倉との縁を確かなものになさりたいご様子」

さもあろうと思う。丹後局と碁盤を挟んで向き合っていた時を思い出す。丁寧に石を置きながら、端々の動きにも気をそらさない。

「政に情は要らぬ」

そう言いながら、女人たちを碁石に見立てて政を語っていた。大姫も碁石の一つである。

周子はその丹後局の様子を思い出しながら、重いため息をついた。

「御局様が如何に仰せられましても、思うままにはなりませぬ。何せ大姫様は碁石ではなく、血肉の通う人でございますれば……」

不意に口をついて出た愚痴に、周子は思わず口元を袖で覆った。近江はそっと手を両耳に当て、悪戯《いたずら》めいて笑って見せる。

「何も聞いておりませぬ」

そして膝を進めて、周子の側までにじり寄りその手を取った。

「何か、私に出来ることはございますか」

幼い頃より共に育った友である。信じて託してみようと思った。

「大姫様のご様子を御覧になりましたか」

「……ええ。病勝ちとは聞き及んでおりましたが、以前、都でお見掛けした時よりも、御具合が悪いご様子で……」

「では、三幡姫を御覧になりましたか」

三幡もまたこの法要には参列していた。病勝ちな大姫と比べ、潑剌と明るく、紅の衣が良く似合っていた。

「はい。垢抜けぬところはございましたが、明るく愛らしい姫君かと」

周子は大きく吐息した。そして腹に力を籠めると、近江の目を真っすぐに見据えた。

「そのお二人のご様子を、そのまま御局様にお伝えください」

すると近江は眉を寄せた。

「いずれも御台様の御子であると聞いております。同腹であれば、大姫の代わりに三幡姫を后がねに立てられるのは容易く思われますが……貴女が御局様に進言なさるわけにはいかぬのですか」

「三幡姫の乳人が私の伯母にあたります。それを私が推挙したとなると、鎌倉では色々と障りがございます故」

「御事情がおありなのですね。しかとお伝え申しましょう」

そうして一行が長い滞在を終えて京への帰途についたのが、半月ほど前のことである。最も近しい友である近江が、事情を察してくれたことは心強い。これで、丹後局が「三幡入内」を六波羅に示唆してくれれば、周子が鎌倉で足掻くよりも遥かに大きな力となる。

しかし都は今、それどころではないらしいことも察していた。

近江が置いて行ってくれた梅花香を焚きながら、まんじりともせずにいると、突如、けたたましい馬の嘶《いなな》きと共に
「申し上げます」

という声が響いた。

周子は慌てて単の上に袿を羽織り、燭台を片手に外へ出た。庭には松明《たいまつ》が焚かれ、馬の脇にひれ伏す使者と、その前には同じく単の上に水干を羽織る父、広元の姿があった。

「関白様罷免《ひめん》とともに、中宮様が後宮を出られました」

使者の言っていることが分からず、答えを求めるように父を見る。広元は呻くような低い声で
「政変だ」

と言った。

使者は、広元の長男で、都の土御門通親の猶子となっている親広《ちかひろ》から遣わされていた。屋敷の内にて広元の妻子や家人らと共に改めて使者の話を聞くところによると、十一月の二十五日、帝の側近であり、政において最大の力を有していた関白九条兼実がその任を降りた。

「主上には内々のお話があったそうでございますが、上表なさっていた御様子もなく……」

事前に辞任の意向を示していたわけでもない、突然の罷免である。そして時を同じくして、兼実の弟である太政大臣兼房《かねふさ》も職を辞した。更にはもう一人の弟、慈円も、仏教界最高位である天台座主を下ろされることとなった。

「関白と、太政大臣が相次いで位を下り、天台座主も失脚したというのだな」

広元は確かめるように問いかける。

太政大臣兼房については、予《かね》てから辞任の上表がなされていた。その話は周子も昨年から六条殿の文にて聞いていた。丹後局が言うには
「関白は、出自ばかりを気にして、その力を見誤る。太政大臣は、荷が勝ちすぎていっそ哀れである」

と、関白九条兼実の身びいきの人事を批判していた。その九条兼実、兼房兄弟が急にその職を追われたのだ。

九条兼実が失脚した理由は一つである。

中宮任子が皇女を産み、その直後に宰相君在子が皇子を産んだこと。

それでも再び中宮任子に懐妊の兆しがあれば、出自からいって在子の一宮よりも任子の二宮の方が東宮になると思われた。しかし、在子の養父となった土御門通親がそれを許すはずがない。

使者は広元の視線の前で、額に浮かぶ汗を何度となく拭う。

「これは、親広様から内々の話として、殿にお話し申し上げるように言われていたのですが……中宮様の周りで、呪詛があったそうでございます」

宮中の諍いにおいて、呪詛はしばしば用いられる。しかし露見すれば、放った側も無傷ではいられない。そこは陰陽師も心得ており、依頼主の名を口にすることはなく、あからさまな証拠は出ないのが常である。だが、呪われた側の心身を蝕むことはできるのだ。

「呪詛があった……とは」

「中宮様の近侍の一人が、憑き物に遭い、昏倒した……と」

中宮が幼い皇女と共に過ごしていた時、近侍の女房の一人が、不意に気がふれたようになり、呪いの言葉を吐いて昏倒した。

「姫宮をはじめ、一族皆、悉く絶える……といった言葉であったとか」

中宮は顔色を変え、その女房は即刻、祈禱僧の元へ送られた後に、宮中への出入りを禁じられたという。

「子ども騙しな」

広元は唾棄するように言う。

女房を一人、金なり所領なりで買収し、憑き物に遭ったふりをさせればいい。陰陽師が内々に呪詛を行っているにせよ、表ざたにはなりにくい。それよりも派手に女房が昏倒することで、中宮の周りに不吉があることを示すことが大事だ。すると、帝の周辺から、穢れを避けるため帝が中宮の元に渡ることを止める声が上がる。

恐らくは、卿局辺りが、帝を中宮の元へ行かせるのを止めるであろう。

「権大納言の仕業であろうが……、手段を選ばなくなったな」

「ただ関白方も、宰相君の一宮は、帝の子ではなく土御門通親の子だ……などと噂を流しており、あちらもあちらでなかなか……」

「何という」

周子は思わず激高する。在子が揺るがぬ覚悟で後宮に入っていることを知っているからこそ、甚だ腹立たしい。広元は苦笑する。

「まあ、下卑た話ほど、人の関心は高い。帝が取り合わなければ何の意味もないがな」

周子は唇をかみしめて黙った。広元は、一通りの話を聞き終えると、腕を組んだ。

「権大納言と関白はいずれぶつかるとは思っていたが、今少し間があるだろうと読んでいた……」

周子はついと父、広元に向き直る。

「六条殿からの文によれば、卿局の姪、重子が、帝の寵姫となったとのこと」

「ほう……では重子が皇子を産む前に、宰相君の一宮を東宮とする道筋を作らねば、権大納言は後がないのだな」

「恐らくは……」

重子の父、藤原範季は、権大納言土御門通親よりも身分は低い。しかし、在子の実父が能円であることを鑑みれば、在子と重子のいずれが国母として相応しいかは明白である。

「相変わらず、後宮の争いは奇異なものだ」

広元の笑いはどこか憐れみめいたものも含む。確かに、生まれた子が男か女かで大騒動を巻き起こしているのは、滑稽でもあり、哀れでもある。

「それで、中宮様は如何なさっているのですか」

周子は使者に問いかける。

生まれながらに帝の后となるべく育てられ、いずれは国母となることを当然の如く生きて来た任子である。幼い皇女を抱え、権力の中枢にいた父と叔父が失脚した今、どうしているのか気になった。

「中宮様におかれましては、宮中より、里へ行啓なさったと」

「行啓……と。退出ではなく」

周子は思わず問い返す。使者ははっきりと頷いた。

「先ほど、殿様にお渡ししました親広様からの御文にも記してございます。そこは敢えての行啓であると」

広元は改めて文を確かめ、周子もまた、文に目を通す。

「つまり、中宮様は中宮様のままなのですね」

「はい」

中宮の位をはく奪し、宮中を追うのではなく、飽くまでも任子は中宮のまま、ただ後宮を出ていくこととなったのだ。

「たとえ行啓であったとて、再び宮中に戻ることはかなうまい。帝の寵愛がなければ皇子は生まれず、国母とはなれぬ。形ばかりの中宮位はくれてやると言ったところか」

「或いは、主上としてはこのまま中宮を空位として、外戚を排したい思いもおありなのでは」

「確かに、帝の真の狙いは親政であるか。いずれにせよ、これより暫し宮中の様子に気を配らねばなるまい。それにしても……」

広元は親広からの文を眺め、吐息混じりに周子を見やる。

「この渦中に、あの大姫様を放り込むのか」

既に、周子でさえ都に戻るのに、気を引き締めねばならぬほどである。それをあの大姫を連れていくことなど、考えるだけでも恐ろしい。

「愈々、入内したものの、帝の御渡りもないまま放置されるとなると、鎌倉の政としては、甚だ悪手であろうな」

大姫の心情にはおよそ関心のない広元であるが、政としても大姫入内は良い手とは言えないと考えているようだった。

かけた。

「まあ、ひとまずそなたは休め。明日、御所に上がる前に今少し話を聞こう」

使者は、雑仕女らに導かれて下がり、広元の妻子も家人らも座を立ち、周子も立ち去りかけた。

「周子」

広元に呼び止められて、周子は足を止める。

「先の法要の件、都にはどう伝わった」

周子は、改めて座りなおし、深い吐息と共に口を開く。

「多かれ少なかれ、鎌倉での大姫様のご様子については、丹後局様のみならず、加持僧らに所縁の公卿や宮中の女房に知れ渡りましょう。さすれば遠からず主上のお耳にも届くかと」

広元は、ふむ、と唸りながら腕を組む。周子はその父の様子を窺いながら言い募る。

「大姫様の代わりに三幡姫様を……と、六条殿からお話があればそれにお応えしたく思いますが、父上は如何思し召しでしょう」

すると広元は、眉を寄せて険しい顔で唸る。

「三幡姫か……本音を言えば、今は北条の反感を買う方が厄介だ。いっそ、入内の話そのものが立ち消えた方が良いのだが……そうすると、そなたの立場がないか」

「私の立場を案じて下さるのですか」

周子は驚いた。ああ、と小さな声で応じる父を見て、周子は思わず噴き出した。

「存外、お優しい。しかしお気遣いなく。入内の話が立ち消えますれば、私は又、六条殿の一女房になるだけのこと。却って気が楽でございますから」

軽い口ぶりで言い置いて、父の前を辞した。ふと廊下で立ち止まり、吐息する。都と鎌倉の政争に右往左往するのも、鎌倉の中で勢力を争うのも疲れた。入内の話が消えれば楽だというのは、周子の本心でもある。部屋に帰ると、待っていた小菊が窺いみる。

「如何でございましたか」

「都で政変があったそうな。中宮様が宮中を出られた」

「まあ……御気の毒に」

小菊は憐れむように眉を寄せた。

しかし周子はその憐れみが、中宮任子に似合わぬように思われた。

生まれながらに高貴な任子は、中宮位を奪われることなく宮中から里へ「行啓」した。数えるほどしか目通りしていないが、光を纏うように明るいあの女人は、幼き姫宮を抱えて項垂れる様は似合わない。姫宮を慈しみ育てる為に、むしろ堂々と宮中の諍いに背を向けたのだろう。国母たらんと育てられながら、そのことを気負っていないように思われた。

一方、皇子を産んだことで、実父の影を隠すべく土御門の養女となった宰相君在子を思うと、やや俯きがちな横顔が思い浮かぶ。関白家の者から、皇子について根も葉もない不貞を囁かれながら、周囲の力で至高の国母の座へと押し上げられていく。大切な帝との乳姉弟の絆も壊れ、寵愛は重子に奪われた。

此度の政変では、勝者は土御門通親であり、在子であり、背後にいる丹後局である。敗者は九条兼実であり、中宮任子であり、傍らにいる天台座主慈円ら関白家の人々である。しかし、彼らの顔を思い浮かべた時、勝者もまた、苦悩しているように思われるのだ。

「勝ちは勝ちなのか……負けは負けなのか」

争うことに空しさを覚えて、周子が呻くように呟いた。小菊は、え、と声を上げる。

「何でもない」

そう答えながら、ゆらめく灯明の火を見つめていた。

○

政変から半年、建久八（一一九七）年の五月も半ばを過ぎると、都の様子も落ち着きを見せ始めた。

愈々、大姫の入内の話が動こうかという頃になって、鎌倉幕府の内から、ある声が聞こえるようになった。

「入内は、三幡姫でも良いやもしれぬ」

口火を切ったのは、意外にも政子の弟、北条義時であった。

「六波羅から参った文によれば、先に鎌倉に参られた加持僧から話を聞いた公卿たちの間で、大姫の病を案じる声があったとか」

鎌倉でも以前から言われていたが、宮中の声が六波羅を通して、ようやっと俎上《そじょう》に上った。尤も、文そのものは年明けにはついていたはずだ。五月になって義時がこの件に触れたのは、卿局の姪、重子が、懐妊したということも大きい。

周子は一連の話に半ば安堵し、半ば不安を覚える。

「三幡姫の入内について、重鎮の方々のご意見はいかがですか」

周子は父に尋ねる。父は苦い顔で腕組みをして唸った。

「重鎮はそれぞれの思惑もあろう。しかしそれよりも難しいのは御台様だ。そなたのような都にいた者には分かるまいが、御台様は入内を政として捉えていない。ただ、大姫の御為でしかない。つまり、大姫でなければ意味はないのだ」

周子は眉を寄せる。その強い思念こそが、大姫を追い詰めるのだが、政子は気付かないのだ。

「では、三幡姫については……」

「義時殿はああ言うが、本音では三幡姫の入内を北条は望むまい。我らの力を増すことになる」

「三幡姫が入内されたとて、そこまで父上や伯父上の力が増しますか」

「さほどではあるまいが、確かに筆頭女房は利根局、そしてそなたも連なろう。いずれも都には知己もあり、縁もある。文官である我ら兄弟が背後につき、六波羅を差し置いて三幡姫を抱え込むとなれば、北条にとっては面白くないだろう。……こう申すのも何ではあるが、官位だけならば私は御所様の次に高い」

元々、都の役人であった広元は、他の武家が無官の中にあって、正五位下《しょうごいのげ》という官位がある。それだけでも都とのやり取りにおいては優位性があった。文官であり、鎌倉幕府の礎を作る上で功績があればこそ、坂東武士たちも認めている。

「武力こそないが御所様が我らを庇護し、北条に立ち向かうとなれば、厄介だと思われているであろう」

「北条は、御所様にとって敵なのですか」

その問に、広元は探るように周子を見る。

「そなたはどう思う」

この鎌倉に入ってからというもの、北条の持つ力をひしひしと感じる。とりわけ御台所政子の圧倒的な強さと、譲らない力を見せつけられてきた。宮中の政であれば、誰かの圧力が強まれば、別の勢力がそれを削ぐ。「一つに力が集まらぬことが肝要」と、丹後局が言ったように、宮中は危うい均衡を保つことで、政を動かしている。しかし、この鎌倉では、本来全ての力を掌握するはずの頼朝よりも、政子を筆頭とした北条の力の方が強い。そしてそれを削ぐ勢力が弱いのだ。

「北条は敵ではありますまいが……既に、御所様が御せぬようになっておられるのではないか……と、案じております」

広元は、深く頷く。

「さよう。それを御すための力を、御所様は探っておられる。だが、何せ北条は絶大な武力を持っている。それ故にこそ、御所様はこの鎌倉の外にも味方を欲している」

「例えば六条殿とか……」

「それもある。して、六条殿は、三幡姫でも構わぬと思し召しか」

「鎌倉の姫であれば、誰でも構わぬというのが、丹後局様の御意向です」

「大姫は如何思し召しか。入内をお望みではないと、そなたは申していたな」

「大姫様は……出家をお望みです」

躊躇いがちな周子の言葉に、広元はさもあろう、という顔つきで頷いた。

「さすれば近く、御所様にその旨をお話し申し上げよう」

周子は広元の言葉に頷きながらも、さほど期待をしていなかった。頼朝とて既に、大姫の有様を十分に知っているはずである。その上で入内の話を進めて来たということは、大姫の望みを聞くつもりなどないと思っていたのだ。

しかし、頼朝の反応は思いがけず早かった。

「御所様に内々に大姫様の御意向を伝えたところ、そなたに直に話が聞きたいと仰せだ」

周子は翌早朝、永福寺《ようふくじ》へ参ることになった。くれぐれも大仰にならぬよう、お忍びで、との申しつけに従い、周子は父、広元と共に輿を使わずに、衛士の三郎に馬の轡を引かせて永福寺へと赴いた。鎌倉一の御仁に目通りするというのに、切袴に袿という軽装である。

「かような身なりでよろしゅうございましょうか」

出がけに父に問うたが、父は苦笑した。

「御所様は宮中のうるさい公卿とは違う。戦場では泥まみれの雑兵《ぞうひょう》にもお会いになるのだ。気になさらぬ」

確かに、鎌倉では装いについて苦言を呈されたことがない。

境内に足を踏み入れると、既に頼朝の衛士らが門前にいた。

「こちらへ」

導かれるままに足を進める。

永福寺は、源頼朝が発願して建立した寺であり、境内には大きな池を配している。二階建ての仏堂を中央に、左に阿弥陀堂、右に薬師堂がある左右対称の美しい寺院である。その仏堂の特徴から、二階堂《にかいどう》とも呼ばれていた。

遠く空が白んでくる様と相まって、極楽浄土に近づくような気配にさえ感じられた。

池に掛かる橋を渡ると、仏堂へと足を踏み入れた。堂の中は澄んだ冷気が張り詰めていて、正面に見上げるように釈迦如来像が配されている。昨今、頼朝が重用している仏師、運慶《うんけい》の手によるものだと聞いていた。

周子は思わずその仏の迫力の前に立ち止まり、暫くそれを無言のままで見上げていた。

「衛門」

声に我に返り、像の手前に佇む濃藍の水干姿の男を見つける。細面で雅やかな風情の鎌倉殿源頼朝その人であった。

「御所様」

周子は慌てて礼をする。

「こちらへ」

頼朝に手招かれて、周子は頼朝の近くまで歩み寄る。本尊の前に長い床几《しょうぎ》が置かれており、そこに円座が敷かれていた。周子は示されるまま、腰を下ろした。頼朝と少し間を取り、目を伏せて次の言葉を待つ。

「大姫が入内を望んでいない……という話を耳にした。それは真か」

その声音は穏やかで静かなものに聞こえた。

「さようでございます」

「出家を望んでいるとか」

「そう仰せでございます」

頼朝は、ふむ、と吐息のように頷く。それから暫くの沈黙が流れた。しかしやがて、大きな吐息をつき、口を開いた。

「さすれば、出家させよう」

周子は息を呑んで後ろにいる父を振り返ると、広元もまた驚いたように目を見開いていた。周子は思わず身を乗り出した。

「暫しお待ちを。確かに大姫様は出家をお望みではございますが、さように安易に……」

「無論、易くはない。そこで衛門に問いたいのは、大姫が出家をしたとして、鎌倉が帝に反することにはなるまいか……ということだ」

「未だ宣旨も下っていないからには、病平癒のため御出家を望まれているとあれば、主上におかれましては信心に報いる御心こそあれ、咎めるようなことはあるまいと存じます。しかし……」

「ならば大事ない。大姫の願いをかなえよう」

頼朝の言葉に、周子は力が抜けていくのを感じる。何をこれまで思い悩んでいたのかと、徒労感を覚える。しかしそれと同時に、苛立ちも心底から湧き上がって来た。

「……何故に今なのでございましょう」

知らず詰るような口ぶりになったが、改めようとは思わなかった。もう少し早く、逃げ道を示してくれていたら、大姫はここまで病み窶《やつ》れる前に、己の望みを口に出来たであろう。そう思うと、頼朝の不甲斐《ふがい》なさに苛立った。頼朝は周子の問いに暫く黙ってから、ゆっくりと口を開いた。

「大姫の望みをようやっと知ったからだ」

その声は大きくはないが、真摯な響きに聞こえた。

「これまで、大姫は御台の後ろに控えている大人しい娘であった。病勝ちであり、薬師や祈禱に手はかかれども、何かを強く望んだことはない。拒むことはあれど、望むことのない子であったのだ。故に、御台の語る大姫が、大姫なのだと思っていた。御台の話によれば大姫は此度の入内に病平癒の一縷の望みを抱いている。その証に、一条との縁組の時のように入水しようとしていない。だからこそ譲れぬ……と」

頼朝は、政子を信じていた。政子は己を信じていた。だから大姫も政子と同じく、都に行けば病が治ると信じ、帝の后としての誉れに望みをつないでいるという虚像だけが、頼朝に伝わっていた。

「娘を、出家させることに悲しみがないとは言えぬ。されど昨今の姫の有様を見て、あのまま都へ送ることは耐えられぬ」

頼朝は声を絞るように呟く。雅やかと言われる面差しは、ともすると表情に乏しく、何を考えているのか、分からなかった。しかし今の頼朝からは、悲しみや悔しさもあるが、同時に肩の荷を下ろしたような安堵も感じられる。それは頼朝の父としての情であろう。

「御所様は、三幡姫の入内については如何思し召しでございましょうか」

瞬間、頼朝の眼差しは父の顔から、鎌倉殿として政を語る顔へ変わったように感じた。

「六条殿は、何と」

「主上と鎌倉の縁を結ぶことが肝要と御局様は仰せでございます。大姫様の入内が難しければ、三幡姫でも……と。御所様の御考えをここでお聞かせ頂ければ」

頼朝は沈思するように口を引き結んだ。北条の、とりわけ政子が大姫の入内に固執している以上、ここで即答は難しかろうと思われたが、頼朝は強く頷いた。

「大姫の出家が無事に成れば、三幡入内も良い。鎌倉としても、帝との縁、六条殿との縁は重く考えているとお伝えするよう」

「畏まりました」

周子としても大姫の為を思えばこそ出家を勧めるが、それでは六条殿に顔向けができない。頼朝のこの一言があれば、六条殿に戻ることができる。

「時に衛門、大姫は今、仏の道において誰を師と仰いでいるのか。出家ということになれば、剃髪《ていはつ》の戒師を考えねばならぬ」

大姫は歌と同じく、仏教にも関心を抱き、この鎌倉にいる様々な僧を御所に招いて、説法を聞いていた。

「近頃は、行勇《ぎょうゆう》上人がおいでになり、大姫様が経典に深い関心を抱いておられることを喜んでおられます」

頼朝は、行勇か、と言った。

行勇は三十代半ばで、永福寺にあった。他の寺院の別当らに比べて年若いが、鶴岡八幡宮寺の供僧《くそう》として鎌倉に入ってからというもの、十年以上の歳月をこの鎌倉で過ごしている。元は京の仁和寺《にんなじ》に学んだ後に、東大寺で受戒しており、御家人たちの中にも、行勇を訪ねて永福寺に足を運ぶ者もいる。

「北条の怒りをも躱《かわ》す力を持つ者となると……確かに行勇は良いやもしれぬ」

すぐさま頼朝に召された行勇が、仏堂に姿を見せた。墨染めこそ古びて見えるが、細身で凛とした佇まいである。頼朝に手を合わせて頭を下げる。

「お召しと伺いました」

頼朝は、うむ、と唸るように頷いてから暫しの間を空けた。そして一つ大きく息をついてから、覚悟を決めたように口を開く。

「大姫が出家を望んでいる」

その言葉に、行勇は驚いた風もなく、はい、と答えた。

「存じております」

周子は思わず頼朝の顔色を窺う。頼朝はやや眉を寄せただけで何も言おうとはしなかった。行勇は言葉を接いだ。

「予てより、経典のことなどをご教示申し上げて参りました。その際に大姫様より出家なさりたいとのお申し出がございました。されど同時に、大姫様が御所様、御台様の御心を慮り、入内のこともあり、思い悩んで躊躇されていたのも存じておりました。故に私は、案じずとも時は来ると申し上げて参りました」

「時は来る……」

周子が問うと、行勇ははい、と頷く。

「御仏の慈悲が、いずれ大姫様を導かれると思うておりました。こうして御所様がいらして下さったのもまた、救いでございましょう」

行勇はそう言って、改めて両手を合わせて頼朝を拝した。頼朝は目の前で手を合わせる行勇を見つめながら、静かに頷く。

「よしなに頼む。ただ、御台はこのことを承知していない。知れば拒むであろうし、或いはそなたに怒りの矛先が向くやもしれぬ」

「それで討たれたとて、私は御仏の元へ参るだけのこと。業を負うのは討手でございます。その後世を祈りながら逝くのが私の務めでございますれば」

行勇は揺らがない。頼朝は安堵したように吐息した。

「そなたに、大姫の戒師を頼みたい」

「有難く」

返答を聞いた頼朝は、深く頷くとそのまま踵を返して仏堂を出る。広元と周子もその後ろに続いた。

頼朝は仏堂を出たところで一度振り返り、聳《そび》える二階堂を見上げて天を仰ぐ。

「大姫がおらねば、私と北条の縁は切れていた。さすれば私が武士の棟梁となることもなく、流人として零落していったはずだ。そう思えばこそ、御台の望む通りに大姫には后としての誉れを望んだのだが……或いは北条との縁こそが、業の始まりと言えなくもない」

頼朝の言葉は、余りにも空しい。頼朝にとっても、大姫の出家という決断は、重く苦いものなのだろう。

数多の戦を勝ち進んできた頼朝は、さぞや勝利に酔いしれていようと、周子は思ってきた。しかしこの人の中には、身内をなぎ倒しながら突き進んできた日々への悔恨もある。だからこそ殺めた人々を鎮めようとこの永福寺を建立したのだ。

周子は先を歩く頼朝と広元の背を見つめてから、再び二階堂を振り返る。

ここに幾ばくかの救いがあることを祈りながら、周子は再び歩み始めた。

○

永福寺で頼朝と話をしてからひと月余り経った日のこと。周子は御所にて、大姫と内々に出家の手はずを進めていた。

当初、大姫は自らの入内を望まぬまでも、代わりに三幡を、という声に躊躇を見せた。

「それでは、三幡に重荷を押し付けるようで申し訳ない……」

周子にはそれが却って如実に大姫の思いを表しているように思えた。大姫にとって入内は誉れではなく重荷であるのだ。

「大方の女人にとって、帝の后となることはこの上ない誉れでございます。三幡姫も、私が話す都の話を好んでおられました。帝の后となるのを拒まれるのは、かぐや姫か大姫様くらいなものでございますよ」

いつぞや三幡が大姫をかぐや姫に譬《たと》えたことを今になって思い出す。帝を拒んで月へ帰るかぐや姫は、大姫によく似ている。

大姫は周子の言葉に、さようか、と言って安堵したように肩の力を抜いた。

「もしも三幡が望んでくれるというのなら、それに勝ることはない」

それからは、大姫から迷いが消えたようであった。

「行勇上人様からの御文を読みつつ、今は心安らかに雑念を払い、受戒の日を待つとしよう」

大姫の顔は、これまで見た中で最も穏やかだ。窶れてはいるが、晴れ晴れとした表情で艶やかでさえある。これこそが大姫本来の顔かもしれない。

周子は当初、大姫の出家を手助けすることに幾らかの迷いがあった。しかしこの大姫の顔を見て、迷いは消えつつあった。大姫の胸中に焦がれるように「苦界を離れる」思いが宿っているのを感じる。その大姫にとって、「出家」という逃げ道は、せめてもこの世に留め置く希望になるかもしれない。

十二所の屋敷に帰りついた後、丹後局へ文を認めようと文机に紙を広げ、静かに墨をする。墨の香が立ち、静かな時が流れている。

もしも大姫の出家が無事に成ったら、周子は三幡の入内からは手を引こうと決めていた。乳人、利根局の身内であることもあるし、大姫の入内に尽力してきたことが偽りになるような心地がしたからだ。端から身内である中原の力を強めるべく三幡の入内を画策してきたと思われるのは望ましくない。出家が、紛うことなく大姫の為なのだと、偽りなく言えるようにしたかった。

「それにしても、何のための鎌倉下向であったことか」

周子は自嘲する。

鎌倉まで来て周子がしたことと言えば、心弱くなっている大姫に歌を教え、出家を決意させただけである。政の上ではむしろ後退しているようなものだ。辛うじて三幡入内の話を立ち上げられたことは良かったが、その最後まで見届ける立場にはないと思っていた。

「一体、そなたは何をしてきたのやら」

口の端を上げるだけの笑みで、冷ややかな眼差しを向ける丹後局の顔が目に浮かぶ。しかしそれでも、周子の中には存外、悔いがなかった。

行勇は、大姫の出家に良き日を選び、七月の半ばごろと決まった。止まっていた時が堰を切って流れ出すように話が進んでいく。

「叶うならば、母上にもお認め頂きたいが、それは難しかろうな……。せめてお嘆きになられぬように、お話をせねば……」

大姫の小さなつぶやきに、周子と桂は顔を見合わせた。かつては、母に望みを伝えることさえ恐れていた大姫であるが、いざ出家となると、またもや母の心を慮る。時に大姫の心を蔑ろにする政子であるが、それでも大姫は、認められて出家したいと心底で望んでいるのだろう。

「今少し、御台様のご様子を見て、折良き時にお話しになるがよろしいかと……」

桂が大姫を気遣いながら言うと、大姫は寂しげに苦笑する。

「そうだな。御分かり頂けまいし……そなたたちにも危難が及ぼうな……」

恐らく政子は大姫の出家を受け入れられぬであろう。大姫が望み通りに出家をするためには、政子の耳に入れぬしかない。出家した後は頼朝も味方になろうし、他の御家人たちもむしろ、大姫の入内を止めることに賛同するであろう。政子を欺いてでも、髪を下ろすしかないのだ。

そう思っていた矢先。

夕刻に十二所の屋敷に文が届いた。桂からのものであり、字が乱れている。

「大姫様、御台様にお話しの由」

届けに来たのは、大姫の侍女の一人、茜である。

「何があったのだ」

屋敷に引き入れて問うと、茜は青ざめた顔で額の汗を拭いながら話した。

「御台様が大姫様の元をお訪ねになりました」

訪れるなり、かなり苛立った様子で大姫の前に座ると、眉を寄せて声を張り上げた。

「そなたの入内を止めようなどと画策する者がいるらしい。呆れて物も言えぬ。そなたは必ずや後宮に入り、帝の后となるのです。案ずることはない」

大姫は母の強い言動に不安を覚えたようであった。

「母上は、私の入内に反する者を罰しようと思し召しなのですか」

「無論だ。大姫が入内するのは既に決まっている。御所様も、帝もお認めなのだ。それに異を唱えるなど、もってのほか」

怒気を孕む声に、大姫は怯えたように身を竦めたという。茜たちは、いつものように大姫が倒れるのではないかと案じたのだが、今日の大姫は顔を上げ、政子を真っすぐに見返した。

「母上。私は上洛したくありません。入内を望みません。出家を望んでおります。そのことは既に、父上もご存知のこと。どうか、私の入内はお諦め下さいまし」

大姫はそのまま這うように頭を下げた。大姫のその様を見て声を失った政子は、すぐさま怒りを桂に向けた。

「誰がかようなことを唆《そそのか》したのだ。大姫の心を惑わせたのは誰だ」

桂はその怒声を浴びながらひれ伏す。しかし桂の前に大姫が進み出た。

「私の思いでございます」

これまでにない大きな声を張り上げた。政子は目を見開き、絶句していた。大姫は細い肩を揺らしながら、更に言葉を接ぐ。

「どうか、お聞き入れ下さい。どうかこれ以上、私に罪業を負わせないで下さい」

政子にとって初めての大姫の反抗である。政子はその言葉に打ち震えた。

「真にそなたのことを考えているのは誰か。そなたには分からぬと見える。母の思いを踏みにじるなど、真のそなたではない。目を覚ませ」

唾棄するように言い放ち、荒々しく御座所を出て行った。

茜はその時のことを思い出したのか、小さく身震いをした。

「御台様のお怒りは激しいものでございました。大姫様があのように御台様に声を上げられたのは初めてのこと。私どもとしては、大姫様にお味方したいのですが、申し上げる言葉もなく、恐ろしく……」

桂の乱れた文字と、茜の様子から、烈火のごとく怒りを露わにした政子の様子が思い浮かぶ。

「これより私も御所へ参りましょうか」

周子が身支度をしようと腰を上げかけると、茜はいえ、と首を横に振った。

「大姫様はお疲れ遊ばし、お休みになられました。明日には何卒お運び頂きたいと、くれぐれもお願い申し上げるよう桂様が……」

茜が言い終えぬうちに、パタパタと慌ただしい足音がした。

「姫様」

小菊が顔を見せる。

「如何した」

「御台様からのお召しでございます。御車も参っております」

周子は茜と顔を見合わせた。怒りの矛先は、周子にも向かっているのであろう。

「衛門様」

茜は怯えた目で周子を見つめる。周子も内心は冷や汗をかいているが、努めて笑って見せた。

「お話しすれば分かって頂けよう。私は、六条殿の遣い故、御身内の貴女たちよりも御台様も遠慮があろう。ここでお断りして、お怒りを買うのは却って大姫様の御為にもならぬ」

周子は茜を宥めて帰してから、身なりを整えた。

大仰に裳を着けはしないが、それでも常に大姫の御座所に行くときよりも身構えねば、心が折れる心地がした。裾を引きずる長袴に変え、袿も丹後局から下賜された淡い紫の薄《うす》色《いろ》と青の楝《おうち》の襲を纏う。

「扇を」

小菊が恭しく持ってきたのは、鎌倉下向に際して丹後局が周子に下賜した、後白河院縁の扇。周子を守るのは、後白河院の遺児である女院と寵姫丹後局が住まう六条殿の遣いという立場である。この扇は唯一の盾であった。

「参る」

周子は自らを鼓舞するように声を張り、屋敷の車寄せへと向かう。そこには、北条の支度した網代車があった。周子が乗り込むと、車は一路、御所へと向かう。網代車に揺られながら、周子は扇を強く握りしめた。

　車寄せから降り立ち、御所へ足を踏み入れる。久方ぶりに長袴の裾を捌きながら歩く。その姿を御所内に留まる御家人たちが垣間見ているのを感じながら、胸を張る。そうしていなければ、政子と会う覚悟ができなかった。

　本殿に足を踏み入れると、最奥に政子が座し、向かって右側の壁沿いに、北条義時の姿があった。頼朝の姿がないことに周子はやや安堵する。

「お召しに従いまして」

　周子が言うと、政子はきっと周子を睨んだ。

「そなたが大姫に要らぬことを吹きこんだのであろう」

　良く通る声である。周子は政子の声に圧せられるようにやや身を引いたが、すぐに肚に力を込めて政子を見た。

「俄かにさように仰せられましても、只今参りました身には何のことやら」

「大姫が入内を渋っておる。あまつさえ出家をしたいなどと」

　桂からの報せが届いていて良かった。覚悟をしていたとしても、この政子の怒気を前に委縮せずにはいられない。大姫はさぞや疲労困憊《ひろうこんぱい》していることであろう。

「大姫様の御心につきましては、私が推し測るのも畏れ多いこと。さように大姫様が仰せなのであれば、御自らのお望みでございましょう」

「白々しい。このところ、御家人たちまで言い出した三幡を代わりに入内させるという話、出処はそなたであろう。三幡の乳人はそなたの伯母である利根局だ。別当の差し金か」

「さようなことはございません」

恐れていた通り、三幡の入内を、周子が画策したと考えているのだ。確かに周子が、鎌倉に下向していた近江に示唆した。しかし現状を鑑みれば、誰が見ても大姫ではなく三幡を選ぶであろう。

しかし政子にとって、理屈など意味はない。情が勝つのだ。そして、情で突き進む政子を阻む者はこの鎌倉にはいない。止められるはずの頼朝さえも、大姫の出家については政子には内密に話を進めることしかできない。

この政子の怒りに対抗できるとしたら、外から来た都の権威しかない。

周子は手元の檜扇を殊更大仰にばさりと広げる。そこには緑深く茂る松が描かれていた。

一つ大きく息をすると、ゆっくりと口を開く。

〽松の木陰に立ち寄れば
千歳の翠ぞ身に染める
梅が枝かざしにさしつれば
春の雪こそ降りかかれ

周子は節をつけて今様を口ずさむ。政子と義時はその様を怪訝そうに眺める。

周子は檜扇越しに政子を見据えた。

「今、口にしました今様は、畏れながら亡き院が丹後局様に教えられた一節でございます。その今様と共に下賜されましたのが、この檜扇でございます」

周子は手にしている檜扇を、恭しく押し頂いてから胸の前に下ろし、政子に松の絵を見せつける。

「此度、私が鎌倉へ下向する折、丹後局様はこの檜扇を私に賜りました。先の院が願われた天下の安寧の為に力を尽くすよう、六条殿の宣陽門院様の名代として最善を為すこと。それが私の務めでございます」

政子は扇を見て苛立ったように眉を寄せ、唇を引き結んでいる。周子は続けた。

「過日、祈禱の為に下向して参りました一行から大姫様のご病状について丹後局様のお耳に入った由。このほど御局様は文にて、姉姫の病が篤ければ無理をさせずとも良い。妹姫の入内でも、天下の安寧となろうと、仰せでございます」

その言葉に政子が明らかに気色ばむのが分かった。しかし周子はそこで怯むことなく、扇を翳す手に力を込めた。

「御台様の御心をお察し申し上げます。されど、紛うかたなき真でございます」

政子にとって、手ずから育てて来た掌中の珠《たま》である大姫と、利根局の手によって育てられた三幡では大きく違うのだろう。しかし、宮中の政においては、どちらも「鎌倉の姫」という点で同じなのだ。そして頼朝もそのことは承知しているだろうし、同席している北条義時も分かっている。周子は更に言葉を接いだ。

「確かに先の上洛の折、御局様がお会いになられたのは大姫様でございました。故に大姫様が淑やかでお美しい姫君でいらっしゃるのは重々承知しており、入内のお話を進めて参られました」

「ならば、引き続きさようせい」

「もちろんそのつもりでおりました。されど、一つだけ障りがございます」

「障りとは、大姫の病のことか。それはいずれ都に参れば治る」

「病についてはさもありましょう。しかし真の障りは、大姫様が入内をお望みでないということです」

政子は眉を寄せる。周子はその政子の顔を見ながらも尚も言葉を続けた。

「私は、大姫様とお会いし、共に過ごすうちに、ゆるゆると入内に向けて御心積もりをしていただければと思っておりました。しかし、ようやっと御心の内をお話し下さるようになって分かったことは、大姫様が入内をお望みではないということでございます」

「大姫自らが望むか、望まぬかなど、どうでも良い」

「どうでも良い……とは」

「大姫が何を望むかなど考えずとも良い。私が姫にとって良き道を示しているのだ。今は姫も戸惑うやもしれぬが、全ては姫の為のこと」

政子は苛立ったように言い放ち、不快げに周子の扇を睨んだ。周子は扇を自らの盾とするつもりで開いていたが、政子にはこれが矛に見えるのだろう。居丈高な都の女が、過つことなき己を責めさいなんでいると感じるのかもしれない。

このままでは、政子の態度はなお一層、頑なになりかねない。

周子はすっと扇を下ろして閉じ、目の前の政子を見据えた。扇という盾を失くすと、政子の眼光の鋭さは己に突き刺さるようである。周子は汗ばむ手のひらを握り、袖の内に隠した。

「大姫様は、御台様によく似ておられます」

静かに語り掛けるように言う。政子は言葉の意図を探るように首を傾げながらも、先ほどよりは眉根の力を抜いているように見えた。周子は続けた。

「言葉少なではございますが、情に厚く、周りの者を気遣われる。とりわけ母上様の御為に、尽くそうとお思いです。御台様が御所様にお仕えする御姿を見て、大姫様は御台様によく似ておられると思いました」

政子はやや表情を和らげ、肩の力を抜き、黙って先を促した。

「また大姫様は花を愛で、風を感じ、歌を詠む雅な情もお持ちです。私が参りましてから二年近く、瞬く間に漢籍も覚えられ、才知にも秀でておられます。御台様と同じく、自らの目で見て、己で決めたことには従われる御方とお見受け致します。その大姫様が、入内を望まぬと仰せになられた」

周子は大きく一つ息をつくと、扇を再び引き寄せて、胸元に広げた。

「宣陽門院様のおわす六条殿から鎌倉に参りました私にとりまして、鎌倉で重んじるべきは何方のご意向か。それは、帝の后がねと、六条殿に名指された大姫様でこそあれ、御台様ではございません。その大姫様が、入内を望まぬと仰せになられた以上、甚だご無礼ではございますが御台様。御所様はともかく、御台様のご意向は汲むべきものではございません」

政子の言い分はわがままでしかないと、言い放つに等しい。

睨む政子の視線の先で周子は、扇を手にしたままで敢えて優雅に微笑んでみせた。胸が早鐘のように打っていて、耳にその音が聞こえ、体が揺れるかのようである。

暫く沈黙のまま睨み合いが続いていたが、不意に右側から、ははは、と哄笑が響いた。周子と政子は、慌ててそちらへ目をやる。北条義時が、声を上げて笑っていた。

「いやあ……なかなか、お二人の話は面白い」

周子はその瞬間、額から汗が頰を伝うのを感じた。

義時は改めて政子に向き直る。

「御台様、衛門の申すことにも一理ございますし、六条殿のご意向にも耳を傾けねばなりませぬ。大姫様の御心も重んじねばならず、ここは衛門を責めたとて致し方ないこと。むしろ今一度、大姫様に御心の内をお尋ねになることが肝要かと」

義時に言われることで、政子はやや怒りの焔《ほのお》を弱める。義時は次いで周子に目を向けた。

「衛門の申す通り、御台様と大姫様はよく似ておられるやもしれぬ。母娘の頑なな諍いに巻き込まれては、そなたも気苦労であろう」

義時はこの場を執り成そうとしているのだ。周子は扇を畳みながら、努めて笑みを作った。

「いえ……大姫様は真っ直ぐな御方。御台様が耳を傾けて下されば、思いの丈を語られましょう。元来、深い縁の母と娘であられるので、諍いなぞはすぐに収まります」

そう口にしながら、周子は不安も覚える。

政子が矢継ぎ早に大姫を問いただすことがあれば、大姫はまた倒れてしまうやもしれない。痩せ細った姫を輿に押し込め、入内を迫ることも、ありえる。

しかし今これ以上、政子に何を言ったとしても、怒りを買うだけだ。義時は、周子に向かって一つ大きく頷いてみせる。それはここが引き際だと合図しているように見えた。周子もまた、黙って頷き返した。義時は、ずいと政子に膝を向けた。

「ひとまずは、我らも大姫様の御為にも思案する。それでよろしゅうございますな、姉上」

殊更に姉上と声を掛け、義時は政子を宥める。政子は険しい表情のまま立ち上がる。

「周子、そなたの言い分は分かった。分かったが、気に入らぬ」

周子と、名を呼ぶことで、周子から「六条殿」の鎧をはぎ取り、不快を隠そうともしない。周子はゆっくりと頭を下げる。頭上から注がれる政子の怒りの熱を浴びて動くこともままならない。

やがて政子は袿の裾を荒々しく翻し、衣擦れの音と共に出て行った。

「御台様は出て行かれた」

義時の声に、周子はゆっくりと顔を上げる。

「御怒りを買いました」

「大姫のこととなると、姉上は抑えが利かぬ」

「まさか、そのまま大姫様の元へ」

「いや、気が立ったまま大姫の元へ行くと、大姫は調子を崩す。故に、ああして頭に血が上っている時は、しばし姫の元へは行かぬように心がけておられる。分かりづらいやもしれぬが、御台様は御台様なりに、大姫を気遣っているのだ」

周子はほうっと吐息する。政子にとって大姫は掌中の珠であり、同時に、唯一思うままにならないものでもあるのだろう。大切に思うが故に空回り、大姫の心とぶつかって軋《きし》むようだ。

「お戻りになられるか」

「はい」

周子はゆっくりと立ち上がろうとして、足に力が入らない。もう一度力を込めて立ち上がるも、よろめいて、義時の手に支えられた。

「申し訳ございません」

「お疲れであろう。先ほどの車にて屋敷までお送りしよう」

「忝《かたじけの》うございます」

義時は袴を捌く周子の歩調に合わせて車寄せまで歩く。

「六条殿に忠義を尽くしたいそなたの言い分は、至極尤もだと私も思う。ただ、鎌倉には鎌倉のやり方がある。それは、御分かりかな」

「無論でございます」

「御分かりならば、何より」

振り向いた義時は微笑むが、その目がまるで笑っていない。いつぞやも感じた、冷え冷えとした抜き身の刃を向けられるような心地がする。

「さ、御乗りなされ」

義時に示されるまま、網代車に乗り込んだ。

「お気をつけて」

その言葉と共に、簾が下ろされる。

車の中、一人の空間になった瞬間、周子はどっと力が抜けるとともに、額から汗が流れるのを覚える。

これまで、帝や中宮、丹後局や女院に会っても、ここまでの緊張を覚えたことがない。

「鎌倉には鎌倉のやり方がある」

義時の言葉を反芻する。

ここは都ではない。そのことを分かっているようで、分かっていないのかもしれない。

静かに動き始めた牛車の中で、周子は手遊びに檜扇を広げた。

丹後局から下賜されたこの扇がなければ、恐らくもっと心細くなったであろう。これまで、烈婦と称される女官にも数多く会ってきた。歌に長けた者や、名だたる大臣の側女もあれば、帝や宮の乳人という立場で、高い官位の者も少なくない。そうした女官たちのことを、畏れもし、憧れもした。己も才を磨き、近づきたいと背伸びもした。

しかし、政子はそうした女人たちとは明らかに違う。

その違和感の正体は、義時が言うように、

「鎌倉には鎌倉のやり方がある」

という言葉にあるのかもしれない。

後宮政策は、丹後局の言うように、さながら碁を打つことに似ている。誰をどこに配するかによって、情勢が大きく変わる。大姫の入内もその規範に則って進められている話であった。しかし政子の思いは違う。大姫の苦悩も、帝の御心も構わず、ともかく大姫を入内させることに固執している。その為ならば、何者をなぎ倒すことも厭わぬという、強い意志がひしひしと伝わる。

「囲碁をしていたところに、蹴鞠《けまり》が飛んでくるような……」

周子は独り言《ひとりご》ち、それがあながち外れていないような気がした。そもそも丹後局や周子と、北条政子は、向き合っている戦の種類が違うのだ。政子ならば、丹念に置かれた碁石の上に鞠を蹴り込み、四方に散らすくらいのことは、難なく為せるのではあるまいか。

そう思った時、牛車がガタンと大きく揺れた。元より御所から十二所の屋敷まではさほどの距離はない。もう屋敷に着いたのかと思った。

しかし次の瞬間、再び牛車は揺れ、先ほどとは異なる速さで動き始めた。

「何事か」

周子は牛飼いに問いかけるが、車輪の音に阻まれて聞こえぬらしい。

「如何した」

周子は声を張り、引き窓を開ける。暗がりだが、車の脇にいたのは、明らかに先ほどの牛飼いではない。目を凝らすと、大柄な男が刀を佩いているのが見える。

「何者だ」

誰何《すいか》の声を上げるが、男はこちらを向く様子もない。明らかに何かがおかしい。狼狽えながら、揺れる車の中で身を保とうとするのが精いっぱいである。その時、走る網代車の簾が開き、一人の男が飛び乗って来た。周子は驚きながらも、手元の扇を広げ、せめてもの盾にした。扇越しに見た男の顔は、まるで見覚えがない。年は二十半ばほどで、中肉中背。そして手には、抜き身の刀……。

賊だ、と思った。

北条の車が乗っ取られたのだ。

「無礼者」

辛うじて声を張ろうとするが、その語尾は微かに震えている。

賊は何も言わず、にやりと下卑た笑いを浮かべる。そして刀を周子の首筋に翳し、衣の裾に手を掛けた。

背中を冷たい汗が伝う。

大人しくしていれば、辱めは受けようとも命は奪われまい。だが、迫りくる男の姿に身の内から震えがくる。

その時、牛車が動きを止めた。

男は周子が抵抗しないと見て、刀を引いて更に身を寄せる。周子は思わず、手にしていた扇で男の鼻面を強か打ち付けた。

「うっ」

男が怯んだ隙に、周子は網代車の簾を撥《は》ねのけ、外へ飛び出そうとした。しかし後ろで男が袿を引いたので前のめりに車から転がり落ちた。必死で袿を脱ぎ捨てると、車から離れようと足を踏み出す。しかし目の前には、更に三人もの賊がいた。

「女房殿、そのなりで何処へ逃げられる」

ははは、と嘲笑う声がする。口惜しいほどに長袴が足にまとわりついて動けない。それでも這うように逃げるが辺りは暗がりで、どこへ向かって良いか分からない。賊の手にある松明に照らされるのは、細い山道だけ。屋敷も人通りもなく助けを求める先もない。

賊の中でも大柄な男に長袴の裾を踏まれ、周子は土くれの中に倒れ込む。

「怪我をさせるな。もったいない」

再び賊たちが笑い合う。何とか立ち上がろうとするも、足を捻《ひね》ったのか、激痛が走る。大柄な男は、周子の長袴の裾を摑み、辿るようにして周子の足首を摑んだ。捻ったところを摑まれて、痛みに声を上げた。

闇雲に手足を動かして抵抗したが、刀を手にした男たちにぐるりと囲まれて、愈々硬直した。

先ほど扇で鼻面を叩かれた男が車から降りて周子を見下ろす。

「ふざけた真似をしてくれた」

そして勢いよく足で周子の腹を蹴り上げた。周子が転がると、容赦なく周子の髪を摑んで引きずる。

周子は土に塗れて引きずられながら、叫ぼうにも声が出ず、涙が滲んだ。賊の嗤い声がする。全身が痛み、空の星を見上げながら、無力さに茫然とする。

その時、ふと脳裏に義時の冷たい眼差しが過った。

「鎌倉には鎌倉のやり方がある」

これは本当にただの賊なのか。或いは、北条の差し金か……。

その時、ひゅん、と風を切る音がした。車の側に立っていた賊の一人の首筋が矢で射抜かれて、どうと倒れた。あ、と驚く間もなく、更に一、二と矢は放たれ、残る二人も腕や胸に矢を受ける。

「何だ」

周子の髪を摑んでいる男は、刀を片手に辺りを見回し、そのまま周子を抱え込むと、首筋に刀を当てる。

「下手な真似をするな。さもなくば今すぐ女を殺す」

首筋に、刃の冷たい感触がある。

細い山道だというのに、射手の姿は見えず、物音もしない。

射手は去ってしまったのか……と思った時、再びひゅんと風を切る音がした。何処から、何に射られたのか分からず、周子は恐ろしくなって目を閉じる。が、不意に自分を摑んでいた男の手が震え、そのまま後ろに倒れた。恐る恐る振り返ると、男の目には深々と矢が刺さっている。

「頭」

大柄な賊が倒れた男に呼びかけながら、刀を構えて怯えた目で辺りを見回す。しかし射手の姿は見えない。そのことに苛立ったように雄叫びを上げ、周子に突進して来た。周子は再び這うようにして逃げるも、足の痛みと長い袴で思うようには進まない。男が周子を捕らえようとしたその時、カッと蹄の音がした。それは次第に速くなり、一気に近づくと、周子の目の前で刃が一閃し、賊の背中から血しぶきが飛んだ。周子は顔に生温い返り血を浴びて、硬直した。

「周子様」

不意の声に顔を上げると、馬から降り立った人影が近づいて来る。

「……あ」

声を出せぬまま、闇の中で目を凝らすと、そこには海野幸氏がいた。

「申し訳ありません、見誤りました」

幸氏が何を謝っているのか分からない。傍らに屈んだ幸氏の袖に縋るようにしがみつくが、幸氏はその周子をぐっと押しのけた。

「暫く」

そう言うや否や、手にしていた弓を番えて放った。矢は弧を描き、停まる牛車の傍らにいた人影の足元を射抜く。うっと短い呻き声がした。幸氏は倒れた賊が落とした刀を拾い上げ、大股で歩み寄り、牛車の陰から一人の男を引きずり出した。

その姿は賊とは違う。水干姿は武家の郎党といった風情である。幸氏は刀をその男に突き付けた。

「見覚えがある。牧の郎党だな」

男は黙っている。幸氏は、ふふ、と含み笑いをした。

「相変わらずの手を使う」

幸氏の声音は、これまで聞いたことがない酷薄な響きがした。男の足に刺さった矢を力任せに引き抜くと共に、幸氏が刀を薙ぎ払う。男がうあ、と痛みを堪えるように呻く。

「矢傷があると、後々、障りがある。私は賊を倒したが、そなたは賊にやられたのだ」

そう言うと、傷を負った男の足を踏みつけ、迷いなく刀を胸に振り下ろした。刀は男の胸を貫き、地面に屹立《きつりつ》する。その骸《むくろ》を背にして、幸氏は再び周子の元に戻った。

「お怪我は」

聞きなれた穏やかな声である。周子は再び歩み寄る幸氏の袖にしがみつきながら、刀に貫かれた男の影を見る。

「……あの、何が……」

周子は事の次第が呑み込めない。

「貴女が御所にて、御台様のご不興を買ったと聞きました。その後、北条の牛車にて帰られたと知り、後を追って参りましたが……案の定」

「牛車が賊に襲われ、乗っ取られたのでは……」

「いえ。端から貴女を襲うつもりだったのです。北条の牛飼いは賊に襲われてなどいない。十二所の屋敷の手前で賊に車を受け渡し、のうのうと帰っています」

「……そんな」

そこまでするだろうか、と思い、周子は絶句する。幸氏は、倒れた郎党を振り返る。

「あの郎党は牧の者。北条の犬ですよ」

唾棄するように幸氏は言う。

「思うままにならぬ者を黙らせるには、殺すことはない。ただ心を挫けばいい。御所様の側女たちの中にも、牧の郎党によって同じような目に遭った者がいます」

いつぞや亀の前という側女が、牧の郎党に家を壊されたという話を聞いたことがある。家を壊すことさえ厭わぬのだから、道中に襲うくらいは大したことではないのだろう。河越尼の夫である河越重頼も、突如として北条と牧によって襲われ、誅殺されたと聞いていた。

「大姫様の入内に異を唱える者たちへの見せしめでしょうか……」

周子の問いかけに、幸氏は、恐らく、と答えた。

己に如何な危難が迫っていたのか、ようやっと分かった。

「まずはここを離れましょう。立てますか」

周子は幸氏の腕を摑んで立ち上がろうとするも、足の痛みに顔を歪める。

「失礼」

幸氏は周子を抱え上げ、離れて待つ飛雲に乗せた。幸氏も飛雲にまたがると、手綱を取る。

「別当様には私から知らせますので、一先《ひとま》ず、近くの私の屋敷へ」

「それでは貴方に累が及びますまいか」

「大事ございません」

飛雲は一路、幸氏の屋敷へ向かった。

襲われた場所は、十二所の屋敷を過ぎた山道であったらしい。

ほんの少し前には、御所で御台所と向き合っていたというのに、袿も脱げ、袴も単も泥まみれ。足は痛み、蹴り上げられた腹も痛い。

幸氏の屋敷では水で身を清め、泥まみれの単を替えた。見ると単の肩先に、賊の血がべったりとついていることに気づいて、青ざめる。肌を見ると横腹を蹴られた跡が赤黒くなり、挫いた足は腫れている。それを見たくなくて、慌てて新しい単に袖を通した。

「かようなものしかございませんが、お召し下さい」

中年の雑仕女に差し出されたのは、薄藍の小袖である。単の上にそれを羽織る。微かに日向《ひなた》の香がして、ほっとした。雑仕女は甲斐甲斐《かいがい》しく支度をすると下がり、暫くして幸氏が顔を見せた。

「十二所には先ほど遣いを走らせましたので、ご安堵下さい」

「貴方がいらして下さらねば、今頃どうしていたことか……つくづく、己の無力が恥ずかしくなります」

幸氏は首を横に振った。

「恥じることはございません。卑劣はあちらです。武士は戦の場において、互いに覚悟を決め、刃を持つ者同士で命をやり取りする。それは致し方のないことです。しかし貴女は、刃もなく、覚悟する猶予もなく、不意に車ごと連れ去られたのです」

周子はふと、車に男が飛び込んできた瞬間を思い出し、喉に物が痞《つか》えるような息苦しさを覚える。それを誤魔化すように苦笑し、矢継ぎ早に言葉を紡ぐ。

「真に不甲斐ないこと。下賜された扇で賊を強か打ちましたが、いかに院の御威光とて刃相手では功を奏さない。かくも無力かと……」

「周子様」

幸氏の落ち着いた声に顔を上げると真っ直ぐに己を見つめる視線とぶつかった。思えば、この男に名を呼ばれたのは、先ほどが初めてであったと気づいた。

「はい」

「ゆっくりと、息をなさってください」

不意に何を言われているのか分からなかったが、気づけばずっと、浅い息を繰り返している。周子は言われた通りにゆっくりと息をする。すると、不意に身の内から得体の知れぬ震えが立ち上がり、姿勢を保つことができずに床に手をついた。

「……どうしたことか……」

何とかして震えを収めようとするが、それでも止まらない。周子は膝を寄せた幸氏にしがみつくように身を起こした。

「無理に震えを止めぬがよろしいと存じます」

落ち着いた声音で言われ、周子は幸氏を見上げる。

「戦場では、よくあることです。人を殺める様を間近で見れば、恐ろしくて当然です。その場では張りつめて堪えていたものが、安堵すると溢れてくる」

「……あ」

ああ、そういうことか、と応えたかったのだが、声が出ず、代わりにほろほろと涙が溢れた。慌てて顔を隠すように俯き、努めてゆっくりと息をしながら、震えが収まるのを待つ。幸氏の手が周子の背をあやすように叩く。

「ここはしかとお守り申し上げます故、ご安堵なさいますよう」

危難は過ぎ去ったのだ。その思いを確かめ、心弱い時に、傍らにいるのがこの人で良かったと、幸氏の袖を握りながら思った。

〇

広元が周子のいる海野の屋敷を訪ねて来たのは、翌日、日が高くなってからであった。

「昨夜のうちに無事との報せを受けていた故、やるべきことをやっていた」

常と変わらぬ冷静な父の様子に、周子は苦笑する。大仰に心配されるのも困りものだが、ここまで淡々とされるのも味気ない。

「やるべきこととは、何でございましょう」

すると広元は、壊れた扇を差し出した。昨晩、賊と争ううちに取り落としたものである。見ると、美しかった松の絵は、賊の血で穢れ、糸も切れて惨憺《さんたん》たる有様である。

「折角、御局様より賜りましたのに……」

言葉とは裏腹に手に取る気になれない。周子が顔を顰めると、広元は扇を手に取り、ふっと口の端を上げて笑う。

「これが実に役立った」

企みを込めた声音に、周子は眉を寄せる。

「何をなさったのです」

「昨夜のうちに、義時殿と会《お》うて参ったのだ」

海野幸氏から一報を受けた広元は、すぐさま峠村近くの山道へと向かった。そこで、乗り捨てられた網代車と散らばる賊の骸《むくろ》、刀で胸を貫かれた牧の郎党を見つけた。そして、壊れた扇を拾った。

「真に危ういところでございました」

同じく山道に来た幸氏から事のあらましを聞いた広元は

「委細は承知した。一先ず、周子をそちらで預かってもらいたい」

広元はその足で北条義時の屋敷を訪れた。義時は、夜半に突如として政所別当が来訪したことに、驚いた様子であった。その様子から、賊を放ったのは義時ではなく、政子であろうと窺い知れた。

「娘が、御所から退出の途中、賊に襲われました」

広元が切り出した言葉に、義時は、やれやれといった吐息をした。

「ご無事ですか」

生死だけを確かめる口ぶりに、広元は、ええ、と頷く。

「生きております故、大事ございません。ただ、こちらを……」

広元は、壊れた扇を取り出して広げてみせる。

「これは六条殿の丹後局様が、先の院より賜りし品。名代の証として我が娘に下賜されたものが……血で穢れ、壊れました。あれは私の娘でございますが、この扇を持って出向いたからには、六条殿の名代であったということです。その帰途を襲ったということは、六条殿への反意と疑われる恐れがあります」

義時は、事の次第を把握し、ゆっくりと目を見開いた。

「さようなことはない。姉上は……」

「存じ上げております。娘が御台様のご機嫌を損ねたのでございましょう。しかし、この一件は悪手でございます。父としては思うところもありますが、政所別当としては、鎌倉を護る手を考えねばなりません。事を速やかに片付けるため、北条の郎党をお借りしたい」

義時は早々に北条の郎党を呼び、広元の指示に従って骸や牛車を片付けに向かう。北条の屋敷から山道へ、幾度も松明が行きかう様を見ながら、義時が常になく冷や汗をかいているのを見た。広元はその義時を宥めるように言い募る。

「私にお任せ下さい。ただ今少し、御台様の手綱を引いて頂ければ幸甚です」

周子を襲い、大姫入内の反対派を牽制するのが政子の目論見であったろう。しかし、事が都にまで波及するとあっては、幕府内の話では済まない。広元は全てを片付けると共に、義時に貸しを作った。

そこまでの話を聞いて、周子は深く吐息する。

「まさか、この扇をそのように使われるとは……」

周子としては、丹後局から下賜された大切な扇が穢され、壊れたことに心を痛めていたのだ。それを父が、六条殿への反意として、北条を脅すとは思わなかった。

「北条も、少しは肝を冷やした方が良いのだ」

相変わらず静かな口ぶりであるが、そこに気色ばんだ熱を感じた。そこへ幸氏が姿を見せた。

「今は別当殿も落ち着いておられますが、昨晩は蒼白でいらした」

揶揄するように言いながら、広元の傍らに腰を下ろした。広元は咳払いをする。

「雑仕が、そなたの牛車が賊に乗っ取られたのを見かけたと言ったのだ。その知らせを受けて間もなく、海野が参った故……少々、慌てていた」

周子は笑うと、広元は安堵した様子で問いかけた。

「十二所の屋敷へ戻れそうか」

周子は唇を嚙みしめる。

今朝、歩こうにも足が痛むので、牛車で帰る支度をしていた。しかし、いざ車の御簾を潜ろうとすると、身に震えが起こって乗れない。昨夜の恐怖が思いの外、身に深く刻まれているらしい。ならば、馬に……と思ったが、馬上で体を保つには体が痛む。わずかな距離だというのに、思うようにならない。

「己がこれほどまでに心弱いとは……」

宮中で身を立てるには、才覚を磨けば良かった。書を読み、立ち振る舞いを心得、政を知り、人の所作に目を配る。そうしてそれなりに立場を固めたつもりでいたのだ。それが、たった一度の恐怖で竦んでしまったことが口惜しい。

「これ以上、海野様にご迷惑をかけぬよう、早々に戻りたいのですが……」

するとと幸氏は、はははは、と軽く笑う。

「ご案じ召さるな。これでも一応は抜け目なく立ち回っております。比企家が抱える頼家様と同時に、北条が抱える幼い千幡様の弓馬の指南も任されております。木曽の出ですので、徒党を組む求心力もない私は、北条にとって取るに足らぬのです」

どちらかというと、愚直に頼朝に仕えているのだと思っていた幸氏が、意外にも鎌倉の内幕にある勢力争いに目を光らせているのだ。広元は、幸氏の話に耳を傾けながら、頷いた。

「さすればそなたは暫く、ここで養生せよ。そしてこれからのことを考えねばなるまい」

「これから……」

そう呟いてから、はたと昨日の一件の発端を思い出す。

「ああ、今日は大姫様の元に伺わなければならぬのに……」

政子の逆鱗に触れた大姫が、さぞや心を痛めているだろうと思うと、是が非でも御所へ向かわねばと思う。

「ご無理なさることはない」

幸氏が、思いがけず強い語気で言い放つ。そしてひたと周子を見据えた。

「此度の一件は、御台様の仕業。それが分かっている以上、暫し間を置いた方が良い」

「しかし、それでは大姫様が……」

「大姫様御自らが御台様に立ち向かわねば、また貴女に矛先が向かいます。御台様は、貴女の心を折ることが目的であった。だからこそ、貴女は心を折ってはなりません。されど、一つは御台様に譲歩なさるのが、貴女を守ることになる」

「譲歩……とは」

「大姫様を、御救いすることを諦めた方が良い」

周子は目を見開いた。いつぞや河越尼が言ったのと同じ言葉だ。その声音は決して思いつきで口にしているのではないことが分かる。恐らく幸氏も、これまで少しずつ壊れていく大姫を見て、救う手立てを考えたことがあるのだろう。そして、誰もが何も出来ぬ様を見て来たのだ。

「……しかし、それこそ私が心を折ったことにはなりませんか」

「いえ。戦には、引き際が肝心。心が折れてからでは引くこともままなりません。非道な策も厭わぬ御台様を相手に、大姫様を庇いながら都の権威だけで戦うことはできません。貴女を守る扇はもうない。御身を守るためには、姫を捨てて御台様の敵となることを避けるしかないのです」

「では……どうしろと」

「恐らく、御台様は貴女の出仕を禁じましょう。それにただ従えば良い。そして、入内の話が進んだのなら、共に上洛なされば良い。元よりそのお役目であったのでしょう」

確かにそうだ。大姫を輿に乗せて上洛させ、内裏に入れてしまえば役目が終わる。ただ、あの大姫では宮中で生き残れぬと思えばこそ、心を開こうと必死だったのだ。しかし、心を開いたことで出家を望むようになってしまった。大姫を救うことと、入内を叶えることは並び立たないのだ。

周子の逡巡《しゅんじゅん》を見て取ったのか、幸氏は言葉を接いだ。

「諦めるのがお辛いのなら……むしろ入内によって、大姫様を御台様から逃がすのだとお考えになれば」

策謀渦巻く宮中に入るよりも鎌倉で出家する方が良いと思っていた。しかし幸氏の言う通り、むしろ政子から離れた宮中の方が大姫にとって安寧なのではないかとも思える。そこまで考えて周子は自嘲する。

「都は怨霊が寄りつかぬ故、病は癒えると御台様がおっしゃった時、半ば呆れておりました。しかし今となっては、上洛して御台様と離れれば病は癒えるとも思えます。してみると、ここまでの日々は何だったのか……」

大姫と心を通わそうと努めて来た日々は、徒労でしかないように思えた。

「いや、そうでもなかろう」

広元が言う。

「大姫の真の望みを知った上で動くのか、知らぬまま動くのか。都での身の処し方も変わる。ともかく、海野の申す通り、今暫くは大人しくしているが良い」

「しかし……」

「武力を持つ北条に徒《いたずら》に逆らうな。そなたは自らを六条殿の遣いと思うであろうが、北条にとっては私の娘。下手に動けば、我ら一族が憂き目を見ることとなる。故に、頼む」

広元は小さく頭を下げた。広元の言う通りでもある。下手に動けば周子のみならず、広元や利根局、六波羅にいる伯父、中原親能とその一族にも累が及びかねない。

広元が帰ると、代わって小菊が身辺の世話にやって来た。着慣れた袿を着せかけながら

「恐ろしい目に遭われて……何ということでしょう」

と、泣いている。己以上に悲しむ小菊を見ているうちに、少しずつ心が和らいできた。

その時、

「御客人でございます」

と、外から声が掛かった。縁から姿を見せたのは被き姿の桂であった。部屋に入って被きを取ると衛門の姿を見るなり涙ながらににじり寄る。

「衛門様、ご無事で……」

「申し訳ございません、本日、出仕をするはずでございましたが……」

「……隠さずとも、存じております。昨夜、衛門様が賊に襲われたと……」

周子は、はい、と小さく頷いた。その時、雑仕が部屋を訪ねて来た。

「御文でございます」

政子からの文であった。周子は目を通してすぐさまくしゃりと握りかけ、慌てて広げる。

問いたげな桂に笑いかける。

「御台様からお見舞いでございます。災難があったとのこと故、養生なさるよう、お言葉を賜りました」

言外に、御所に上がるなと言っているのが桂にも分かったようだ。

「昨日、大姫様が出家のお話をされた後、御台様が衛門様をお召しになられたと聞き、案じておりました」

桂は本殿へ様子を見に行き、烈火のごとく怒る政子の声を耳にした。その後、車にて周子が御所を退出したのを見届け、大姫の元へ戻った。

「しかし今朝、北の対が忙しない。北条の郎党に問うたところ、昨晩、衛門様が賊に襲われたと聞きました。大姫様には内密にと思ったのですが、既に噂を耳にされ……。母上がなさったのだ、私のせいだと、嘆き伏してしまわれ……そのことでまた御台様が駆け付けられ……」

大姫が嘆く理由が、周子の一件であったことで、政子は不快になった。

「大したことではない。無事だが怪我をしたらしいので、養生をさせる。入内の支度はこの母が致す故、気にせずとも良い」

苛立ちも露わに言い切った。以降、大姫は政子に何も話さず、魂が抜けたように脇息に凭れたままでいるという。

「このままでは、大姫様が……」

桂はその先の言葉を飲み込んだ。

脇息に凭れて空を見る大姫の姿は、容易に想像ができる。心を閉ざし、見るものを見ず、漂うように生きていた、ほんの少し前の姿だ。ここまで周子が積み上げて来たと思ったものは、いとも簡単に崩れた。

「……しかし、今の私には何もできませぬ。これ以上御台様のお怒りを買えば……」

政子からの文を握りしめる手が、小さく震えた。

「やはり昨夜のことは、御台様がなさったのでしょうか」

桂は恐る恐る問いかける。周子が言い淀んでいると、傍らの小菊がずいと進み出た。

「僭越ながら申し上げます。さようでございます」

「小菊」

窘めるが、小菊は周子を一睨みする。

「御命に係わることです。御台様の仕業であろうと夫も申しておりました」

三郎から事の次第を聞いていた小菊は怒りに打ち震えながら言う。周子は小菊を宥め、改めて桂に向き直る。

「今すぐ参上できませぬが、頃合いを見て御座所へ伺います。一つの策としましては……」

「ご無理はなりません」

小菊が尚も、周子の言葉を遮った。

「大姫様の御為を思うお気持ちは分かりますが、そも、大姫様の母君たる御台様が大姫様に害なす道理がございますまい」

小菊の言う通り、母たる者が害なすはずはない。しかし、母の情故にこそ、大姫は心を痛めて来たのだ。とは言え、あの母娘の有様を知らぬ者に、何と言えば良いか分からない。

するとと桂が、ふふふ、と吐息のような力ない笑い声を立てた。

「仰せの通り、ご無理はなりません。ただ衛門様……それならば、大姫様の御心を閉ざしたままでいて下されば良かった。救いの光を見せずにいて下されば良かった。そっと上洛させ、入内させて下されば良かった。何故、徒に姫様の御心を開いたのですか」

桂の声は次第に掠れ、その顔は涙に歪む。周子は、胸がきりきりと刺すように痛み、思わず胸を押さえた。その様を見た桂は、はたと我に返ったように
「申し訳ございません、私は……」

と改めて深く頭を下げる。桂はこれまでただ独り、大姫の盾として御台の前に立つことを強いられてきた。周子も共に立ってくれると思えばこそ、口惜しいのだろう。暫しの沈黙の後、桂はゆっくりと顔を上げた。その表情は凍ったように静かに見えた。

「大姫様は、衛門様を信じ、頼りにしておられます。私も、貴女がいらして下さったことで、救われた。しかし……甘えが過ぎたやもしれません。誠に申し訳ないことでございます」

凛と言い切った桂は、再び独りで大姫を支える覚悟を決めたように見えた。

桂は改めて丁寧に頭を下げ、そして立ち上がる。周子は見送りに立とうとして、痛む足に顔を歪める。それでも壁を頼りに後を追って縁に出た。

「桂様」

桂は振り向かない。その白髪交じりの背に向かって、周子は声を張る。

「上洛は、大姫様を御台様から逃がすことになりはすまいか」

幸氏の言葉を借りた。桂はゆっくりと振り返り、小さく頷く。

「御心を砕いて下さり、ありがとうございます」

そこには、謝意とは別の壁を感じた。最早、周子に何も期待していない。隔絶があった。被きを被り、屋敷を出ていく後ろ姿を見送りながら、桂の言葉を反芻する。

救いの光を見せずにいて下されば……。

その言葉に貫かれた気がした。

宮中の政争、鎌倉の勢力争い、頼朝と政子の溝、政子の情……それぞれの力が引き合う真ん中で、ぎりぎりと大姫の心が締め上げられていく。

救いの光を見せて、徒に大姫に心を開かせたのは、己がこの策謀に加担する一人として、気を楽にしたかっただけなのではあるまいか。自責の念が込み上げる。

「御心を痛めませぬよう」

不意の声に顔を上げると、縁に姿を見せた幸氏であった。

「桂様のお声が聞こえましたので」

申し訳ない、と小声で言いながら、幸氏は周子から目をそらそうとはしなかった。周子は柱に縋りながらそのまま縁に腰を下ろし、吐息する。

「私は不躾に大姫様の御心に近づき、こじ開けてしまった。それ故に、大姫様が一層、傷つくことになるとしたら……」

「悔いは、きりがありません」

幸氏は、強い口調で言いきった。そして自嘲するように苦笑する。

「貴女のその悔いは、遡ればいずれ、何故私が若君の代わりに死ななかったのか……と、私の悔いに繋がる」

周子はぐっと声を飲む。幸氏は絞るように言葉を続ける。

「私は生き残った。しかしそのおかげで、富士で御所様をお救いでき、昨夜は貴女を助けられた。悔いの多い身ではございますが、今、私は幾ばくか救われているのです。だから、悔いて下さいますな。致し方ない……力及ばぬことに、徒に傷ついてはなりません」

「……はい」

周子が頷くのを見て、幸氏は寂しげに目を伏せたまま踵を返す。その後ろ姿を見ながら周子は柱に頭を預け、唇をかみしめた。

どこかで道が違っていれば……と、思い返せばきりはない。悔いと救いは入れ替わり、人と人との繋がりもまた、切れもし、結びもする。

ふと、御所の方へと思いを馳せる。御座所の奥の御帳台で、大姫が今、どんな思いでいるかと思うと胸が痛い。

「もう、できることはないのだろうか……」

周子はただ手を合わせ、何処にいるとも知れない神仏に祈った。

○

襲撃を受けてから三日後、周子は十二所の屋敷に戻った。相変わらず牛車に乗ることはできず、足の痛みもひいてはいなかったが、馬に乗り、轡を引かれて帰ることができた。

出仕は止められたまま。桂へ文を認めたが返事はなく大姫の様子が分からなかった。そこへ伯母の利根局が周子の元を見舞いに訪れた。

「大姫様の御座所では、今は御台様が入り浸っておられて、とても私なぞが足を踏み入れることはできません」

入内の支度として、政子は大姫の御座所で日夜を過ごしており、侍女たちも気の休まる時がないという。

「大姫様付きの茜という者に聞いたのですが……」

政子は、大姫の傍らをひと時も離れず、入内の為の衣や、道具の支度を進めている。

「道中は共に参る故、案ずることはない」

上洛の際には共に行くと決めているらしく、旅路の話などを楽しそうにしている。

しかし、大姫は青白い顔のまま。桂は、大姫と政子の間で疲れ果て、この数日で窶れたようだ。

「衛門様がいらして下されば良いのですが……」

茜は利根局にそうもらしたという。政子に出仕を止められていると聞くと驚いた様子であったという。

「大姫様が、衛門はどうしているかと桂様に問うと、御台様が桂様を遮って、あの者は不忠だ、姫の為に尽くすつもりがないのだと悪し様に仰せだとか……」

「それでは、私が姫様を見捨てたと、お思いなのでは……」

周子の不安に、利根局は吐息する。

「大姫様は御台様をよくご存じ故、御台様の思し召しだと分かっておられます。ただ最早、貴女に頼れぬことは、姫様も桂様も察しておられる。それは貴女の責ではなく、御台様の御意向だということも」

桂はまた、大姫を庇いながらの孤軍奮闘をしているのだろう。大姫もまた、思うままにならない身と心を抱えて、苦悩の淵にいるのだろう。

「行勇上人様との書簡は行き来されているのでしょうか」

せめて大姫が救いを求めた上人との文だけでもやり取りがあればと問うと、利根局は首を横に振った。

「まさか。大姫様が出家をしたいと言い出したのは、行勇上人が唆したからだとお思いなのです。今、大姫様の周りには、詩歌も経典もありません。あるのは入内の御仕度のための衣と、御道具と、化粧でございます」

利根局が帰った後、周子は縁から外を眺める。見上げる空は周子の胸中とは裏腹に青く晴れており、蜩《ひぐらし》の声が響いている。

最早、為す術はない。大姫に入内の支度や指南をするどころか、出仕して大姫に目通りすら叶わないのだ。入内の話が持ち上がった時には、政子があそこまで大姫を偏愛し、執着していることに気づけなかった。それが、周子の敗因であり、丹後局の誤算であった。

「母とは、かようなものであったか……」

してみると、周子は母に恵まれたのだ。父との縁が薄くとも、母の元で御殿に上がり、学ぶこと、勤めることも知った。己の役目を果たすべく邁進することを時に支え、時に窘めたが、足を引くような真似はしなかった。叱られることはあっても、心を踏みにじられたことはない。

「大姫自らが望むか、望まぬかなど、どうでもよい」

政子が言い放った一言が全てだ。母であり、御台所であり、この鎌倉に君臨する女主である。政子に愛されたことが大姫の不幸とは、何という皮肉であろう。いっそ、母から関心を持たれぬ三幡や頼家の方が幸せではないかと、幾度思ったか知れない。

「ぼんやりなさって……お怪我が痛みますか」

小菊に問われ、周子は吐息した。

「いや……都へ……戻ろうか」

小菊は暫し間を置いて、小さく頷く。

「姫様がお望みなら、それがよろしいでしょう」

望んでいるというよりも、それしか道がないようにも思う。大姫の上洛に伴うことは、政子が許すまい。周子としてもこれ以上大姫に関わることで、鎌倉の権力争いと後宮の諍いに巻き込まれるくらいなら、離れた方がいい。

答えは分かっている。分かっているのに、迷っているのは何故なのか。

日が暮れて夜になっても、周子は迷いの中にいた。宵闇の中、夜着に身を沈め、目を閉じる。

鎌倉に来たのは、大姫を入内させ、自らの女官としての出世につなげる為であった。それは、自らの為、母の為、家の為であった。しかし余りにも大姫が思うようにならず、苛立ち、怒りもあった。やがて、大姫と向き合うことで、姫の心の内にある絡んだ思いや、深い情に触れるうち、周子もまた変わって来たと思う。

絶対的な力で都に君臨する丹後局の姿に、憧れて来た。誰に脅かされることなく強くなりたいと望んだ。それは幼い日に父と別れ、母と共に公家たちの間で右往左往と身の処し方を迷いながら生きてきたからだ。より強いものに寄りかかることで、安堵したかった。

しかし、果たして強さとは何か……。

周子はこれまで強くあるため、敗者を見下し、遠ざけることばかりを考えて来た。巻き込まれて憂き目に遭う人々を数多見てきたからこそ得た賢さだと信じていた。

片や大姫は、紛うかたなき勝者の姫である。鎌倉の武士の棟梁の一の姫であり、誉れある帝の后への道が開かれている。それなのに、自らその道を閉ざそうとしている。

何故、丹後局のように、宰相君のように強くあろうと覚悟を決められないのか……と周子は苛立ち、怒りすら覚えた。

だが今、大姫は逃げればいいと思う。無事に逃げおおせ、出家をして心の安寧を得られればいい。それは、勝ちでも負けでもない。そもそも、勝ち負けで物事を見極めようとする己の軸こそが過ちであったのかもしれない。

人は碁石ではない。血肉が通うのだ。過とうとも迷おうとも、その営みの一つ一つが、愛しいのだ。

その当たり前を見下すことが強さであり、力なのだと心得違いをしていた。かつて周子が信じていた力は、策謀をめぐらす丹後局が持ち、郎党を放つ政子が持っている。意のままに人を動かし、操り、傷つける力なのだ。

今、周子の心はそれらに憧れを抱かない。磨《す》り潰されていく大姫の心に触れ、力の恐ろしさと醜さを痛感しているからだ。今は力を得るよりもむしろ、大姫に寄り添いたいとさえ願っている。大姫の弱さは、何も特別なものではない。己の内にも宿っている人としての情だ。それを見捨てることは、己の心をも見捨てることになるように思えた。

さりとて、今は寄り添うことさえ叶わずにいる。

「どうすればいい……」

呻くように呟く。

夢うつつに思いめぐらせていると、不意に騒々しい馬の嘶きが聞こえた。

「御免」

外で無遠慮な大音声と足音が屋敷に響き、血相を変えた小菊が部屋に飛び込んできた。

「姫様、大変でございます」

「何事だ」

「侍所が……」

小菊が言い終えるより前に、水干の上に胴丸を着け、刀を佩いた男が三人、部屋の入口に立って、灯りを掲げている。周子は慌てて袿を羽織り、顔を袖で隠しつつ、眉を寄せる。

「何事です、無礼な」

声を荒らげるが、その声が震える。

「御免仕る。衛門様、御一人か」

「ここに侍女がおりますが……」

話している隙に男たちは、周子の後ろにある几帳を捲《めく》り、屏風の裏も確かめる。

「何をお探しか」

侍所の者は顔を見合わせてから、唇を引き結ぶ。

「大姫様が、いなくなりました」

「……なんと」

慌てて立ち上がろうとして足の痛みを覚え、小菊の手を借りながら、侍に詰め寄った。

「いなくなったとは、どういうことか。この宵に御一人で、御帳台から消えられたと」

「……はい。衛門様の元を訪ねられたのではと、御台様が仰せでございました故、御無礼を」

三人は連れ立って慌ただしく出ていく。周子は後を追いながら、同じく騒ぎに対応するべく顔を出した父と行き会う。

「父上、どういうことでしょう」

すると広元は苦い顔で腕を組む。

「御台様が大姫の御座所に宿直され、傍らにて休まれていたにもかかわらず、夜半に大姫様の御帳台を開けたら姿がなかったのだと」

「詳しくは分からぬ。ただ、御台様が傍らにありながらお姿を消したと……当家の家人も探索に出さねばならぬ」

侍所の者は慌ただしく馬を駆っていく。幾つかの手に分かれて探索しているのであろうが、その一つに周子の元があったのだ。政子にとって己が、疑いの対象となっていることを痛感する。

大姫は恐らく、こうなることを見越していたであろう。己の意思を通そうとすると、母が激高して敵を探すことを重々承知していたはずだ。政子が宿直している日を選んだのも、敢えてであろう。政子がいない時に抜け出せば、桂や侍女、衛士らのせいになる。政子が傍らにいながらいなくなれば、政子とて他ばかりを責められない。

そうなると、逃げ込む先も選ぶはずだ。

周子の元に逃げ込めば、周子が政子の怒りを買う。行勇の元で剃髪をすれば、行勇とても無傷でいられまい。行勇はその覚悟があると言っていたが、大姫はそれを望まない。

「……大姫様に行く当てなどない」

鎌倉で、最も尊き姫である大姫が逃げ込める場は、御所の外には何処にもないのだ。

その時ふと、海を見に行った時のことが脳裏に蘇る。

海の底　奥を深めて　我が思へる
君には逢はむ　年は経ぬとも

「疾く時が過ぎ、天命が尽き、苦界を去ることができれば良いと思う」

中臣女郎の歌と共に呟いたその声がする。

周子は厩舎で郎党に指示を出す広元の元へ、痛む足も忘れて駆け寄る。

「海ではありますまいか。かつての一条との縁談の折にも、入水を図られたと。海へ……」

周子が動こうとすると、広元がその腕を摑んだ。

「そなたが行ってどうする」

「姫様が死んでしまいます」

「諦めろ」

父の声はこれまでのどれよりも強い。腕に指が食い込むほどに強く握られ、周子は痛みに顔を歪めた。それでも広元は腕を離さない。

「御台様は今、気が立っている。そなたが動けば、何をもって難癖をつけられるか分からない。思い知ったであろう。黙らせ、従わせ、心を折るためならば何でもする。己の娘にも同じような真似をするから、こうなっているのではないか」

唾棄するように言い放つその様は、常の冷徹な文官の顔ではない。娘を案じ、怒る父の顔なのかもしれないし、これまで苦汁をなめて来た口惜しさを滲ませる御家人の顔でもあろう。

「そなたにできることはない」

そう言い放つと、周子を部屋へと連れていく。

「三郎、衛士として立っておけ。決してこれを外へ出すな」

部屋の戸口に三郎を立たせて周子を閉じ込める。周子は敷かれた褥《しとね》の上に座り込んだ。目を閉じると、焦がれるように海を見ていたあの日の大姫の姿が蘇る。

「疾く、疾く……と、祈るのだ」

そう呟いたあの日から、大姫の中では答えが出ていたのかもしれない。それを押しとどめ、出家へと導くことで何かをした気になっていた。

「私は何と、傲慢な……」

痛切な慚愧《ざんき》と共に膝を抱え、それから一睡もできぬまま、空が白んでくるのを見た。

「大姫様が見つかった」

部屋の外から、父の静かな声で告げられた。周子が戸を開けると、父の蒼白な顔があった。

「……何処に」

「そなたの言う通り、海に……浜に」

「浜にいらしたのですか」

「……打ち上げられたようだ」

声にならない吐息が漏れる。

「今しがた、御台様も浜に参られ、お確かめになり……御所へお戻りになられた」

周子が言葉もなくその場に崩れ、項垂れる様を見て、広元は沈黙したまま、娘の肩を慰めるように叩いた。

その後も広元の元には御所からの役人のほか、御家人の遣いたちが次々にやって来る。御所では話しづらいことを、この屋敷で進めているようである。

「都への報せは如何する」

「御所様はなんと」

「三幡姫を立てることはどうなっている」

「六波羅はどう動く」

「自害などとは言わぬが良かろう」

低い声で漏れ聞こえて来るのは、大姫の死を悼む言葉ではなく、大姫入内が思いがけない形で頓挫したことに対する策を講じる声である。

無理もない。一大勢力である鎌倉が、都との縁を結ぶために入内という策を立てた。その后がねとなっていた姫が、宣旨を前にして自ら命を絶ったのだ。政の上でも一大事である。

およそいずれの陣営にいるにせよ、生きている限り、この争いの只中に身を置かざるを得ない。周子も又、かつてはそうして宮中で聞き耳を立てながら、自らの身を如何に処すべきかを考えて生きて来た。その動きから目をそらせば、途端に荒波に呑まれる小舟になり果てる。

しかし今、周子は父たちが語らう声に耳を澄ませることも、目を凝らすことも煩わしい。眉根を寄せて自室に籠っていると、夕刻近くに利根局が周子を訪ねて来た。

「何からお話しすればよろしいのか……誰も大姫様のご最期をこの目にしてはおりませぬが……恐らくは、入水なされたのだろうと」

大姫は自ら命を絶つことを選んだのだ。

「近侍の茜から聞くところによりますと、昨晩、御台様が入内の衣を選びに御座所にお出ましになられたのです」

その際、大姫は政子と共に楽しそうに笑っていた。衣を羽織っては

「何れが似合うと思われますか」

と大姫が問う。それは母娘の仲睦まじい珍しい光景で、ようやっと入内に向けて覚悟が

できたのであろうと、侍女たちは思っていた。更には
「母上、今宵はこちらにお泊り下さいませ」

と、甘えた様子すら見せた。政子は出家のことや周子のことで、大姫から煙たがられていたので、その言葉に歓喜し
「さすれば」

と、嬉々として支度をした。このところ、大姫の様子が沈んでいたこともあり、侍女たちも気が気ではなかった。しかし政子が大姫の御帳台の傍らに眠ると聞いて、安堵していた。

「帳を下ろさねばよく眠れぬ故、母上がお隣にいらしても下ろさせていただきますが」

大姫が言うと、政子は頷いた。

「気にするな。そなたが眠れるようにすれば良い。母は傍らにおる故」

「ありがとうございます」

宵闇の中、皆が寝静まっていた。侍女らは数日の疲れで深く眠りについており、政子もまた、ここ数日は大姫を案じて眠れずにいたので、よく眠っていた。しかし深更、ふと目覚めた政子が御帳台の中の大姫の寝息がよく聞こえぬと思い、隙間を開けて中を見た。夜着はふくらんでいたのだが、しばらく見ていても動かない。

「姫、如何した」

政子は大姫が息をしていないのではないかと訝しんで声を上げた。侍女らは飛び起きて御帳台に寄ったが、そこには衣だけが残されており、大姫がいなかった。

「姫、何処にいるのだ」

政子の叫び声と共に一斉に大姫探索が行われたという。

「大姫様が御帳台を出られて、既に一時余り過ぎていたのではないか……と茜は申しておりました」

一時もあれば、女の足で歩いても浜までたどり着くことはできる。侍所が動き始める頃には、既に海に入っていたかもしれない。

「誰の供もつけていなかったのですか」

「はい。桂様は連日のお世話で風邪を召され……」

房から出ぬように政子に命じられていたのだという。周子もいない。桂もいない。侍女らも遠く下がらせ、傍らには政子しかいない。つまり、何が起きても政子一人がその責を負うように仕向けられていた。

「御台様にとっては、最もお辛い……」

誰を責めようにも、怒りの矛先を向ける先はない。そしてそれこそが大姫の狙いであったのだろう。その為に、嬉々として衣を選ぶ素振りを見せていたのやもしれない。

「広げられた衣の中で、薄紅の一枚を選ばれたご様子。それを羽織ったお姿で見つかったのです」

周子は、ああ、と吐息した。

「義高様の元へ参られると、御心を決めていらした……」

中臣女郎の歌の通りに逝きたいと、願い続けていたのだ。

あの歌が大姫の背を押したのではないか……という思いが、周子の中に沸き起こり、唇を嚙みしめる。その様子を見つめていた利根局は、暫くの沈黙の後、ゆっくりと口を開いた。

「実は……茜から貴女にとお預かりしているものがあるのです。貴女もお辛いでしょうから、お渡しして良いか迷っていたのですが……」

利根局はそう言うと、脇に畳んだ被きの下から、錦の布に包まれたものを取り出して、ついと周子に向かって差し出した。

「昨晩、貴女に返すように、大姫様から言われたと……本のようです」

周子は目の前に置かれた包をじっと見つめる。

昨晩ということは、大姫が死を覚悟して御所を出る前。最期の言伝だ。

周子が大姫の元に持参した本や巻物、書の類は葛籠《つづら》二つほどある。この一冊だけ渡したということには、何か意味があるのだろう。

そう思うと手を伸ばすことができない。

利根局は、固まったまま動かない周子を見て、静かに吐息した。

「無理をなさることはありません。ここまで努めて来られた貴女を、北条は、かような目に遭わせた。報われぬ空しさは、分かります」

利根局はそのまま包を引き上げようとする。

「いえ……こちらに」

周子はそっと指先だけで包に触れた。

利根局は、くれぐれもご無理なさらず、と言い置いて座を立った。利根局が去って暫くしてから、ゆっくりとその包を取った。丁寧に包まれた錦を取ると、それは万葉集の巻四の綴じ本であった。結び文が挟まれたところを開くと、やはりあの歌があった。

「海の底　奥を深めて　我が思へる　君には逢はむ　年は経ぬとも……」

大姫が繰り返したどったのか、その歌の周りは、すこし掠れているように見えた。

周子は挟まれていた結び文を開くのを躊躇った。周子の与えた歌集が、大姫の死にゆく背を押したと書かれているかもしれない。

その恐れが、手を震わせた。

しかし大姫の最期の言葉と思えば、開かずにはいられない。文を開くと、細く優しい大姫の手蹟《て》が見える。周子はその文字を指で辿りながら、声に出した。

「天地《あめつち》の　神も助けよ　草枕　旅ゆく君が　家に至るまで」

同じ万葉集に収められた一首。友が遠国から無事に家に帰れることを祈る、餞別《せんべつ》の歌である。

周子はその文を胸に抱き、暫し茫然とした。

大姫はただ、周子の無事を祈っていた。いずれこの鎌倉を発《た》ち、都に戻る友の旅路の無事を祈り、別れを惜しむ。己が死にゆくことを周子に負わせる心など微塵《みじん》もなく、静かな情だけが文から伝わった。

周子は文を懐に入れると、そのまま痛む足を引きずりながら、部屋を出た。

「姫様、どちらへ」

背後から小菊に問われて、足を止めて自問する。

「何処へ……」

ただ、大姫に会いに行かねばならないと思った。しかしそれは、御所の亡骸ではないようにも思える。途方に暮れて縁に立ち尽くしていると、屋敷の庭先に飛雲を曳いた幸氏が姿を見せた。幸氏は無言のまま、周子を見ていた。周子も何かを言おうと思うのだが、言葉が出てこない。

大姫様が身罷《みまか》られたそうでございます。

その一言が、喉に痞えて苦しく、声が出ない。

暫くの沈黙が続いた。幸氏がようやっと口を開いた。

「……夕暮れとなります。海へ参りましょう」

周子は頷き、幸氏の手を借りて飛雲に乗ると、幸氏が周子の後ろに乗り、その手綱を取った。八幡宮寺を背に大路を駆け抜けると、潮風が頬を撫でていく。視界の先に水平線が広がる。傾きかけた日は未だ強い光を放ち、水面をまぶしく照らしている。

浜へ降り立つと、幸氏の手を借りてゆっくりと歩いた。

あの日、大姫が海を見つめ、祈っていた場に立つ。

侵しがたい静謐さを纏いながら、真っすぐに海を見つめていた大姫の目に、何が映っていたのだろう。海の彼方にある彼岸に焦がれていたのかもしれない。そして迷いなくそちらに歩んでいったのだとしたら、苦界を離れたかったあの姫にとって、待ち望んだ旅路なのではなかろうか。

それでも思う。

「……こんな終わりを、望んでいたわけではなかった」

己の立身という欲に端を発した下向であった。何とかして大姫を后がねに仕立て、都に凱旋《がいせん》する野心があった。

しかし、大姫の痛む傷と、儚い弱さに触れるうち、それに苛立つ心を越えて、寄り添いたいと思った。大姫の痛みは決して蔑むべきものではなく、誰しも落ちる陥穽《かんせい》に思えたからだ。これを踏みにじれば、己もまた苦しいと思ったからだ。

「救いの光を見せずにいて下されば良かった」

桂の言葉が刺さって痛む。

周子は熱い砂の上に膝を折る。忘我したように海を見つめる傍らで、幸氏も黙って膝をついた。

空が次第に茜色に染まる。ゆっくりと日が落ち始め、日差しが閃光を放ちながら海を照らす。黄金色のそれを眺めるうちに、倦《う》んだ思いが解けていく。

全てが許されるわけではない。ただ、その奥底に在るものを確かに照らす。

「私は……ただ大姫様が愛しかった」

数多、張り巡らされた思惑の中、喘ぐように生きたか弱いあの姫に、幸せになって欲しかった。救うことを諦めろと言われても、割り切れぬほどに心を寄せたかったのだ。

傍らを見ると、幸氏が周子を見つめる目から涙が伝う。幸氏は涙を無造作に拭い、小さく何度も頷いた。周子が幸氏の背に触れると、無数の針が刺すような痛みにも似た悲しさを覚えた。

抑えられた慟哭《どうこく》が、手のひらに響く。

幸氏が背負い続けていた義高の死、壊れて行った大姫の心、業として絡まっていたものが、今なお、疼《うず》いているのが分かる。

救いたくて救えず、諦め切り捨て進むしかないが、それでも消えぬ痛みはある。

沈みゆく日の光が、海の水面に一筋の道を作る。それは浜から遥か彼方へと続いて行くように見えた。

大姫はその願いのままに逝ったのだ。

現世の全てを拒み、天に還るかぐや姫のように。そして残された者は、ここから再び苦界へ戻る。数多、罪業と、悲しみと、愛しさと、寂寞を抱えながら、それでも先へ進むしかない。

「……戻りましょう。まだ、進みましょう」

掠れた声で周子が呟く。幸氏は小さく頷くと、きっと夕日を見据え、誰にともなく今度は強く頷いた。

手を携えて立ち上がると、二人は、暮れていく海に背を向け、御所の方へとゆっくりと歩き始めた。

# 終

見上げた空には、厚い雲が垂れこめていた。今しも雨が降りそうだと、周子は吐息した。

承久《じょうきゅう》三（一二二一）年、九月十五日。鎌倉。

大姫が亡くなってから二十四年の歳月が過ぎ、周子は四十六歳になっていた。紫に二藍《ふたあい》の落ち着いた萩重《はぎがさね》の襲を纏い、袿をくくり上げた装いでゆっくりと八幡宮寺の階段を上っていく。ふと振り向くと、視線の遥か先に、暗灰色の空と溶け合うような、沈んだ色の海が見えた。

本宮へたどり着くと、袿を絡げた帯を解いて身なりを整え、廻廊に足を踏み入れる。そこには、境内を見下ろすように佇んでいる尼姿の女がいた。周子はゆっくりと歩み寄り、傍らに膝を折る。

「御前に」

周子が言うと、尼姿の女、北条政子はうむ、と頷いた。六十を越えているが、若い頃よりも一層、気力に満ちて老いを感じさせない。

「放生会《ほうじようえ》にそなたがいると聞いた故」

「はい」

「海野は如何した」

「明日の流鏑馬の修練に、子らと馬場にございます」

政子は、ふっと笑って周子を見やる。

「まさか、院から下賜された扇を盾に、私に意見した女が、坂東武士の妻女に収まろうとは思いもせなんだ」

周子は今、鎌倉で海野幸氏の妻女として、幕府御所に仕えていた。今、幕府の頂たる将軍は、わずか四歳。早逝した三代将軍実朝に子がなかったことから、頼朝の妹、坊門姫の曽孫を京の九条家から迎えた。政子はその幼い将軍の後見として今は尼将軍と称されるほど圧倒的な力で鎌倉に君臨している。その尼将軍は、膝をつく周子を見下ろして問いかけた。

「一度、そなたに問うてみたかった。何故、鎌倉を選んだのか」

周子は政子を見上げて静かに微笑んだ。

「御台様に倣い、好いた方の元に嫁しただけでございます」

「よう言う。そなたはさようなな女ではあるまい」

政子はふん、と鼻で笑う。周子は、ふふふ、と忍び笑いをして答えを濁した。

大姫が没した後、嘆き悲しむ政子から逃げるように、周子は都へ戻った。二年ぶりに見た住み慣れた六条殿の日々は、緩慢に感じられた。

長閑《のどか》な昼下がりのこと。馴染みの近江と向かい合って碁を打っていた時、不意に庭先で遊んでいた童が蹴った鞠が、碁盤に飛び込んだ。碁石は散り散りになり、鞠は几帳を倒して転がった。

「まあ……良い手で参りましたのに」

近江は笑いながら、童に鞠を返していた。

その瞬間、周子の脳裏に、鎌倉の山道で賊に襲われ、刃から逃げ惑った記憶が蘇る。血なまぐささも、今しがたのことのように感じて、身震いをした。

「如何なさいました」

案ずる近江を他所《よそ》に、周子は碁石の散らばった碁盤を眺めた。

この有様こそが、今の都と鎌倉ではあるまいか。

丹後局は、さながら碁盤に石を置くように、後宮を操り、大臣たちの人事を操り、時に卿局と対峙しながら、精緻な策謀と共に政を進めている。

だが、鎌倉は違う。互いの勢力を戦わせるのに、刃を持つ。襲い、殺し、奪うことに、迷いはない。勝つために手段を選ばないのだ。

一つの天下に、二つの理《ことわり》がある。都で囲碁を打っていたら、鎌倉から蹴鞠が飛んできて、碁盤ごと倒す。そうなれば、碁盤での勝ち負けは、最早何の意味もないのではなかろうか。

その思いは日増しに強くなっていた。

ほどなくして、丹後局は周子に再びの鎌倉下向を命じた。

「三幡姫の入内を進めよ」

前年に重子が後鳥羽帝の二宮を産んだこともあり、丹後局は鎌倉との縁を強めたいと望んでいたのだ。周子は気が進まなかったが、否やを言わさぬ丹後局の命に従うこととなった。

再び鎌倉に入った周子は、改めてその勢いに触れた。そして確信した。

「都と鎌倉が争うことがあれば、都はひとたまりもない……」

しかし、ほどなくして鎌倉に波乱が訪れた。頼朝が落馬による不慮の死を遂げ、僅か五月の後には入内を進めていた三幡が病で急死したのだ。

役目を失った周子は、それでも鎌倉に留まることを選んだ。

大姫に続き、三幡までも入内できず、都に居場所がないせいもあった。

「さすれば、こちらに留まっていただけませぬか」

幸氏から申し出があったことも大きい。

しかし最も大きな理由は一つ。

「私が鎌倉を望んだのは……生き残りたかったからでございます」

周子は、尼姿の政子に向かって答えた。政子は、ほう、と嘆息する。

「都にいては、死ぬと思うたか」

「……此度の戦が、その証でございましょう」

政子は、ふっと口の端に笑みを浮かべる。

此度の戦とは、世にいう「承久の乱」である。親政を布く後鳥羽院が、政子の弟であり、鎌倉幕府の執権である北条義時を討伐せよとの院宣を下したのが切っ掛けであった。後鳥羽院と親交もあり、右大将にまでなった三代将軍実朝が没してからわずか二年。四代将軍は幼く、その力は未だ安定しない。院は今こそ戦の好機であると見たのであろう。

「これまでの親交を裏切り、手のひらを返すとは。義時を討つとは、即ち鎌倉を討つことではないか」

政子は激怒した。

一方、敵と名指された義時は
「まさか朝敵となろうとは……」

と、狼狽えた。それは、鎌倉の御家人たちも同じである。朝敵となり、治天の君たる院を討つことは、天に逆らうことに等しいのだ。しかし、このまま幕府が倒れれば、戦によって勝ち取った所領は再び都に没収され、公家による支配が続く。院か、幕府か……御家人たちの動揺を見た義時は、戦を避けようと考えた。

「討って出るのではなく、守りに徹するか」

鎌倉は、海と山に囲まれた城塞都市である。たとえ京から攻め込まれたとしても籠城すれば持ちこたえられる。その上で都と交渉することを考えた。

「いえ、むしろ討って出てこその武士」

そう進言したのは、意外にも武士ではなく、文官筆頭である政所別当大江広元であった。広元は北条と縁戚関係を結び、今や鎌倉で不動の地位を有していた。その広元にとっては、最早、院は仰ぐべき治天の君ではなかった。

政子は
「別当の言やよし」

と取り入れた。

「亡き頼朝公が朝敵を征し、関東を草創して以後、官位といい、俸禄といい、その恩は既に山よりも高く、海よりも深い。その御恩に報いる想いがあろう。それがない者は今すぐに院の元に参じるがいい」

御家人たちに檄を飛ばした。その一言に迷いを捨てた武士たちは、幕府側につき、院を討つべく上洛したのだ。そして五月半ばに始まった戦は、一月余りで決着を見た。

朝廷が、武士に負けたのだ。

「まさか、武士が院を討ち果たすことになろうとは……公卿たちは驚き慌てているようでございます」

周子の言葉に、政子はふん、と鼻で嗤う。

「己が先に刃を向けておきながら、無傷でいられると信じているとは……」

これまで朝廷と戦をした朝敵が勝つなどということは考えられておらず、治天の君を罰する法など律令にはない。

しかし政子は、負けた後鳥羽院に対しても容赦はなかった。

「後鳥羽院を流罪に処す」

更に、後鳥羽院の孫にあたり、わずか四歳の帝は廃位、その父、順徳《じゅんとく》院は流罪。そして此度の戦に加担しなかった土御門院もまた、自ら父や弟に倣って流罪を望んでいるという。

それらの名を聞くと、周子はかつての後宮の華やぎを思い出す。

まだ少年であった後鳥羽帝の元、一族の為にと入内した在子が産んだ土御門院。少女であった重子が寵愛を受けて産んだ順徳院とその子である帝。今は亡き丹後局が碁盤に石を置くように配していた女御、皇子たちは皆、負けたのだ。

「卿二位も、今はあばら家に住まうとか」

政子は静かな声で嘲笑う。

後鳥羽院の乳人として、また寵妃重子の後見として宮中で力を得た卿局は、后にも並ぶ二位という位を得ていた。その卿局と政子とは、実朝の後継を巡り、因縁があった。実朝の没後、政子は後鳥羽院の親王を将軍として迎えるべく卿局と交渉をしていた。当初は政子も卿局を立て、卿局もまた政子を従二位にまで取り立てるよう院に計らうなど、良好な関係を築いていた。しかし、院が親王を将軍とすることは「天下を二分することとなる」と拒絶し、交渉は決裂。此度の戦への一歩となった。

東西で互いに牽制し合う二人をして、天台座主であった慈円は
「西の卿二位、東の北条政子」

と評し、いずれも女人によって天下が回っていると言った。

しかし、此度の戦で二人の女人は明暗を分けた。卿二位は、後鳥羽院の後ろ盾を失い、全ての力を奪われた。

そして朝廷は鎌倉の意向を重んじ、新たに後鳥羽院の流れを汲まぬ後堀河《ごほりかわ》帝の即位を決めた。

かつて、帝の御位に手を伸ばしたことで木曽義仲は頼朝に討たれた。しかし最早、武家の力は鎌倉に集結し、此度の一件で鎌倉を討つ者は誰もいない。全ての力が覆され、帝の

権威が、武士の刀の前に完全に屈したのだ。

正に今、鎌倉の蹴鞠が都の碁盤に飛び込んだのだ。

「帝や院を、さながら天上人の如く敬っていた、かつての己が腹立たしい」

唾棄するように言う政子は、大姫を亡くした二十数年前と変わらず、烈火の如く熱い。

「大姫は、入内せずに良かった」

政子は晴れ晴れとした口ぶりで言う。

「良かった……とは」

「おかげで、容赦なく都を討つことができた。これが大姫の背の君であり、身内であると思えば、どうしてもその剣は鈍る。そうは思わぬか」

周子は苦みを覚えるが、政子の横顔には、悲痛さや悔恨はない。

大姫は、母の願いに応えようと努め、その重みに耐えかねて、逃げるように命を絶ったと、周子には思える。しかし、政子にはそうは見えていない。

「大姫は貞女の鑑《かがみ》であった。一途に亡き義高を想い、その恋故にこそ、入内さえも拒んだのだ。それは誇りに思いこそすれ、悲嘆すべきことではない」

それが、政子が描いた大姫の物語である。

もしも大姫が義高を一途に思っていたというのであれば、強硬に入内を進めることはなかった。心静かに菩提を弔う出家の道とてよかったはずだ。しかしそれを拒んだのはほかならぬ政子である。

「御台所が過たぬのは、過ちを認めぬから」

いつか、河越尼が言っていたことを思い出す。それは今も尚、変わらないのだ。

そしてそれこそが、政子の強さでもあることを、周子は知っている。

「この鎌倉は、御台様がいらして下されば安泰であろうと心強く思います」

周子が言うと、政子はうむ、と頷く。

周子の中には割り切れぬ思いもある。しかし政子の圧倒的な力があってこそ、鎌倉がまとまり、戦乱が止み、天下が鎮まろうとしているのもまた事実である。

善悪正邪は乱世に何ら意味を為さない。ただ強さにこそ治める力は宿るということを、否応なく見せつけられた。

「御所様に出逢うてから今日まで、思えば遠くまで参ったものよ」

政子は謳うように呟いて目を細める。

頼朝が急逝した後、嫡子頼家は比企一族の後見の元で二代将軍となった。しかし、比企と北条の主導権争いが激化し、遂には北条が比企一族を悉く滅ぼした。頼家の妻であった若狭局も例外ではなく、わずか六歳の頼家の長男一幡と共に北条の手によって討たれた。病に倒れていた頼家はその事実を知って激怒したが、政子は頼家を将軍位から降ろして伊豆の修善寺へ送ってしまう。そしてその地で北条の手勢によって暗殺された。まだ二十三歳であった。

次いで三代目となった実朝は、乳人である政子の妹、阿波局によって育てられ、北条の力を背景に着々と地歩を固めた。後鳥羽院との親交もあり、歌や建築などの雅さを好んだ。これで鎌倉も平穏になるかと思われた矢先のこと。頼家の妾腹の遺児である甥、公暁によって襲撃され、二十八歳の若さで命を落とした。

頼朝の二人の息子が若くして亡くなり、二人の娘も既に亡い。かくして政子が生んだ頼朝の子は皆、死に絶えた。今、この鎌倉を動かしているのは、尼将軍政子と、その弟である北条義時。そこに源氏の棟梁の姿はない。

周子は改めて、政子を見上げる。子らを失って尚、凛として立つ姿には、悲哀よりも闘志が勝る。

過たぬ政子は、母として強いのではない。妻として強いのではない。この人はただ、ありのままに強いのだ。

「そなたと初めて会うたのは、大仏殿の落慶法要であったな。覚えているか」

政子はふと思い出したように周子を振り返る。

「はい……懐かしゅうございます」

まだ鎌倉へ下るなどと思いもせず、晴れた空に散華が舞う様を見て浮かれていた。

「その折に、天台座主の慈円上人が、女人入眼と申したのを覚えているか」

「……はい」

あの時、慈円は自らの姪である後鳥羽帝の中宮任子の出産を待ちわびていた。皇子が生まれ、自らと兄である九条兼実が、外戚として力を振るう日が来ると信じていたのだ。女人入眼とは、あの時の慈円にとって、帝の子を産み参らせる后のことであったろう。

「正に此度の戦にて、この尼将軍が入眼を為したと思わぬか」

政子は静かな笑みを浮かべる。周子は恭しく頭を下げる。

「仰せの通りと存じます」

慈円はまさか、尼将軍などという立場の者が現れ、あまつさえ治天の君を戦で破り、帝、上皇悉く断罪し、新たな帝の御位にまで手を伸ばすなど、露ほども思いはしなかったであろう。皮肉にもあの大仏殿での世辞が、真となってしまったに過ぎない。

不敵に笑う政子こそが、この国の仕上げを成し遂げたのだ。

その時、さらさらと衣擦れの音がして、一人の侍女が竹細工の虫籠《むしかご》を持って現れた。

「御台様」

侍女の呼びかけに、政子は頷き、その虫籠を周子に示す。

「そなたにやろう。放生会だ。それを何処なりと放ち、功徳を積むと良い」

周子は小さな虫が羽を震わせ、りりり、とか細く鳴く様を見る。

「業の深い身でございますれば、この鈴虫一匹で極楽浄土へ参れましょうか」

「後世を憂う間があるならば、今生で為すべきことを為すだけのこと。そなたは重宝故、よう奉公せよ」

変わらぬ強い言葉に、周子は目を伏せる。

「仰せのままに」

周子は奥へ去る政子を見送ってから、虫籠を手に本宮を出て、八幡宮寺の階段を下りていく。

夕暮れの空は、日が差さぬまま暗くなり始めていた。厚い雲からは、微かな霧雨が降り始め、辺りが白く煙《けぶ》る。

階段の下には、青い水干を纏う幸氏が立っていた。周子が下りてくるのを見て、微笑む。

「御台様のお召しがあったか」

「はい。昔語りなどしておりました」

幸氏は、そうか、と言葉少なく答えた。

あの大仏殿の落慶法要の時、東大寺の長い回廊で水干の下に鎧を潜ませたこの男の後を長袴を引きずって歩いた時は、まさか鎌倉の八幡宮寺の境内を並んで歩くことになるとは思いもしなかった。

周子はふと足を止め、階段の上の本宮を仰ぎ見る。

「女人入眼……か」

二十年以上も前の言葉を、政子が覚えていた。そして周子もまた、覚えていた。その時は、泰平の世の訪れを寿ぐ晴れやかな心地で聞いていたのだが、今は違う。

玉眼を入れるために彫られた虚がある。彫り出された木くずにも、痛みも憂いもある。容赦なく、鑿《のみ》をふるい続けた政子の過たぬ力を、恐れながらも仰ぎ見て、今日まで歩いて来た。

手にした虫籠から、りりり、と鈴虫の鳴く声がする。

「ああ……これを放たねば」

儚く鳴く虫を見て、二人で放つ場を探す。

「雨の当たらぬ木陰にしよう」

幸氏が馬場の近くの大樹の陰を指す。霧雨の煙る中、並んで屈み、虫籠を開けると、そっと鈴虫を放った。それは叢の中に消え、他の虫たちと共に声を合わせて鳴いている。

安寧は何処《いずこ》にあるか。

苦界からは逃れられるか。

幾度となく天に問うが答えはない。

「戻ろう」

幸氏の声に、周子は頷いた。

見上げる空から注ぐ雨が、静かに八幡宮寺を濡らす。そして、見晴るかす海は、暗灰色に彩られていた。

入眼された国の眼差しに慈悲の光が宿る日が訪れるよう、周子は何処へともなく目を閉じて祈り、そして再び歩き始めた。

# 解説　呪われた母性が呼ぶ深淵

マライ・メントライン

いわゆる軍事・戦記物の愛好家である私の夫が本作を読んで、感慨深げに述べていた。「男の武将ドラマに通じる精神的迫力がある。だが、それは男くささゆえではない。これはすげぇ！」と。いわゆる男っぽさ女っぽさという評価基準は、ジェンダー平等の観点からあまり好ましくないとされがちだ。が、読者側の嗜好《しこう》になお根強く存在することは確実で、かつ、本書をめぐるレビュー紹介の多くが「母子の秘められた悲しき葛藤」のようなテイストを強調しており、読者層を狭めかねない！　勿体ない！　と感じるため、本書の主人公たちのまさに北条政子《ほうじょうまさこ》に対する反撃と同様、無力なツッコミであることは承知の上で敢えて言わせていただきたい。**見かけや宣伝文句より、遥かに広く、凄い話なのだ、と。**

『女人入眼』は、ストーリー的にはいわゆる「難物《なんぶつ》な生徒を任せられる家庭教師」系作品といえる。主人公は天皇への輿入《こしい》れが内定した武家の娘の教育係として鎌倉に派遣され、想定外の心理的文脈、そしてパワーゲーム文脈の数々に直面し、何かを悟る。以前、本作

が直木賞候補となった際に書評家の杉江松恋氏と行った分析対談（クイック・ジャパンウェブ掲載）にて私は、

何が素晴らしいかといえば、貴族時代から武家時代へのシフト、それに伴うパワーゲーム原理の質的な変化というものをストーリーの中で自然に展開させていて、それにより主人公の視野と現実観が更新されていくあたりです。仏教的な観点を隠し味に使っている点も重層的でナイスです。世界を敵に回すにはミクロとマクロ双方の観点、典雅さと野卑さ、愛と権謀術数《けんぼうじゅっすう》、すべてが必要だということが作品を通じて示されますが、とはいえ人間には限界があり、すべてを受け止めるのは難しい。なのでこの小説の登場人物は壊れていくんですね。実に恐ろしくも美しい歴史絵巻でした。それまで悪辣《あくらつ》さと暴力性の権化に見えていた北条政子に別の魅力を与えて幕を下ろす演出も見事です。

と記した。これに加えて重要と思われるのは、時代シフトにまたがる王朝文学ドラマらしさ、武家軍記ドラマらしさが排他的でなく双方溶け合っている点だ。えてして王朝文学ドラマでは軍記的要素が添え物的な扱いとなり、逆に武家軍記ドラマでは王朝文学的要素が添え物っぽくなってしまう。ゆえに知的リソースのジャンル間の流動性というものが滞りがちだが、本作にはそういう狭さがない。ツボを押さえた「らしさ」と生々しさを添えながら、双方のキモが読者に刺さる。この流儀は、不可逆的なジャンル細分化とディープ化による先細り感を課題とする読書界にとって、特筆すべきひとつの解法といえるかもしれない。

それにしても。

王朝文脈についてもそれを利用せんとする武家文脈についても、本書でナチュラルに描かれる道理で印象的なのは、そのダークサイド面の「濃さ」である。濃さといってもそれは単に陰惨なシーンがわかりやすく出てくるのではなく、単なる理性だけでは容易に否定しがたい闇黒《あんこく》の道理が説かれる、その深みのことだ。

ナチ業界的な喩《たと》えでいえば、サディスティックな親衛隊看守に対する人間性を懸けた囚人たちの決死の戦い、みたいな勧善懲悪的な話ではない。そうではなく、親衛隊大将ラインハルト・ハイドリヒ暗殺作戦のようなレベルの話だ。いわゆるホロコーストのプランナーであり、ナチス最高幹部内で最凶の切れ者だったハイドリヒは、自身が総督を務めていた占領地チェコで英軍所属のチェコ人エージェントに暗殺された。この暗殺作戦は、「ナチに従順で、深いことを考えずに良く働くなら下層民でも厚遇する」というハイドリヒの占領政策が功を奏し、チェコでの抗独意識がしぼみ切ったことに危機感を抱いた英国政府による立案だ。が、これを知ったチェコの現地レジスタンス組織は仰天し、「やめてくれ！成否を問わず、そんなことをしたらナチがどんな理不尽な報復に出るか想像してみろ！」と全力で中止を嘆願した。しかし英国は聞く耳を持たない。何故かといえば、いや、だからこそやるのだ。ハイドリヒを欠いて冷静さを失ったナチの報復の残虐さが、沈静化したチェコ市民の反独意識を掻き立てるだろうから！　というのが軍略のまさにキモだったからだ。そして実際、すべてが英国のシナリオ通りに進行した。局面を動かすためには、理不尽な生贄《いけにえ》が必要なのだ。ちなみに本件を扱った作品（ローラン・ビネの『HHhH』等）では、このまさに「キモ」の部分のみが巧妙にぼかされている。反ナチ英雄譚にあるまじき、ものすごい倫理面の汚点だからだ。悪を以て悪を倒す場合、その悪の許容量とは何か？という形で歴史文芸的にテーマ化してもよさそうなものだが、ある意味、その問いを引き受ける役割を持っていそうなのが『女人入眼』に出てくる仏僧たちなのかもしれない。解決というよりは回避に近い気もするが。

そして……本作の主人公、周子《ちかこ》（衛門《えもん》）はそのような光と闇の文脈を、幸か不幸かフルスケールで理解できてしまう能力の持ち主であった。ゆえに律令《りつりょう》由来の精緻な王朝システム全体に見切りをつけ、また、大姫《おおひめ》に真に寄り添い、その心を開くことができたといえる。そして物語中盤までの大姫の虚無感、初対面で周子が直観的に感じた彼女の眼差しのブラックホール感は、幼少期に許婚《いいなずけ》を惨殺されたという以上に、自分の生きる世界が巨大で巧緻で各種の必然性に満ちた牢獄であり、そこで本質的に生贄としてのみ自分が必要とされる全体構造を、彼女もまた的確に把握していたことを暗示する。精神が見る世界がシンクロしたときにこそ、人の心は動き、凍結していたものが甦る。これは単なる誠意や真心や熱意の問題ではない。文芸的な飛び道具を一切使わず、ただ和歌と漢詩のやり取りだけでこの展開を導出してみせた著者の力量こそ見事なり、と感嘆するほかない。

そして、だがしかし。

本作全体を通じ、読者のそして登場人物の心にもっとも深々と突き刺さるのは、大姫の古参の侍女である桂《かつら》が終盤に放つ、この言葉だろう。

「ただ衛門様……それならば、大姫様の御心《みこころ》を閉ざしたままでいて下されば良かった。救いの光を見せずにいて下されば良かった。そっと上洛させ、入内させて下されば良かった。何故、徒《いたずら》に姫様の御心を開いたのですか」

虚無のまま、知性と自律性の再覚醒など、味わわせてくれぬほうが良かった……。

これは、ドストエフスキーの『カラマーゾフの兄弟』作中の喩え話「大審問官」のくだりを思い出させるものがある。キリスト教異端審問全盛期のスペインに、何の脈絡もなくイエス・キリストが地味に再臨する。そして老異端審問官が速攻でキリストを捕縛し、牢に監禁し、糾弾する。曰く、あんたの教えには致命的な欠陥がある。万民を救うという建前でありながら、実際には自律性と知力が豊かな「上澄み」層しか救済されない構造だからだ。奴隷のような受動的存在にしかなれない「凡人」は救済されない。えらい偽善じゃないか！　そこで我々は、凡人たちもみな救済できるようシステムを改造した。だから今、へたに「再臨」とかいってしゃしゃり出てくるんじゃないよ！……という話。

　そうとも、われわれは彼らを働かせはするが、労働から解き放たれた自由な時間には、彼らの生活を、子どもらしい歌や合唱や、無邪気な踊りにあふれる子どもの遊びのようなものに仕立ててやるのだ。そう、われわれは彼らの罪も許してやる。

（中略）

　こうして万人が幸せになる。彼らを支配する十万人をのぞいた、何十億という人々が幸せになるのだ。なぜなら、われわれだけが、そう、秘密を守っているわれわれだけが、代わりに不幸せになるのだから。何十億という幸せな子どもたちと、善悪の認識の呪いをわが身に引きうけた十万の受難者が生まれる。受難者は静かに死んでいく。おまえのためにひっそりと消えていく。（光文社古典新訳文庫・亀山郁夫訳）

　これはつまり、人間世界を巨大な畜舎に作り替える構想だ。強権支配の下、自律性を忘れて家畜としてふるまう限り、人々には安寧と救済が保証される。そして蓄積したカルマはカトリック最高幹部が集約して引き受ける、というシステム。実は、先述したハイドリヒがチェコで成功しかけたのがこの畜舎社会構想なのである。なんと業が深い。

　そしてよく考えると、本作に登場する北条政子の世界観の完成形とは、実はこれを「母性愛」ベースで拡大した果てに存在するものだったのでは……？　という気がしてならない。端的にいえば、大姫を「生贄」にすることと「保護」することの両立、それを踏まえての武家システムの包括的支配である。作中においてもそれは結果的に頓挫し、現実的な妥協を強いられるのだが、北条政子が社会構造変革の特異点として影響力を発揮したのはとにかく史実である。その強烈なる異能の背後にどのようなポテンシャルがあったのか。本作『女人入眼』は、このような領域に思いを馳せさせる点でも実に逸品といえる。著者である永井紗耶子氏がそこまで構想していたかどうか以上に、内容が読者の思考を見事そこまで飛ばした点にこそ意味がある。

であれば、そもそも「女人入眼」という言葉の意味も地味に変容しうる。社会変革の最終的な立役者として時代に入眼「した」主体は北条政子であっても、描き込まれた「眼」は、虚無に還《かえ》った大姫の瞳そのものと思われるからだ。

そこには、地上の理《ことわり》とも天上の理とも別種の、おぞましい異形の美「のようなもの」が存在しているように感じられてならない。

（まらい・めんとらいん　著述家・翻訳家）

## 主な参考文献

### 書籍


「新訂増補 国史大系〔普及版〕 吾妻鏡 第一、第二」 吉川弘文館
「愚管抄 全現代語訳」 大隅和雄訳 講談社学術文庫
「『愚管抄』のウソとマコト」 深沢徹 森話社
「中世の女の一生」 保立道久 洋泉社
「日本女性の歴史」 総合女性史研究会編 角川選書
「乳母の力」 田端泰子 吉川弘文館
「承久の乱」 本郷和人 文春新書
「恋する武士闘う貴族」 関幸彦 山川出版社
「吾妻鏡の方法」 五味文彦 吉川弘文館


### 論文


「乳母、乳父考」 西村汎子 白梅学園短期大学紀要 31, 19-28, 1995
「河越重頼の娘―源義経の室」 細川涼一 女性歴史文化研究所紀要 (16), 138-122, 2007 京都橘大学女性歴史文化研究所
「建久7年の九条兼実『関白辞職』」 遠城悦子 法政史学 (46) 1994-03 法政大学史学会

『女人入眼』二〇二二年四月　中央公論新社刊

中公文庫

# 女人入眼《にょにんじゅげん》

2025年4月25日　初版発行

著　者　永《なが》井《い》紗《さ》耶《や》子《こ》

発行者　安部順一

発行所　中央公論新社
〒100-8152　東京都千代田区大手町1-7-1
電話　販売 03-5299-1730　編集 03-5299-1890
URL https://www.chuko.co.jp/

DTP　ハンズ・ミケ
印　刷　DNP出版プロダクツ
製　本　DNP出版プロダクツ


Published by CHUOKORON-SHINSHA, INC.
Printed in Japan　ISBN978-4-12-207645-7 C1193

# 中公文庫既刊より

各書目の下段の数字はISBNコードです。978－4－12が省略してあります。

あ-59-4
一路（上）
浅田次郎
父の死により江戸から国元に帰参した小野寺一路は、参勤道中御供頭のお役目を仰せつかる。家伝の行軍録を唯一の手がかりに、いざ江戸見参の道中へ！
206100-2

あ-59-5
一路（下）
浅田次郎
蒔坂左京大夫一行の前に、中山道の難所、御家乗っ取りの企てなど難題が降りかかる。果たして、行列は期日通りに江戸へ到着できるのか――。〈解説〉檀　ふみ
206101-9

あ-59-7
新装版　お腹召しませ
浅田次郎
幕末期、変革の波に翻弄される武士の悲哀を描く傑作時代短編集。書き下ろしエッセイを特別収録。司馬遼太郎賞・中央公論文芸賞受賞作。〈解説〉橋本五郎
206916-9

あ-59-8
新装版　五郎治殿御始末
浅田次郎
武士という職業が消えた明治維新期、行き場を失った老武士が下した、己の身の始末とは。表題作ほか全六篇に書き下ろしエッセイを収録。〈解説〉磯田道史
207054-7

あ-59-9
流人道中記（上）
浅田次郎
「痛えからいやだ」と切腹を拒み、蝦夷へ流罪となった旗本・青山玄蕃。ろくでなしであるはずのこの男には、弱き者を決して見捨てぬ心意気があった。
207315-9

あ-59-10
流人道中記（下）
浅田次郎
奥州街道を北へと歩む流人・玄蕃と押送人・乙次郎。旅路の果てで語られる玄蕃の罪の真実。武士の鑑である男はなぜ、恥を晒してまで生きたのか？〈解説〉杏
207316-6

あ-83-1
闇医者おゑん秘録帖
あさのあつこ
「闇医者」おゑんが住む、竹林のしもた屋。江戸の女たちにとって、そこは最後の駆け込み寺だった――。女たちの再生の物語。〈解説〉吉田伸子
206202-3

各書目の下段の数字はISBNコードです。978－4－12が省略してあります。

い-138-8
軒猿《のきざる》の娘
岩室　忍
「鶴、信長を殺せ」若き女忍び・逆鶴に託されたのは、軍神上杉謙信の密命。軒猿の鉄の掟とともに、逆鶴は戦国乱世の闇に身を投じる――。文庫書き下ろし。
207525-2

う-28-8
新装版　御免状始末　闕所物奉行　裏帳合㈠
上田　秀人
遊郭打ち壊し事件を発端に水戸藩の思惑と幕府の陰謀が渦巻く中を、著者史上最もダークな主人公・榊扇太郎が剣を振るい、謎を解く！　待望の新装版。
206438-6

う-28-9
新装版　蛮社始末　闕所物奉行　裏帳合㈡
上田　秀人
榊扇太郎は闕所となった蘭方医、高野長英の屋敷から、倒幕計画を示す書付を発見する。鳥居耀蔵の陰謀と幕府の思惑の狭間で真相究明に乗り出すが……。
206461-4

う-28-10
新装版　赤猫始末　闕所物奉行　裏帳合㈢
上田　秀人
武家屋敷連続焼失事件を検分した扇太郎は改易された出火元の隠し財産に驚愕。闕所の処分に大目付が介入、大御所死後を見据えた権力争いに巻き込まれる。
206486-7

う-28-11
新装版　旗本始末　闕所物奉行　裏帳合㈣
上田　秀人
失踪した旗本の行方を追う扇太郎は借金の形に娘を売る旗本が増えていることを知る。人身売買禁止を逆手にとり吉原乗っ取りを企む勢力との戦いが始まる。
206491-1

う-28-12
新装版　娘　始　末　闕所物奉行　裏帳合㈤
上田　秀人
借金の形に売られた旗本の娘が自害。扇太郎の預かりの身となった元遊女の朱鷺にも魔の手がのびる。江戸闇社会の掌握を狙う一太郎との対決も山場に！
206509-3

う-28-13
新装版　奉行始末　闕所物奉行　裏帳合㈥
上田　秀人
岡場所から一斉に火の手があがった。政権返り咲きを図る家斉派と江戸の闇の支配を企む一太郎が勝負に出たのだ。血みどろの最終決戦のゆくえは⁉
206561-1

う-28-14
維新始末
上田　秀人
あの大人気シリーズが帰ってきた！　天保の改革から二十年、闕所物奉行を辞した扇太郎が見た幕末の闇。過去最大の激闘、その勝敗の行方は⁉
206608-3

う-28-15
**翻弄 盛親と秀忠** 上田秀人
偉大な父を持つ長宗我部盛親と徳川秀忠は、立場は違えどいずれも関ヶ原で屈辱を味わう。それから十余年、運命が二人を戦場に連れ戻す。〈解説〉本郷和人
206985-5

う-28-16
**新装版 孤闘 立花宗茂** 上田秀人
乱世に義を貫き、天下人に「剛勇鎮西一」と恐れられた猛将の、対島津から対徳川までの奮闘と懊悩を精緻に描いた、中山義秀文学賞受賞作。〈解説〉末國善己
207176-6

う-28-17
**夢幻（上）** 上田秀人
織田信長の死により危地に陥った家康は、今は亡き長男信康の不在を嘆くが……。英傑とその後継者の相克を描いた、哀切な戦国ドラマ第一部・徳川家康篇。
207387-6

う-28-18
**夢幻（下）** 上田秀人
織田信長の「天下」が夢でなくなり、徳川家康の価値は薄れつつあった。本能寺の変に至るまでの両家の因縁を綴った、骨太な戦国ドラマ第二部・織田信長篇。
207388-3

う-28-19
**振り出し 旗本出世双六（一）** 上田秀人
二百二十五石の小旗本で無役の北条志真佑は、西丸書院番に登用される。十一代将軍徳川家斉の世子・家慶の力にならんと張り切っていたが……。書き下ろし。
207480-4

お-82-1
**時《し》平《へい》の桜、菅公の梅** 奥山景布子《きょうこ》
孤高の俊才・菅原道真と若き貴公子・藤原時平。身分も年齢も違う二人は互いに魅かれ合うも、残酷な因縁に辿り着く――国の頂を目指した男たちの熱き闘い！
205922-1

お-82-2
**恋衣 とはずがたり** 奥山景布子
後深草院の宮廷を舞台に、愛欲と乱倫、嫉妬の渦に翻弄される一人の女性。遺された日記を初めて繙いた娘の視点から、その奔放な人生を辿る。〈解説〉田中貴子
206381-5

お-82-3
**秀吉の能楽師** 奥山景布子
太閤秀吉を能に没頭させよ、との密命を帯び、天下人に近づいた能楽師・暮松新九郎。能に見せた秀吉の狂気はやがて新九郎を翻弄してゆく。〈解説〉縄田一男
206572-7

各書目の下段の数字はISBNコードです。978－4－12が省略してあります。

お-82-4
**江戸落語事始 たらふくつるてん** 奥山景布子
口下手の甲斐性なしが江戸落語の始祖⁉ 殺人の濡れ衣や綱吉の圧制に抗いながら、決死で〝笑い〟を究めた咄家・鹿野武左衛門の一代記。〈解説〉松尾貴史
207014-1

お-82-5
**圓 朝** 奥山景布子
「怪談牡丹灯籠」を生んだ近代落語の祖・三遊亭圓朝。師匠や弟子に裏切られる壮絶な芸道を歩み、人々に愛される怪物となった不屈の一代記。〈解説〉中江有里
207147-6

き-17-8
**絶海にあらず（上）** 北方謙三
京都・勧学院別曹の主、純友。赴任した伊予の地で、「藤原一族のはぐれ者」は己の生きる場所を海と定め、律令の世に牙を剝いた！ 渾身の歴史長篇。
205034-1

き-17-9
**絶海にあらず（下）** 北方謙三
海の上では、俺は負けん――承平・天慶の乱で将門とともにその名を知られる瀬戸内の「海賊」純友。夢を追い、心のままに生きた男の生涯を、大海原を舞台に描く！
205035-8

き-17-10
**魂の沃野（上）** 北方謙三
加賀の地に燃え拡がる一向一揆の炎。蓮如や守護・富樫政親との奇縁から、闘いに身を投じることになった地侍・小十郎の青春を描く血潮たぎる歴史巨篇開幕！
206781-3

き-17-11
**魂の沃野（下）** 北方謙三
蓮如の吉崎退去、小十郎の恋、そして守護・政親の強権。加賀の雪が、血に染まる時が近づいていた。一向一揆を生きた男たちそれぞれの明日。〈解説〉清水克行
206782-0

き-17-12
**悪党の裔《すえ》（上） 新装版** 北方謙三
目指すは京。悪党の誇りを胸に、倒幕を掲げた播磨の義軍は攻め上る！ 寡兵を率いて敗北を知らず、建武騒乱の行方を決した赤松円心則村の鮮烈な生涯。
207124-7

き-17-13
**悪党の裔（下） 新装版** 北方謙三
おのが手で天下を決したい――新政に倦み播磨に帰った円心に再び時が来た。尊氏を追う新田軍を食い止めるのだ！ 渾身の北方「太平記」。〈解説〉亀田俊和
207125-4

き-17-14
道誉なり（上）新装版
北方謙三
毀すこと、それがばさら――。後醍醐帝との暗闘、実弟直義との対立で苦悩する将軍足利尊氏を常に支え南北朝動乱を勝ち抜いた、ばさら大名佐々木道誉とは。
207150-6

き-17-15
道誉なり（下）新装版
北方謙三
足利尊氏・高師直派と尊氏の実弟直義派との抗争は一触即発の情勢に。熾烈極まる骨肉の争いに、将軍尊氏はなぜ佐々木道誉を欲したのか。〈解説〉大矢博子
207151-3

き-17-16
楠木正成（上）新装版
北方謙三
乱世到来の情勢下、大志を胸に雌伏を続けた悪党・楠木正成は、倒幕の機熟するに及んで寡兵を率い強大な六波羅軍に戦いを挑む。北方「南北朝」の集大成。
207178-0

き-17-17
楠木正成（下）新装版
北方謙三
巧みな用兵で大軍を翻弄。京を奪還し倒幕を果たした正成だが……。悲運の将の峻烈な生を迫力の筆致で描いた北方「南北朝」感涙の最終章。〈解説〉細谷正充
207179-7

き-17-18
武王の門（上）
北方謙三
後醍醐天皇の皇子・懐良親王は、十四歳にして征西将軍として九州へ渡る。伊予の忽那水軍、そして肥後の菊池武光と結び、九州統一という壮大な夢に賭ける！
207464-4

き-17-19
武王の門（下）
北方謙三
ついに九州統一を果たした懐良親王と菊池武光。そんな折、足利幕府無二の武将・今川了俊が九州探題に任命され……北方太平記の金字塔！〈解説〉天野純希
207465-1

き-17-20
陽炎の旗　続・武王の門
北方謙三
生まれながらの将軍・義満の野望とは何か――かたや征西将軍・懐良親王の、かたや九州探題・足利直冬の一子が相まみえる時、それぞれの宿運が激突する！
207493-4

さ-74-1
夢も定かに
澤田瞳子
翔べ、平城京のワーキングガール！　聖武天皇の御世、後宮の同室に暮らす若子、笠女、春世の日常は恋と友情と政争に彩られ……。〈宮廷青春小説〉開幕！
206298-6

各書目の下段の数字はISBNコードです。978－4－12が省略してあります。

さ-74-2
**落花**　澤田瞳子
仁和寺僧・寛朝が東国で出会った、荒ぶる地の化身のようなもののふ。それはのちの謀反人・平将門だった。武士の世の胎動を描く傑作長篇！〈解説〉新井弘順
207153-7

さ-74-3
**月人壮士《つきひとおとこ》**　澤田瞳子
母への想いと、出自の葛藤に引き裂かれる帝――国のおおもとを揺るがす天皇家と藤原氏の綱引きを背景に、東大寺大仏を建立した聖武天皇の真実に迫る物語。
207296-1

な-12-3
**氷輪（上）**　永井路子
波濤を越えて渡来した鑑真と権謀術策に生きた藤原仲麻呂、孝謙女帝、道鏡たち――奈良の都の政争渦巻く狂瀾の日々を綴る歴史大作。女流文学賞受賞作。
201159-5

な-12-4
**氷輪（下）**　永井路子
藤原仲麻呂と孝謙女帝の抗争が続くうち女帝は病に。その平癒に心魂かたむける道鏡の愛に溺れる女帝。奈良の都の狂瀾の日々を綴る。〈解説〉佐伯彰一
201160-1

な-12-15
**雲と風と** 伝教大師最澄の生涯　永井路子
苦悩する帝王桓武との魂の交わり、唐への求法の旅、空海との疎隔――。最澄の思想と人間像に迫った歴史長篇。吉川英治文学賞受賞作。〈解説〉末木文美士
207114-8

な-12-16
**悪霊列伝**　永井路子
古来、覇権争いに敗れ無惨に死んでいった者は、死後〝悪霊〟となり祟りを及ぼすと信じられた。心と歴史の闇を描く歴史評伝。〈解説〉宮部みゆき・山田雄司
207233-6

な-12-17
**波のかたみ** 清盛の妻　永井路子
政争と陰謀の渦中に栄華をきわめ、西海に消えた平家一門を、頭領の妻を軸に描く。公家・乳母制度の側面から平家の時代を捉え直す。〈解説〉永井紗耶子
207538-2

な-82-1
**平安京は眠らない** わかむらさきの事件記　夏山かほる
元式部丞・藤原為時の娘の小姫（のちの紫式部）は「光る君」を主人公とする短編で評判を取っていた。しかし創作の「種」に詰まってしまい……。書き下ろし。
207485-9